MOMENTOS ESTELARES DE LA HUMANIDAD

Clásicos Kaizen

Vol. II

Momentos estelares de la Humanidad

Stefan Zweig

Kaizen Editores

Titulo de la edición original: *Sternstunden der Menschheit*
Diseño: Kaizen Editores

Kaizen Editores
www.kaizeneditores.com

Imprime: Liberis
ISBN: 978-84-19209-23-8
Déposito Legal: CA 13-2024

I

CICERÓN

15 DE MARZO DEL 44 ANTES DE CRISTO

CUANDO un hombre sagaz, pero no particularmente valiente, se encuentra con otro más fuerte que él, lo más prudente que puede hacer es hacerse a un lado y esperar, sin sonrojarse, a que el camino quede libre. Marco Tulio Cicerón, que fue en su tiempo el principal humanista de Roma, maestro de la oratoria y defensor del derecho, consagró durante treinta años sus energías al servicio de la ley y al mantenimiento de la República; sus discursos están cincelados en los anales de la historia y sus obras literarias forman una fuente esencial de la lengua latina. En *Catilina* combatió la anarquía; en *Verres* denunció la corrupción; en los victoriosos generales percibió la amenaza de la dictadura y, al atacarlos, se acarreó su enemistad; su tratado *De República* fue largo tiempo considerado como la mejor y más ética descripción de la forma ideal del Estado. Pero se encontró con un hombre más fuerte que él. Julio César, a cuya ascensión (contando con más años y más renombre) contribuyó confidencialmente al principio, había utilizado, de la noche a la mañana, las legiones gálicas para conquistar el dominio supremo en Italia. Poseyendo César el mando absoluto de las fuerzas militares, le bastó simplemente alargar su mano para asir la corona regia que Marco

Antonio le ofreció ante el populacho reunido. En vano se había opuesto Cicerón a la asunción por César del poder autocrático cuando César despreció la ley cruzando el Rubicón. Infructuosamente trató de lanzar contra el agresor a los últimos campeones de la libertad. Como siempre, las cohortes demostraron ser más fuertes que las palabras. César, un intelectual no menos que hombre de acción, triunfó en todas las líneas; y si hubiera sido tan vengativo como lo son la mayoría de los dictadores, pudo, después de su éxito abrumador, haber aplastado fácilmente a este obstinado defensor de la ley o, al menos, haberlo condenado al destierro. Pero la magnanimidad de César fue, en esta ocasión, aún más notable de lo que habían sido sus victorias. Habiendo tomado lo mejor de su adversario, se contentó con un reproche gentil, perdonando la vida a Cicerón, aunque aconsejándole al mismo tiempo que se retirara del escenario político. En adelante, Cicerón debía contentarse, como cualquier otro, con el papel de observador mudo y sumiso de los negocios de Estado.

¿Qué podría ser mejor castigo para un hombre de inteligencia sobresaliente que la exclusión de la vida pública, política? De este modo el pensador, el escritor, es excluido de una esfera que solo puede ser dominada por la brutalidad o por el artificio, y es devuelto a su propia inviolabilidad e indestructibilidad. Para un hombre de estudio, toda forma de exilio se convierte en un acicate para la concentración interna y, para Cicerón esta desventura llegó en el momento más propicio. El gran orador se estaba aproximando al final de su vida, y hasta entonces, en medio de temporales y esfuerzos, había tenido poca oportunidad para la contemplación creadora. ¿Cuántas contrariedades, cuántos conflictos tenía este hombre que ahora, a los sesenta años, se veía obligado a permanecer en el ambiente restringido de su época? Selecto en tenacidad, versatilidad y fuerza espiritual, él, un *novus homo*, había ocupado, uno tras otro, todos los puestos y honores públicos que, usualmente, estaban fuera del alcance de los de nacimiento humilde y eran celosamente reservados para su propio disfrute por la camarilla aristocrática. Había alcanzado las más elevadas cumbres de la aprobación popular y había sido sumergido en las más hondas profundidades de la desaprobación popular. Después de haber derrotado la conspiración de Catilina, fue subido en triunfo a las gradas del Capitolio, fue encumbrado por el pueblo, y fue distinguido por el Senado con el codiciado título de *Pater Patriae.* Por otra parte, se vio obligado a huir de noche cuando fue desterrado por el mismo Senado y perseguido por el mismo populacho. No existía ningún cargo importante que no hubiera ocupado, ninguna dignidad que este infatigable publicista no hubiera alcanzado. Había dirigido procesos en el Foro, había mandado legiones en el campo de batalla, como cónsul había gobernado la República y como procónsul las provincias. Por sus dedos habían pasado millones de sestercios y bajo sus manos se habían fundido en deudas. Había poseído la casa más hermosa del Palatino, y la había visto en ruinas, incendiada y devastada por sus enemigos. Había escrito tratados memorables y pronunciado discursos que eran reconocidos como clásicos. Había engendrado y perdido hijos, había sido a un tiempo osado y débil, a un tiempo tenaz y servil, muy admirado y odiado; un hombre de disposición inconstante, igualmente notable por sus defectos y por sus méritos; en resumen, había sido la personalidad más atractiva y más estimulante de su época. No obstante, para una cosa, la más importante de todas, no había tenido descanso, pues no dispuso jamás de tiempo para dirigir una mirada interna a su propia vida. Incesantemente intranquilo por ambición, jamás había podido tomar decisiones sosegadamente, ni resumir con tranquilidad sus conocimientos y sus pensamientos.

Al fin, cuando el golpe de Estado de César alejó a Cicerón de los asuntos públicos, le fue posible a este atender con fruto aquellos negocios privados que son, después de todo, las cosas que más absorben del mundo; y, sin quejarse, dejó el Foro, el Senado y el Imperio a la dictadura de Julio César. La antipatía a la política comenzó a dominar al estadista, que había sido expulsado de aquella. Se resignó con su suerte. Que otros trataran de salvaguardar los derechos de un pueblo que estaba más interesado en las luchas de gladiadores, y otras diversiones similares, que en la libertad; en adelante, él se cuidaría más de buscar, encontrar y cultivar su libertad interna. De este modo ocurrió que Marco Tulio Cicerón miró, por primera vez reflexivamente, en su fuero interno, resuelto a mostrar al mundo para qué había trabajado y para qué había vivido.

Siendo artista por nacimiento, a quien solo la casualidad había inducido del estudio a la fantasmagoría de la política, Marco Tulio Cicerón procuró adaptar su modo de vida a su edad y a sus inclinaciones fundamentales. Se retiró de Roma, la ruidosa metrópoli, estableciéndose en Tusculum (conocida hoy por Frascati), donde podía gozar de las más bellas perspectivas de Italia. Las colinas boscosas, de tintes suaves, flotaban gentilmente hacia la Campania, y los arroyos susurraban música tranquila que no podía perturbar la tranquilidad dominante en ese lugar remoto. Después de muchos años pasados en la plaza pública, en el Foro, en la tienda de campaña o en el camino, podía ahora, al fin, dedicar su mente, sin alboroto y sin reserva, a la reflexión creadora. La ciudad, fatigante y seductora, era como una niebla lejana en el horizonte distante; y, sin embargo, estaba a una jornada. Con frecuencia llegaban los amigos para gozar de su vivaz conversación: Ático, el más íntimo de ellos; jóvenes tales como Bruto y Casio; aun, una vez, un huésped peligroso, Julio César, el poderoso dictador. Aunque sus amigos de Roma pudieran a veces demorar su visita, ¿no tenía otros compañeros a mano, amigos y bien recibidos que jamás podrían molestar, silenciosos o comunicativos, como uno deseara: los libros? Marco Tulio Cicerón preparó para su uso una magnífica biblioteca en su retiro rural, un inagotable panal de miel de sabiduría que contenía las mejores obras de los sabios de Grecia y de los historiadores de Roma, acompañadas del compendio de las leyes. Con tales amigos, de todas las edades y hablando todas las lenguas, un hombre no podía jamás estar aislado, por muy largas que fueran las noches. La mañana estaba dedicada al trabajo. Un esclavo ilustrado y dócil estaba preparado para escribir cuando el dueño decidía dictar; las comidas pasaban agradablemente en compañía de Tulia, la hija a quien tanto amaba; y las lecciones que daba a su hijo eran una fuente de variedad diaria y un estímulo perpetuo. Además, aunque sexagenario, se inclinó a condescender con la más dulce locura de la vejez, tomando una esposa joven -más joven que su propia hija-. El artista que había en él le despertó el deseo de gozar de la belleza no solo en mármol o en versos, sino también en su forma más sensual y seductora.

Así, pues, a la edad de sesenta años, Marco Tulio César Cicerón tuvo un hogar al fin. No sería otra cosa que un filósofo y no un demagogo más; nada más que un autor y nunca otra vez un retórico; señor de sus propios ocios y no ya, como antes, el infatigable sirviente del favor popular. En vez de estar en la plaza pública realizando oratorias dirigidas a los oídos de jueces corruptibles, sería preferible demostrar sus talentos retóricos a todos componiendo *De Oratore* para beneficio de sus presuntuosos imitadores. Simultáneamente, redactando su tratado *De Senectud*, trataría de convencerse de que un sabio genuino debe considerar la resignación como la gloria principal de los años declinantes. Las más hermosas y armoniosas de sus cartas datan de este mismo período de recogimiento interno y, aun cuando lo castigó la desgracia con la pérdida de su amada Tulia, su arte le ayudó a mantener la dignidad filosófica; escribió las *Consolationes* que a través de siglos han proporcionado ecuanimidad a miles de aflicciones similares. A causa de esta fase del destierro ha podido ser aclamarlo en la posteridad como un autor excepcionalmente delicado y, no menos, como un gran orador, porque durante estos tres años tranquilos, Cicerón contribuyó más a su obra y a su fama que durante los treinta que antes había despilfarrado en la vida pública. El exponente de la ley había aprendido, al fin, el amargo secreto que todos los empeñados en una carrera pública deben aprender a la larga: que un hombre no puede defender permanentemente la libertad de las masas, sino únicamente su propia libertad, la libertad que viene del interior.

****

De esta manera, Marco Tulio Cicerón, como cosmopolita, humanista y filósofo, pasó en el retiro un verano delicioso, un otoño creador y un invierno italiano, esperando pasar el resto de su vida alejado de intrusiones seculares o políticas. Apenas echaba una ojeada a los informes noticiosos diarios y a las cartas de Roma, manteniéndose indiferente a un juego que no lo necesitaba ya como jugador. Pareció estar curado del deseo del hombre de letras por la publicidad y haberse convertido en un ciudadano anónimo de la República, no un ciudadano destacado de aquella violada y corrompida República que había sucumbido sin resistencia al reinado del terror. Entonces, un mediodía de un día de marzo del año 44 a.C., entró impetuosamente en la casa un mensajero jadeante y cubierto de polvo. Apenas hubo conseguido dar su noticia de que Julio César, el dictador, había sido asesinado en el Foro, cuando cayó inanimado sobre el piso.

Cicerón se irguió, repentinamente alarmado. No habían pasado muchas semanas desde que el magnánimo conquistador se sentara a esa misma mesa, y aunque él, Cicerón, se había sentido inclinado casi al odio por su oposición al peligroso dueño del poder, cuyos triunfos militares había contemplado con sospechas, nunca pudo dominar su secreta admiración por la mentalidad activa, el genio organizador y la gran personalidad del único respetable de entre sus enemigos. Sin embargo, a pesar de la detestación del crudo argumento de la daga de un asesino, ¿no había César, a pesar de sus grandes méritos y lo notable de sus logros, cometido él mismo el más atroz de los asesinatos, *parricidium patriae*, el degüello de la madre patria por el hijo? ¿No fue a causa de su genio sobresaliente por lo que Julio César había llegado a ser tan peligroso para la propia Roma? Su muerte era deplorable, por supuesto; y, sin embargo, el delito podía promover la victoria de una causa sagrada. ¿No podría ser resucitada la República ahora que César estaba muerto? ¿No podría la muerte del dictador conducir al triunfo del más sublime de los ideales, el ideal de libertad?

Cicerón, por lo tanto, se recobró pronto de su pánico. Nunca había deseado un hecho tan vergonzoso, quizás ni aún lo había querido en sueños. Bruto y Casio (aunque Bruto, mientras arrancaba el puñal sangriento del pecho de César, había gritado el nombre de Cicerón, invocando así al líder del republicanismo para que fuera testigo del hecho) no le pidieron jamás que se uniera a las filas de los conspiradores. Pero en todo caso, desde que lo que ha sido hecho no puede ser deshecho, debería, si era posible, ser utilizado en ventaja para la República. Cicerón sabía que la senda hacia el restablecimiento de la República iba a través de este cadáver real, y a él le correspondía mostrar el camino a los otros. Esta ocasión era única y no debía ser desperdiciada. Aquel mismo día Marco Tulio Cicerón abandonó su biblioteca, sus escritos y el ocio santificado del artista. Con apresuramiento febril se dirigió a Roma para defender los derechos de la República como verdadera heredera de César, para defenderla simultáneamente contra los asesinos de César y de aquellos que tratarían de vengar el asesinato.

****

Cicerón encontró en Roma una ciudad confundida, espantada y perpleja. En un primer momento, el asesinato de César había escondido a los propios asesinos. Los conspiradores habían sabido solamente cómo asesinar, quitar de en medio a este hombre que elevaba la cabeza y los hombros sobre todos ellos. Ahora, cuando había llegado el momento de rendir cuentas de su crimen, se encontraban desconcertados por completo, sin saber qué hacer. Los senadores vacilaban, no sabiendo si perdonar o condenar; mientras que el populacho, largamente acostumbrado a un poder férreo, echaba de menos la mano firme y no aventuraba opinión. Marco Antonio y los demás amigos de César tenían miedo a los conspiradores y temían por sus propias vidas. Los conspiradores, a su vez, temían la venganza de aquellos que habían amado a César.

En medio de esta consternación general, Cicerón fue el único hombre que demostró firmeza de voluntad. Aunque, como otras personas que son predominantemente intelectuales y nerviosas, era por lo usual vacilante y ansioso, tomó una posición firme apoyando el acto que no había hecho nada por promover. Erguido sobre las losas, húmedas aún con la sangre del dictador asesinado, frente al Senado reunido, dio la bienvenida a la eliminación de César como una victoria del ideal republicano. "¡Oh, pueblo mío -exclamó-, has encontrado la libertad una vez más! Bruto y Casio han realizado la más grande de las hazañas, no solo en favor de Roma, sino en favor del mundo entero". Pero, al mismo tiempo, demandó que se le diera su más alto significado a lo que en sí mismo era una acción sanguinaria. El poder se había disipado ahora que César había muerto. Debían instantáneamente proceder a salvar a la República y restablecer la constitución romana. Debía privarse del consulado a Marco Antonio y conferirse la autoridad ejecutiva a Bruto y a Casio. Por primera vez en su vida, este devoto de la ley instó para que, durante una hora o dos, fueran ignoradas las disposiciones de la ley y así dar vigor inmediato a la prevalencia de la libertad.

La hora señalada para Marco Tulio Cicerón, que había anhelado tan ardientemente desde el derrocamiento de Catilina, había llegado al fin con los idus de marzo en los cuales había sido derribado César, y si él hubiera aprovechado esta oportunidad nos habrían enseñado a todos en la escuela una historia romana diferente. En este caso, habría llegado a nosotros el nombre de Cicerón en la *Rima* de Livio y en las *Vidas* de Plutarco, no solo como el de un autor célebre, sino como el del genio de la libertad romana. Habría sido la suya la gloria imperecedera de haber tenido los poderes de un dictador y haberlos restaurado voluntariamente al pueblo. Pero, una y otra vez, se repite en la historia la tragedia del hombre de estudio que, cargado con un sentido excesivo de responsabilidad, raramente se muestra hombre decisivo de acción.

Repetidamente encontramos el mismo problema en personas intelectuales y creadoras. A causa de que ven mejor las locuras de la época, son más impacientes para intervenir y, en una hora de entusiasmo, se lanzarán impetuosamente a la arena política. Pero simultáneamente huyen de hacer frente a la violencia con violencia. Su sentido profundo de la responsabilidad les hace vacilar antes de inspirar terror y de derramar sangre; y su indecisión y precaución en el preciso momento, cuando la precipitación y la temeridad han llegado a ser no solo deseables, sino esenciales, paraliza sus energías. Después de este primer impulso, Cicerón comenzó a darse cuenta de la situación con alarmante claridad. Observando a los conspiradores, a los que el día antes había exaltado como héroes, vio que no eran más que débiles criaturas, al punto de huir de la sombra de su propia hazaña. Vio al común del pueblo y percibió que estaba ahora lejos de ser el viejo *populus Romanus*; los héroes que él había soñado eran solo la plebe degenerada que no pensaba más que en provecho y placeres, pan y circo. Un día adularían a Bruto y a Casio, los asesinos de César; al siguiente aplaudirían a Antonio, cuando este los convocara para tomar venganza; y el tercero, glorificarían a Dolabella por haber destruido las estatuas de César. En esta ciudad depravada, llegó a comprender, no existía una sola alma que estuviera llena de devoción incondicional a la idea de libertad. La sangre de César había sido derramada en vano, el asesinato había sido inútil, porque todos rivalizaban unos con otros, intrigaban y discutían en la esperanza de obtener la mayor herencia, la mayor cantidad de la riqueza del hombre muerto, el control de sus legiones, el manejo de su poder. No deseaban promover la única causa que era sagrada, la causa de Roma; cada cual buscaba su propia ventaja y ganancia.

El ser humano estaba soñando una vez más (como el más noble de los vivientes en tal época haya jamás soñado) el sempiterno sueño de asegurar la paz del mundo por la sabiduría de la moral y la conciliación. La justicia y la ley y únicamente estos deben ser los pilares del Estado. Los que fueron sinceros desde el principio hasta el fin, y no los demagogos, son los que deben retener el poder y gobernar rectamente el Estado. Ninguno debe tratar de imponer su voluntad personal y, mediante ella, sus nociones arbitrarias sobre el pueblo, y debemos rehusar a obedecer a todos los despreciables ambiciosos que han arrebatado el poder, y debemos rehusar ser guiados por *hoc omne genes pestiferum adque impium*; y Cicerón, como un hombre de independencia inviolable, rechaza fieramente todo pensamiento de tener algo en común con un dictador y la más remota idea de servirlo. *Nulla est enim societas nobis cum tyrannis et potius summa distractio est*. Porque, arguye, el gobierno por la fuerza de un individuo infringe necesaria y violentamente los derechos comunes del hombre. En una comunidad solo puede reinar la armonía cuando los individuos subordinan sus propios intereses a los de la comunidad, en vez de procurar sacar ventajas personales de una posición pública. Defensor, como todos los humanistas, de un instrumento superior, Cicerón reclama el perfeccionamiento de las oposiciones. De una parte. Roma no necesita Silas ni Césares, y, de otra, tampoco Gracos; la dictadura es peligrosa, pero igualmente peligrosa es la revolución.

Mucho de lo que Cicerón escribe fue escrito antes por Platón en *La República*, y fue proclamado después de él, mucho más tarde, por Jean-Jacques Rousseau y otros idealistas utópicos. Pero lo que hace que su testamento se adelante de modo tan sorprendente a su día es que, medio siglo antes que comenzara la Era Cristiana, encontramos la primera expresión de una idea sublime: la idea de humanidad. En una época de crueldad brutal, aun cuando César, después de la conquista de la ciudad, había hecho cortar las manos a dos mil prisioneros, cuando martirios y combates de gladiadores, crucifixiones y matanzas ocurrían diariamente y eran considerados como cosas naturales, Cicerón fue el primero entre los romanos que lanzó una protesta elocuente contra el abuso de autoridad. Condenó la guerra como bestial, denunció el militarismo y el imperialismo de su propio pueblo, censuró la explotación de las provincias extranjeras y declaró que los territorios debían ser incorporados al dominio de Roma mediante la civilización y la moralidad, jamás por el poder de la espada. Con mirada profética pronosticó que la destrucción de Roma sería resultado de la venganza ejercida contra ella por sus victorias sangrientas, por sus conquistas, que eran inmorales porque eran alcanzadas únicamente por la fuerza. Siempre y cuando una nación priva a otras de su libertad, pone en peligro la suya por el trabajo secreto de la venganza. Precisamente cuando las legiones romanas (mercenarios armados) estaban marchando contra Parta y Persia, contra Germania y Bretaña, contra Hispania y Macedonia, persiguiendo el fuego fatuo del imperio, este campeón impotente de la humanidad conjuró a su hijo a que venerase la cooperación de la humanidad como el más sublime de los ideales. Así, pues, coronando su carrera con triunfos, justamente antes de su fin, Marco Tulio Cicerón, hasta ahora nada más que un humanista cultivado, se convirtió en el primer campeón de la humanidad en general, y por ello en el primer paladín de la genuina cultura espiritual.

****

Mientras Cicerón, apartado del mundo, meditaba tranquilamente sobre la substancia y la forma de una constitución moral para el Estado, crecía la intranquilidad en Roma. Ni el Senado ni el populacho habían decidido todavía si los asesinos de César debían ser ensalzados o condenados. Marco Antonio estaba armándose para la guerra contra Bruto y Casio e, inesperadamente, apareció en la escena un tercer pretendiente, Octavio, a quien César había designado su heredero y quien deseaba ahora recoger su herencia. Apenas hubo desembarcado en Italia, escribió a Cicerón pidiéndole su apoyo; pero, simultáneamente, Antonio invitó al anciano a ir a Roma, mientras que Bruto y Casio le llamaban desde sus campamentos. Todos estaban igualmente deseosos de que este gran estadista abogara por su causa, y cada cual esperaba que el famoso jurista demostrara que sus pretensiones eran justas. Por un sano instinto, los políticos que codician el poder necesitan siempre buscar el apoyo de intelectuales a los que, desdeñosamente, echan a un lado tan pronto como han logrado sus fines. Si Cicerón no hubiera sido más que hombre ambicioso y vano de sus primeros tiempos, habría sido fácilmente arrastrado.

Pero Cicerón había crecido tanto en hastío como en prudencia, dos talantes entre los cuales hay disposición a establecer una analogía peligrosa. Él sabía que solo una cosa era esencial en ese momento: terminar su libro, y poner orden en su vida y sus pensamientos. Como Ulises, que taponó con cera las orejas de sus hombres para evitar que fueran seducidos por el canto de las sirenas, el cerró sus oídos a los halagos de los que disfrutaban o buscaban el poder. Ignorando el llamado de Antonio, la solicitud de Bruto y hasta las demandas del Senado, continuó escribiendo su libro, sintiéndose más fuerte en palabras que en hechos; más sabio en la soledad de lo que pudiera ser en una muchedumbre; y presagiando que *De Officiis* sería su adiós al mundo.

No miró a su alrededor hasta que hubo concluido su testamento. Fue un despertar desagradable. El país, su tierra natal, estaba amenazado por la guerra civil. Antonio, después de haber saqueado las arcas de César y los tesoros del templo, estaba en condiciones, con esa riqueza robada, de reclutar mercenarios, mientras que opuestos a él existían tres ejércitos bien equipados: el de Octavio, el de Lépido y el de Bruto y Casio. El momento para la conciliación o la mediación amistosa había pasado. El asunto que aguardaba decisión era saber si Roma sucumbiría a un nuevo Cesarismo, el de Antonio, o si la República había de continuar. En una hora semejante, cada cual tenía que hacer su elección. Hasta Marco Tulio Cicerón tenía que elegir, aunque había sido siempre cauto y reflexivo, a uno que prefiriera la transacción, que se mantuviera sobre los partidos o vacilara entre ellos.

En este punto ocurrió una cosa extraña. Cuando Cicerón hubo entregado a su hijo su testamento, *De Officiis*, pareció como uno que ha vivido despreocupado de la vida, inspirado con nuevo valor. Descubrió que su carrera, política o literaria, estaba concluida. Había dicho todo lo que quería decir y tenía poco campo para una posterior experiencia. Estaba envejecido, había concluido su obra; ¿por qué, entonces, se había de molestar en defender los pobres vestigios de la vida? Como un animal perseguido hasta el agotamiento, y que sabe que la ladradora jauría está cerca, se siente acorralado por encontrar pronto su fin, así se sintió Cicerón, menospreciando la muerte, arrojándose una vez más a la lucha aún con más fiereza. Él, que durante meses y años había manejado solo el mudo estilo, recurrió una vez más al rayo del discurso y lo lanzó contra los enemigos de la República.

El espectáculo fue desgarrador. En diciembre, el hombre de cabellos grises avanzó una vez más en el Foro y rogó a los romanos que se mostraran dignos de sus antecesores. Lanzó catorce "Filípicas" contra Antonio el usurpador, que había rehusado obedecer al Senado y al pueblo. Aunque Cicerón no pedía menos que darse cuenta de lo peligroso que era para un hombre desarmado atacar a un dictador que había ya preparado sus legiones hasta el punto de estar listas para avanzar y matar a su menor indicación. El que espera demostración de coraje de los demás podrá solo conseguirlo ofreciéndoles un ejemplo valeroso. Cicerón sabía bastante bien que ahora, como en los pasados tiempos en ese mismo Foro, no estaba luchando únicamente con palabras, sino que debía aventurar su vida en defensa de sus convicciones. Declaró resueltamente desde la tribuna: "Ya en la juventud defendí a la República, no la abandonaré ahora que soy viejo. Daré contento mi vida si con ello puedo devolver la libertad a esta ciudad. Mi único deseo sería que mi muerte devolviese la libertad al pueblo de Roma. ¿Qué mayor favor que este podrían concederme los dioses inmortales?" No ha quedado tiempo, expresó en términos precisos, para negociar con Antonio. Era indispensable apoyar a Octavio, quien, aunque pariente cercano de César y heredero de César, representaba la causa de la República. No se trataba ya de este hombre o aquel, sino del propósito más sagrado —*res in extremum est adducta discrimen: de libertate decernitur*—. El asunto se había convertido en vital, la libertad estaba en la palestra. Cuando esta cosa sagrada se hallaba en peligro, vacilar sería una total corrupción. En consecuencia, Cicerón, el pacifista, insistió en que los ejércitos de la República entraran en campaña contra los ejércitos de la dictadura. Él que, como Erasmo, su discípulo de mil quinientos años después, detestaba el tumulto y aborrecía la guerra civil más que cualquier cosa en el mundo, dijo que debía declararse el estado de sitio y desterrar al usurpador.

No siendo ya un jurisconsulto ocupado en hablar en defensa de causas discutibles, sino el abogado de un ideal sublime, Cicerón encontró palabras impresionantes y brillantes. "¡Que otros pueblos vivan como esclavos! —exclamó ante sus ciudadanos—. Nosotros los romanos rehusamos hacerlo. Si no podemos lograr la libertad, muramos". Si el Estado había caído realmente en este abismo de vileza, parecía bien entonces que un pueblo que dominó al mundo entero (*nos principes orbis terrarum gentiumque omnium*) se condujera como hacen los esclavos que se han convertido en gladiadores en el circo y piensan que es mejor morir con arrogancia, con la cara mirando al enemigo, que someterse vilmente a ser exterminados por cobardía. *Ut cum dignitate potius cadamus cucan cum ignominia serviamus* —más bien morir con honor que servir con ofensa.

El Senado y el populacho reunido escucharon estas Filípicas con asombro. Muchos, acaso, previeron que esta sería la última vez, en espacio de siglos, en que podrían ser pronunciadas estas palabras en la plaza pública. Pronto, en este lugar público, el pueblo se inclinaría silencioso ante las estatuas de mármol de los emperadores, porque en vez de la vieja libertad de palabra, todo lo que sería tolerado en el reino de los Césares sería el susurro de los aduladores y cazadores de puestos. El auditorio se estremeció, con mezcla de temor y admiración hacia ese anciano que, con el valor de la desesperación, continuó defendiendo la independencia de la República desintegrada. Pero aun la tea incendiaria de su elocuencia no pudo inflamar el vástago podrido del orgullo romano. Mientras que el solitario idealista estaba en el Foro predicando el autosacrificio, los dueños de las legiones estaban ya entrando en el pacto más perverso de la historia de Roma.

El mismo Octavio, a quien Cicerón estaba enalteciendo como defensor de la República, y el mismo Lépido, en cuyo favor había pedido la erección de una estatua que conmemorara los servicios prestados al pueblo romano. Los dos hombres que él había convocado para aplastar al usurpador Antonio, prefirieron, ambos, hacer convenios privados con este usurpador. Puesto que ninguno de los tres líderes de los ejércitos, ni Octavio ni Antonio ni Lépido, se sentía bastante fuerte para amordazar sin ayuda a la República de Roma, los enemigos llegaron a un acuerdo para realizar una división secreta de la herencia de Julio César. Un día después, en vez de un César grande, Roma tenía tres Césares pequeños.

****

Se produjo un cambio de trascendencia en la historia universal cuando los tres generales, en vez de obedecer al Senado y respetar las leyes de Roma, se unieron para formar un triunvirato y dividir, con tanta facilidad como si fuera botín de guerra fácilmente ganado, un poderoso imperio que se extendía sobre una parte considerable de tres continentes.

En un lugar próximo a Bolonia, en la confluencia del Reno y el Levino, se levantó una tienda para la reunión de los tres bandidos. Casi es innecesario decir que ninguno de los héroes marciales estaba dispuesto a fiarse de los otros dos. Con demasiada frecuencia, en sus proclamas, se habían llamado uno a otro villano, embustero, usurpador, enemigo del Estado y ladrón, para olvidar la depravación de sus posibles aliados. Pero los que ansían el poder lo valoran no por sentimientos dignos de alabanza, sino pensando solo en el saqueo y no en el honor. Los tres nombrados por sí mismos líderes del mundo, los tres asociados, se mantuvieron a notable distancia uno de otro hasta que se tomaron todas las precauciones. Tuvieron que someterse a un registro preliminar para evitar que llevaran armas ocultas. Cuando se convencieron de que todo estaba bien a este respecto, se saludaron con sonrisa amistosa y entraron en la tienda en que iban a elaborar sus planes.

Durante tres días, Antonio, Octavio y Lépido estuvieron en esta tienda sin testigos. Estaban en discusión tres puntos principales. En cuanto al primero, la partición del imperio, no se tardó mucho en llegar a una decisión. Convinieron en que Octavio ocuparía las provincias de África, incluso Numidia; Antonio tendría las Galias: y a Lépido se le asignaba España. Tampoco ofreció mucha dificultad el segundo punto: cómo iban a conseguir el dinero necesario para sus soldados y partidarios civiles, cuya paga estaba atrasada en meses. El problema fue rápidamente resuelto de acuerdo con un sistema bien ensayado: robarían las propiedades de los romanos más ricos, cuya pronta ejecución ahorraría gran parte de las dificultades. Cómodamente sentados alrededor de una mesa, los triunviros redactaron una lista de dos mil de los hombres de mayor riqueza de Italia, entre los cuales figuraba un porcentaje de senadores. Cada cual contribuyó con los nombres de los que sabía que tenían el riñón bien cubierto, no olvidando a sus enemigos y adversarios personales. Con unos cuantos trazos de estilo habían arreglado las cuestiones económica y territorial.

Ahora llegaba el tercer problema. Quien desea fundar una dictadura debe, ante todo, para salvaguardar su gobierno, silenciar a los perpetuos opositores a la tiranía: los independientes (demasiado pocos en número), los defensores permanentes de esa inextinguible utopía, la libertad espiritual. Antonio propuso encabezar la lista con el nombre de Marco Tulio Cicerón. Cicerón era el más peligroso de todos los de su clase, porque tenía energía mental y anhelo de independencia. Se le marcó, pues, para morir.

Octavio se horrorizó y rehusó su aprobación. Siendo todavía joven (no pasaba de los veinte), no estaba endurecido y envenenado por la perfidia política, y se opuso a que tuviera comienzo su gobierno con la muerte del más distinguido hombre de letras de Italia. Cicerón había sido su consejero leal, lo había alabado ante el pueblo y el Senado; habían transcurrido pocos meses desde que Octavio había buscado la ayuda de Cicerón, había rogado el consejo de Cicerón, había acudido reverentemente al anciano como a su "verdadero padre". Abochornado por la propuesta de Antonio, Octavio se resistió con tenacidad. Movido por un instinto sano, le repugnaba la idea de que este notable maestro de la lengua latina cayese bajo el puñal de un asesino pagado. Antonio, sin embargo, insistió, sabiendo perfectamente que el espíritu y la fuerza son enemigos irreconciliables, y que nada puede ser más peligroso para una dictadura que un hombre prominente en el empleo del idioma. La lucha por la cabeza de Cicerón continuó durante tres días. Pero al fin se rindió Octavio, con el resultado de que el nombre Cicerón puso remate al que es, quizás, el documento más abominable de la historia de Roma. Esta última edición a la lista de los proscritos selló la sentencia de muerte de la República.

Desde el momento en que Cicerón supo que se habían reconciliado los tres que hasta ahora habían sido opositores uno a otro, comprendió que estaba perdido. Sabía que Antonio era un hombre de violencia, y que él mismo, en sus Filípicas había descrito demasiado vívidamente la codicia y odiosidad, la falta de escrupulos y la vanidad, la insaciable crueldad de Antonio, para esperar que este miembro del triunvirato diera muestra alguna de la magnanimidad de César. Si quería salvar su vida, su único recurso era huir instantáneamente. Debía escapar a Grecia; debía buscar en Bruto, Casio y Catón el último campamento de los que estaban dispuestos a luchar por la libertad republicana. Parece que dos o tres veces meditó ensayar este refugio, donde podría, al menos, estar seguro de los asesinos que ya le daban caza. Hizo sus preparativos, informó a sus amigos, embarcó y partió. Sin embargo, una vez más vaciló en el último momento. Familiarizado con la desolación del exilio, estaba dominado por el amor a su tierra natal y pensó que sería indigno pasar el resto de sus días emigrado. Un poderoso impulso que se sobreponía a la razón, que era opuesto a la razón, obligó al anciano a afrontar la suerte que le esperaba. Fatigado por todo lo que le había acontecido, anhelaba, al menos, el descanso de unos cuantos días. Reflexionaría tranquilamente un poco más, escribiría algunas cartas; leería unos cuantos libros; después de eso, que ocurriera lo que quisiera. Durante esos últimos meses, Cicerón se había ocultado, ya en un lugar del país, ya en otro, moviéndose tan pronto como amenazaba el peligro, pero jamás poniéndose fuera de su alcance. Como un hombre con fiebre pone continuamente en orden sus almohadas, de igual manera Cicerón se trasladaba una y otra vez de un escondite a otro, ni completamente resuelto a hacer frente a sus asesinos ni completamente decidido a eludirlos. Era como si estuviera siendo guiado, en su pasiva disposición para el fin, por lo que había escrito en *De Senectute*, esto es, que un anciano no debe nunca buscar la muerte ni tratar de alejarla, porque la muerte debe ser recibida con indiferencia cuando quiera decidirse a venir. *Neque turpis mors forti viro potest accedere*: para el hombre fuerte de alma no puede haber muerte vergonzosa.

Encontrándose en este espíritu, cuando comenzó el invierno, Cicerón, que había ido ya a Sicilia, ordenó a sus servidores que se embarcaran con él para Italia. Tenía una pequeña propiedad en Cajeta (conocida hoy como Gaeta). Allí podría mantenerse oculto algún tiempo y allí desembarcaría. La verdad era que la fatiga, no solamente fatiga de los músculos o los nervios, sino cansancio de la vida, nostalgia del fin y de la tumba, se había apoderado de él. Todavía podría descansar un poco. Una vez más podría respirar el fragante aire de su tierra natal, una vez más despedirse del mundo. Allí gozaría de reposo, aunque solo fuera por un día o por una hora.

Inmediatamente después de desembarcar, invocó reverentemente los lares de la casa. Este hombre de 64 años estaba cansado en extremo y el viaje lo había agotado, así es que se acostó en el *cubiculum*, relajó sus miembros y cerró sus ojos. En un dormitar gentil pudo tener un goce anticipado del descanso eterno que estaba próximo.

Pero apenas había encontrado reposo cuando fue despertado por un fiel esclavo, que entró atropelladamente en la habitación. Observó personas sospechosas, hombres armados: un miembro de la casa (uno a quien Cicerón había prodigado muchas bondades) había, para conseguir una recompensa, denunciado las idas y venidas del dueño. Que su señor huyera instantáneamente; una litera estaba preparada; los esclavos se armarían para protegerlo; la distancia hasta el barco era corta, y entonces estaría seguro. El fatigado anciano rehusó moverse. "¿Qué ocurre?, preguntó,. Estoy cansado de huir de un lado a otro y hastiado de la vida. Déjenme perecer en el país que he intentado vanamente salvar". A la postre, sin embargo, sus leales criados pudieron persuadirle; esclavos armados condujeron la litera a través de un bosquecillo por una senda extraviada que los llevaría al embarcadero.

Pero el traidor no quiso perdonar el precio prometido por el derramamiento de la sangre. Apresuradamente llamó a un centurión y a algunos legionarios y, persiguiendo a Cicerón a través del bosque, se apoderaron de su presa.

Los portadores armados que rodeaban la litera se dispusieron a pelear, pero el dueño les ordenó que depusieran su actitud. En todo caso, su vida debía estar acercándose a su fin, ¿por qué debían sacrificarse otros hombres más jóvenes? En esta última hora, el hombre que se había mostrado siempre tan vacilante, inseguro, y rara vez valiente, demostró resolución e intrepidez. Como un verdadero romano sintió que él, como un maestro de filosofía del mundo, debía afrontar esta prueba última muriendo sin espanto —*sapientissimus quisque aequissimo animo moritur*—.

Ante una orden suya, los esclavos se apartaron. Desarmado y sin oponer resistencia, Cicerón presentó su cabeza gris a los asesinos, diciendo con dignidad: "He sabido siempre ser mortal" *—non ignoravi me mortalem genuisse—*. Pero los asesinos no querían filosofía; querían el premio prometido. No hubo demora. Con un poderoso golpe, el centurión puso fin a la vida del hombre desarmado.

Así pereció Marco Tulio Cicerón, el último campeón de la libertad romana, más heroico, más poderoso y más leal en esta hora final que lo había sido en los miles y miles de horas que había vivido antes.

****

A la tragedia siguió una sátira sangrienta. La urgencia con que Antonio había exigido este asesinato particular hizo suponer a los asesinos que la cabeza de Cicerón valía bien un precio especialmente bueno. Por supuesto, no llegarían a prever cuánto valor se atribuía al cerebro de este hombre por los intelectuales de su propio tiempo y de la posteridad, pero podían comprender perfectamente la suma que sería pagada por el triunviro que tan ansioso se había mostrado en quitar de en medio a este enemigo. A fin de que no pudiera suscitarse cuestión sobre si eran ellos los que habían hecho el trabajo, resolvieron llevar a Antonio una prueba incontestable. Sin el menor escrúpulo, el jefe de la banda segó la cabeza y las manos del muerto, las puso en un saco que cargó sobre el hombro cuando aún chorreaba la sangre, y se encaminó fogosamente hacia Roma para deleitar al dictador con la noticia de que el famoso campeón de la República romana había sido sacrificado en la forma usual. El bandido menor, el jefe de los asesinos, no había calculado mal. El asesino mayor, el que había ordenado el crimen, mostró su alegría con generosidad principesca. Marco Antonio podía permitirse ser liberal ahora que habían sido sacrificados y robados los mil hombres más ricos de Italia. No menos de un millón de sestercios pagó al centurión por el saco manchado de sangre que contenía la cabeza y las manos del que había sido Marco Tulio Cicerón. Pero no quedaba satisfecha todavía con esto su sed de venganza. El odio feroz del hombre de la sangre al hombre superior en altura moral le permitió disponer una horrible afrenta —inconsciente de que la vergüenza por este hecho recaería sobre él hasta el fin de los tiempos—. Ordenó que la cabeza y las manos de la víctima fueran clavadas en la tribuna desde la cual Cicerón había pedido al pueblo romano que se alzara contra Antonio y en defensa de la libertad de Roma.

El populacho asistió al espectáculo al siguiente día. En medio del Foro, sobre la tribuna, estaba expuesta la cabeza del último campeón de la libertad. Un gran clavo herrumbroso perforó la frente que había originado miles de grandes pensamientos; pálidos y contraídos, cerrados, estaban los labios que habían emitido más dulcemente que ningún otro las resonantes palabras del idioma latino; cerrados estaban los párpados para ocultar los ojos que, por espacio de sesenta años, habían velado a la República; impotentes estaban las manos que habían escrito las más bellas epístolas de la época. Pero ninguna de las acusaciones que el famoso orador había lanzado desde esta tribuna contra la brutalidad, contra la furia del despotismo, contra el desorden, podría denunciar de manera tan convincente la eterna sinrazón de la fuerza como lo hacía ahora la cabeza austera y silenciosa del asesinado. El terrible espectáculo de su cruel martirio tuvo un poder más elocuente sobre las masas intimidadas que los más famosos discursos pronunciados por él desde este profanado Foro. Lo que se pretendió que fuera una humillación vergonzosa se convirtió en su última y más grande victoria.

II
La conquista de Bizancio

29 de mayo de 1453

El día 5 de febrero de 1451, un emisario secreto lleva la noticia al hijo mayor del sultán Murad, el joven Mohamed, de veintiún años, que se hallaba en el Asia Menor, de que su padre ha muerto. Sin cambiar una sola palabra con sus ministros, sin consultar a sus consejeros, el joven príncipe, a pesar de su abatimiento por la triste nueva, monta sobre uno de sus más briosos corceles y, en una sola etapa, salva la distancia de doscientos kilómetros que lo separaba del Bósforo y pasa a Galípoli, en la orilla europea. Revela allí a sus fieles la muerte de su progenitor; luego, a fin de evitar cualquier pretensión al trono, reúne tropas escogidas y las conduce a Adrianópolis, donde, sin vacilar, es reconocido como jefe del Estado otomano. Desde un principio demuestra ya una cruel energía. Para apartar de sí a cualquier rival de su misma sangre, hace ahogar en un baño a su hermano, que todavía no había llegado a la mayoría de edad, y en seguida, con astucia salvaje, ordena que ejecuten a su asesino. La noticia de que, en lugar del juicioso sultán Murad, se había erigido sultán de los turcos el joven, impetuoso y ambicioso Mohamed llena de terror a Bizancio. Se sabe por múltiples espías que el codicioso monarca ha jurado adueñarse de la que, a la sazón, era la capital del mundo y que, pese a su juventud, ha pasado días y noches entregado a los cálculos estratégicos que han de proporcionarle la consecución del mayor proyecto de su vida. También ponen de relieve todos los informes las extraordinarias facultades militares y diplomáticas del nuevo padichá Mohamed, a la vez piadoso y brutal, apasionado y reservado. Hombre culto, amante del arte, que lee en latín las obras de César y las biografías de los romanos ilustres, es al propio tiempo un bárbaro que vierte la sangre como agua. Este joven, de ojos bellos y melancólicos y ganchuda nariz, se manifiesta incansable trabajador, arrojado soldado y escrupuloso diplomático. Todas estas fuerzas convergen sobre la misma idea: la de aventajar a su abuelo Bayaceto y a su padre, Murad, que habían mostrado por primera vez a Europa la valía militar de la nueva nación otomana. Se presiente, se sabe que su primera acción será Bizancio, última y preciosa perla que quedaba de las que figuraron en la corona de Constantino y de Justiniano. Esa perla está a merced de cualquier osada tentativa. El Imperio bizantino, el Imperio romano de Oriente, que antes abarcaba el mundo desde Persia a los Alpes, y que se extendía hasta los desiertos de Asia, formando un Estado colosal que apenas podía ser recorrido en varios meses, se había visto reducido de tal modo que ahora se puede visitar cómodamente en tres horas de marcha a pie. Por desgracia, de aquel gran Imperio bizantino solo quedaba una cabeza sin cuerpo, una capital sin reino: Constantinopla, la ciudad de Constantino, la antigua Bizancio; e, incluso, de esa Bizancio solo una parte, la actual Estambul, pertenecía al Basileo, mientras que Gálata ya había caído en poder de los genoveses y todas las demás tierras a espaldas de la muralla que circunda la ciudad están en poder de los turcos; reducidísimo es este dominio imperial del último emperador, pues se limita únicamente a un enorme muro circular que rodea iglesias, palacios y el amontonamiento de casas al que se da el nombre de Bizancio. Sometida al pillaje constante, despoblada por la peste, agotada por la defensa contra los pueblos nómadas, diezmada por luchas intestinas, esta ciudad se encuentra impotente para reunir el contingente humano y el arrojo que necesitaría para hacer frente con sus propias fuerzas a un enemigo que hace tiempo viene cercándola y asediándola por todas partes.

La púrpura del último césar de Bizancio, de Constantino, ya no tiene esplendor; su corona parece que sea ya juguete de un adverso destino. Pero justamente por estar ya cercada por los turcos y porque es veneradísima por todo el mundo occidental, merced a la cultura secular que le une a ella, Bizancio representa para Europa un símbolo de su honor. Únicamente si la cristiandad unida ampara este bastión en ruinas del Oriente puede Santa Sofía continuar siendo la Basílica de la Fe, la última y más bella catedral fronteriza del cristianismo en Oriente. Constantino ve al punto el peligro. A pesar de todos los discursos pacíficos de Mohamed, el césar cristiano, poseído de un santo y justificado temor, envía un emisario tras otro a Italia, al Papa, a Venecia, a Génova, para que manden galeras y soldados. Pero Roma tarda en decidirse y Venecia también, pues hay un abismo teológico entre la fe de Occidente y la de Oriente. La Iglesia griega detesta a la romana, y su patriarca se niega a acatar la supremacía del Papa como Supremo Pastor. Es verdad que, en vista del peligro inminente, en Ferrara y en Florencia se acuerda en sendos concilios la unión de las dos Iglesias, asegurando así el auxilio a Bizancio. Pero también es cierto que, apenas el peligro dejó de ser tan acuciante para Bizancio, los sínodos griegos se resistieron a que el convenio entrara en vigor, pero tan pronto como Mohamed subió al poder, la necesidad se impuso a la tenacidad ortodoxa, puesto que, junto con la súplica en pro de una ayuda rápida, envió Bizancio su clara manifestación de acatamiento a Roma. Entonces se equipan galeras con soldados y pertrechos; en uno de los barcos va el legado del Papa, para celebrar solemnemente la unión de la Iglesia de Occidente con la de Oriente y poder anunciar al mundo que el que ataca a Bizancio ataca, de hecho, a toda la cristiandad unida.

La misa de la reconciliación

Magnífico espectáculo el que tuvo lugar aquel día de diciembre en la maravillosa basílica, cuyo esplendor de otra época en mármoles, mosaicos y deslumbrantes joyas apenas puede adivinarse hoy en la actual mezquita donde se celebra la gran fiesta de la reconciliación. Allí está Constantino rodeado de sus grandes dignatarios, para constituirse, por su imperial corona, en el supremo testigo y fiador de la perpetua armonía entre ambas creencias. La grandiosa nave, que iluminan incontables cirios, está atestada de fieles. Ante el altar celebran fraternalmente la misa el legado del Papa, Isidoro, y el patriarca ortodoxo, Gregorio. Por primera vez en aquella iglesia se menciona en las oraciones el nombre del Papa, y por primera vez, también, resuenan simultáneamente los salmos en lengua griega y latina en las bóvedas de la imperecedera catedral, mientras el cuerpo de San Espiridión es llevado en procesión solemne por la clerecía de ambas Iglesias. Oriente y Occidente parecen unidos para siempre, poniendo fin a la fratricida contienda entre una y otra religión, devolviendo la santa hermandad al mundo europeo y occidental. Después de años y años de feroz lucha, se cumplió el ideal de Europa, el verdadero sentido de Occidente. Pero, desgraciadamente, los períodos de paz y de buen sentido no acostumbran a prolongarse en la Historia. Mientras las voces de la oración se unían santamente en la basílica, fuera, en una celda de un convento, un erudito monje llamado Genadio apostrofa rudamente a los latinos y a los traidores a la verdadera fe. Apenas ha prevalecido el buen sentido, cuando el fanatismo rasga sacrílegamente los lazos de la concordia fraterna. El clero griego ya no piensa en la sumisión y, al otro lado del Mediterráneo, los amigos se olvidan del prometido auxilio. Se envían unas pocas galeras, unos pocos soldados, es verdad, pero luego se deja a la ciudad abandonada a su triste destino.

Comienza la guerra

Los tiranos, cuando preparan una guerra y no están bien armados, hablan mucho de paz. Así, pues, Mohamed, cuando al subir al trono, recibe con palabras amistosas y tranquilizadoras a los embajadores de Constantino; promete pública y solemnemente por Dios y sus profetas, por los ángeles y por el Corán, que respetará los tratados establecidos con el Basileo. Pero, al mismo tiempo, firma secretamente un tratado de neutralidad bilateral por tres años con húngaros y serbios, justamente los tres años dentro de cuyo plazo piensa apoderarse de la ciudad sin estorbos de ninguna clase. Hasta después que ha prometido y asegurado el mantenimiento de la paz no conculca el derecho a ella, iniciando la guerra. Hasta entonces, los turcos solo poseían la orilla asiática del Bósforo, y así los buques podían pasar tranquilamente de Bizancio por el estrecho hasta el mar Negro, para abastecerse de cereales. Pero este paso lo dificulta Mohamed, puesto que, sin preocuparse de justificarlo, manda construir una fortaleza en la orilla europea, en Rumili Hissar, precisamente en aquel lugar donde, en tiempos de los persas, el atrevido Jerjes atravesó el Helesponto. Por la noche pasan miles y miles de peones a la orilla europea que, según los tratados, no debería ser fortificada (pero ¿qué caso hacen los tiranos de los tratados?) y asuelan los campos circundantes, dedicándose a demoler no solamente las viviendas, sino también la antiquísima y celebérrima iglesia de San Miguel, a fin de proporcionarse piedras para su fortaleza. El Sultán dirige personalmente, día y noche, la construcción, y los bizantinos contemplan asombrados como les interceptan el paso hacia el mar Negro, contra todo derecho e infringiendo lo convenido. Los primeros barcos que quieren cruzar aquel mar, hasta entonces libre, son atacados desde la fortaleza, a pesar de la paz oficial reinante, de modo que, después de este alarde de poder tan rotundo, cualquier disimulo ya resulta superfluo.

En agosto de 1452 reúne Mohamed a todos sus *agaes* y *bajaes* y les declara abiertamente sus intenciones de atacar y conquistar Bizancio. Muy pronto el intento se convierte en realidad brutal; se envían heraldos por el ámbito del Imperio turco llamando a todos los hombres capaces de empuñar las armas, y el 5 de abril de 1453 irrumpe, cual terrible huracán, un considerable ejército otomano en la llanura de Bizancio, el cual llega casi hasta las mismas murallas de la ciudad. A la cabeza de sus tropas, ricamente ataviado, cabalga el Sultán, dispuesto a plantar su tienda frente a la Puerta de Lyka. Antes de desplegar sus banderas y estandartes al viento manda extender el sagrado tapiz de la oración y, tras de pisarlo con los pies descalzos, se inclina hasta tocar el suelo con la frente. Detrás de él —¡oh espectáculo maravilloso! —, los millares de hombres de su ejército, todos en igual dirección y al mismo ritmo, ofrecen su oración a Alá, suplicándole les de valor y les conceda la victoria. Se levantó entonces el Sultán. El humilde se ha vuelto arrogante, el servidor de Dios se convierte en señor y en soldado, y los *tellals*, los heraldos oficiales, recorren el campamento para proclamar solemnemente, entre percutir de tambores y sonar de trompetas, que ya ha comenzado el sitio de Bizancio.

Murallas y cañones

A Bizancio solo le queda un poder y una fuerza: sus murallas. Ya no existe nada de su glorioso pasado, como no sea esta herencia de tiempos más prósperos y felices. La ciudad está protegida por una fortificación triangular. Más abajo, las murallas de piedra cubren la defensa de los flancos frente al mar de Mármara y el Cuerno de Oro. Grandes extensiones son ocupadas por la fortificación, que mira hacia el campo abierto, llamada muralla de Teodosio. Ya con antelación había mandado Constantino rodear la ciudad con grandes piedras cuadradas, y Justiniano las había extendido y fortificado. Pero el bastión propiamente dicho era obra de Teodosio, con la muralla de siete kilómetros de extensión, de cuya pétrea fuerza todavía dan fe las ruinas cubiertas de hiedra que hoy subsisten. Guarnecida con troneras y almenas, protegida por fosos de agua, por torres cuadrangulares, en líneas paralelas dobles y triples, completada y renovada por varios emperadores durante un milenio, esta fortificación es considerada como el más perfecto ejemplo de los inexpugnables baluartes de su tiempo. Parece como si, al igual que sucedió cuando la invasión de los bárbaros y luego la de los turcos, las piedras de aquella famosa muralla pudieran resistir, todavía impasibles, a los nuevos métodos de guerra. Nada puede contra aquella muralla: ni los arietes ni las cerbatanas y morteros, pues sigue en pie pese a todos los asaltos. Ninguna otra ciudad de Europa se yergue más firme y protegida que Constantinopla, al abrigo de la muralla de Teodosio. Nadie mejor que Mohamed conoce estas fortificaciones y su resistencia. En sus noches en vela, incluso en sueños, piensa durante meses y años cómo podrí asaltaría, cómo destruirá lo indestructible. Se acumulan mapas y medidas sobre su mesa, mostrando los puntos débiles de las fortificaciones enemigas. El Sultán conoce cada una de las elevaciones del terreno, frente y tras de los muros; cada depresión; cada conducto de agua que los atraviesa; y sus ingenieros han estudiado con él todas sus particularidades. Pero ¡oh decepción!, todos convienen en que, con los cañones empleados hasta entonces, la muralla de Teodosio es invulnerable. ¡Pues hay que fabricar cañones más potentes! ¡Deben ser de mayor alcance, de más potencia que los que jamás conoció el arte de la guerra! ¡Y se precisan otros proyectiles, de piedra más dura, más pesados, que sean más destructores que cuantos se han empleado hasta entonces! Hay que inventar una nueva artillería que permita acercarse a aquellas murallas inviolables. No hay otra solución, y Mohamed está dispuesto a procurarse esos nuevos medios de ataque a cualquier precio. Y «a cualquier precio» significa que está dispuesto a todo para que el entusiasmo cunda y que la cooperación se presente. Así, poco después de la declaración de guerra, se presenta ante el Sultán el hombre que es considerado como el fundidor de cañones con más iniciativa y más experiencia del mundo. Se trata de Urbas u Orbas, un húngaro que, aunque cristiano y a pesar de haber ofrecido antes sus servicios a Constantino, espera verse mejor retribuido a las órdenes de Mohamed y que se le confíen misiones más trascendentales. Manifiesta que está dispuesto a fundir el cañón más grande que ha existido en el mundo, mientras le proporcionen los medios ilimitados que precisa para tamaña empresa. El Sultán, que, como todo aquel que está poseído por una idea fija, estimó que ningún precio es demasiado elevado para la consecución de su deseo, facilita los obreros necesarios para empezar a trabajar inmediatamente y, en miles de carros, hace transportar a Adrianópolis el mineral de hierro necesario para la empresa: durante tres meses, el fundidor se dedica a preparar con infinitos esfuerzos el molde de arcilla ajustado a ciertos secretos métodos de endurecimiento, como preliminar al riego de la candente masa. El éxito es completo. Sale del molde y se enfría aquel cañón gigantesco, de tamaño desconocido hasta entonces. Antes del primer disparo de prueba, Mohamed manda pregonar el hecho por toda la ciudad, para que las mujeres en cinta no se asusten del estruendo. Y cuando, con un estrépito infernal, sale de la boca de aquel monstruo la poderosa bola de piedra, que logra derribar un muro de un solo disparo, Mohamed ordena que se fabrique toda la artillería de aquel gigantesco tamaño. Aquella primera máquina «lanzapiedras», como la llamarán después los griegos, horrorizados, hubiera empezado su cruel misión pero surgió un problema: ¿Cómo transportar aquel dragón de bronce por toda la Tracia hasta las murallas de Bizancio? Entonces comenzó una odisea sin par. Todo un pueblo, un ejército entero se dedica a remolcar aquel enorme y rígido monstruo durante dos meses. Va delante la caballería, distribuida en patrullas para proteger aquel tesoro de cualquier ataque. Siguen luego centenares y millares de peones, que avanzan día y noche con la misión de allanar las desigualdades del terreno, para facilitar aquel terrible transporte, que deja tras de sí los caminos intransitables durante meses. Cincuenta pares de bueyes arrastran una barrera de carros, sobre cuyos ejes descansa el colosal cañón con peso equilibrado, como cuando se llevó el famoso obelisco de Egipto a Roma; doscientos hombres mantienen el equilibrio de aquel demonio metálico que oscila a derecha e izquierda, mientras cincuenta carreteros y carpinteros cuidan sin cesar de cambiar las ruedas de madera y engrasar los ejes, de reforzar los puntales, de tender puentes. Es comprensible que la impresionante caravana avance paso a paso, cual lento rebaño de búfalos, para abrirse camino por montes y estepas.

Maravilladas contemplan la comitiva las gentes de pueblos y aldeas, y se asombran ante aquel monstruo de hierro que, como si fuera un dios de la guerra, va marchando asistido por sus sacerdotes y sus sirvientes.

No tardan mucho en seguir el mismo camino otros cañones salidos del mismo molde, que, cual madre fecunda, da a luz a aquellos hijos del diablo. Otra vez pudo la humana voluntad hacer posible lo imposible. Muy pronto abren sus redondas bocas veinte o treinta cañones más ante Bizancio. Ha hecho su aparición la artillería pesada en la historia de la guerra, y empieza el duelo terrible entre las milenarias murallas de los césares orientales y los nuevos cañones del joven sultán.

RENACE LA ESPERANZA

Lenta pero tenazmente, los colosales cañones de Mohamed van destruyendo las murallas de Bizancio. Al principio solo pueden efectuar, cada uno de ellos, seis o siete disparos al día, pero, a diario, el Sultán introduce nuevas unidades en sus baterías que, entre nubes de polvo y cascotes, abren nuevas brechas en el castigado baluarte. Es verdad que, por las noches, los pobres sitiados van tapando aquellos huecos cómo pueden, pero ya no combaten seguros tras la antigua e inexpugnable muralla, que se viene abajo. Los ocho mil parapetados en su interior piensan con horror en el momento decisivo en el que los ciento cincuenta mil hombres de Mohamed se lancen al ataque final sobre la ya debilitada fortificación. Ya es tiempo de que la cristianísima Europa se acuerde de cumplir su promesa. Infinidad de mujeres con sus hijos se pasan el día entero orando en las iglesias. Desde las torres, los soldados observan día y noche la lejanía por si aparece, al fin, el refuerzo de la flota papal o la veneciana en el mar de Mármara. Por fin, el 20 de abril, a las tres de la madrugada, perciben un signo luminoso. A lo lejos distinguen un navío. No se trata de la anhelada y poderosa flota cristiana, pero siempre es un alivio; lentamente, impulsados por el viento, avanzan tres grandes bajeles genoveses, y luego otro más pequeño, un transporte bizantino, que trae cereales y va protegido por los otros tres. Se congrega, inmediatamente, toda Constantinopla, entusiasmada, cerca de las murallas de la orilla para saludar a los salvadores de la patria. Pero, al mismo tiempo, Mohamed se lanza a galope desde su purpúrea tienda en dirección al puerto, donde está a punto la flota turca, a la que ordena que, a toda costa, se evite la entrada de las naves en el puerto de Bizancio y en el Cuerno de Oro. Son ciento cincuenta barcos, menores, es verdad, que hunden al instante sus remos en el agua. Armadas con hierros de amarre, botafuegos y catapultas, aquellas ciento cincuenta embarcaciones se lanzan hacia las cuatro galeras cristianas, pero estas, fuertemente impulsadas por el favorable viento, escapan fácilmente de sus fanáticos perseguidores, que, entre un griterío ensordecedor, pretenden en vano alcanzarlas con sus descargas. Majestuosamente, con las velas hinchadas, los barcos cristianos, sin preocuparse de sus atacantes, se dirigen hacia el Cuerno de Oro, puerto que les ofrece segura y duradera protección gracias a la famosa cadena tendida desde Gálata a Estambul. Las cuatro galeras están muy cerca de la nieta; las gentes congregadas en las murallas pueden distinguir ya los rostros de los tripulantes; aquellos millares de seres, mujeres y hombres, se arrodillan emocionados para dar gracias a Dios y a los santos por la providencial y feliz llegada de sus salvadores. Pero, de pronto, ocurre algo terrible. El viento cesa súbita e inesperadamente, y los galeones quedan inmóviles en medio del mar, como retenidos por un imán a poca distancia del seguro refugio del puerto. Entre salvajes gritos de júbilo, el enjambre de lanchas enemigas acomete a los inmovilizados barcos cristianos. Como fieras que se precipitan sobre la presa, los ocupantes de las pequeñas embarcaciones hunden los garfios de abordaje en los flancos de madera de las grandes naves; golpeándolas fuertemente con las hachas para hacerlas zozobrar; trepando por las cadenas de las anclas con refuerzos constantemente renovados, a fin de lanzar antorchas encendidas contra las velas con propósito de incendiarías. El capitán de la flota turca aborda con su propio barco el transporte genovés, pretendiendo pasarlo por ojo. Ambas naves se entrecruzan como dos potentes luchadores. Verdad es que desde sus elevadas bordas y protegidos por sus blindados parapetos, los marineros genoveses pueden resistir de momento a los asaltantes, e incluso repelerlos con hachas y piedras, pero la lucha es demasiado desigual. ¡Los barcos genoveses están perdidos! ¡Horrible espectáculo para los millares de sitiados que están contemplándolo desde la muralla! Tan de cerca como suele colocarse el pueblo para presenciar los feroces combates en el circo, asiste ahora con indecible angustia a una batalla naval que, al parecer, ha de acabar con la inevitable derrota de los suyos. A lo sumo, dos horas más, y las cuatro embarcaciones cristianas sucumbirán a la furiosa acometida en el grandioso circo del mar. Los desconcertados griegos, reunidos en los muros de Constantinopla, a tan poca distancia de sus hermanos, crispan los puños y gritan imprecaciones en su impotente ira por no poder ayudar a sus salvadores. Muchos intentan animar a sus heroicos amigos con feroces gestos. Otros, por su parte, invocan a Dios y a los santos de sus respectivas iglesias, que durante siglos protegieron a Bizancio, pidiendo que se produzca un milagro. Pero en la orilla opuesta, en Gálata, también gritan y rezan con igual fervor los turcos, que esperan asimismo el triunfo de los suyos; el mar se ha convertido en una palestra; la batalla naval es una especie de encuentro entre gladiadores. El mismo Sultán acude al galope. Acompañado de sus *bajaes*, se mete en el agua, mojándose sus vestiduras. Haciendo portavoz con sus manos, arenga a su gente para que alcancen la victoria a toda costa. Cada vez que alguna de sus galeras retrocede, amenaza a su almirante esgrimiendo su cimitarra: «¡Si no triunfas, no volverás con vida!» Las cuatro naves cristianas resisten todavía. Pero la lucha toca a su fin. Van acabándose los proyectiles con los que han venido rechazando a las embarcaciones turcas. Los marineros están agotados tras una contienda que dura varias horas contra un enemigo cincuenta veces mayor en número. Declina el día. El sol se hunde en el horizonte. Una hora más y los barcos se verán arrastrados por la corriente hacia la orilla ocupada por los otomanos, más allá de Gálata, aun en el caso de que consigan evitar el abordaje. ¡Están perdidos, irremisiblemente perdidos! Pero, entonces, ocurre algo que a los ojos de la angustiada multitud de Bizancio aparece como un milagro. Se oye de pronto un leve rumor que súbitamente aumenta... Es el viento, el anhelado viento salvador que hincha de nuevo en toda su plenitud las velas de las naves cristianas. Se levantan triunfantes sus proas y en arrollador ímpetu se libran del acoso de sus enemigos, tomándoles una ventajosa delantera. ¡Están libres, salvados! Entre el jubiloso clamor de los millares de espectadores que se encuentran en las murallas van penetrando los perseguidos galeones, uno detrás de otro, en el seguro puerto. Rechina de nuevo la cadena al remontarse para cerrarlo y queda disperso por el mar, impotente, el enjambre de pequeñas embarcaciones turcas. Una vez más, la alegría de la esperanza se cierne como una rosada nube sobre la ensombrecida y desamparada ciudad.

Paso de la flota por la montaña

El extraordinario júbilo de los sitiados dura toda la noche. La noche suele exaltar la fantasía con el dulce veneno de los sueños. Aquellas gentes, por el espacio de una noche, se creen seguras y a salvo. En sus optimistas fantasías imaginan que, si las cuatro embarcaciones han logrado alcanzar el puerto con tropas y provisiones, semana tras semana irán llegando más refuerzos. Europa no los ha abandonado. Y ven ya levantado el cerco, y al enemigo desconcertado y vencido. Pero también Mohamed es un soñador; pero un soñador que pertenece a esa otra especie mucho más rara de quienes saben transformar, gracias a la voluntad, los sueños en realidades, y mientras los galeones se sienten seguros en el puerto del Cuerno de Oro, proyecta un plan extremadamente temerario que merece parangonarse con las hazañas bélicas de Aníbal y Napoleón. Ante él aparece Bizancio como una fruta sabrosa que no puede alcanzar. El impedimento principal está representado por aquella lengua de tierra, aquel Cuerno de Oro, aquella bahía que guarda el flanco de Constantinopla. Es prácticamente imposible llegar a ella, puesto que le estorba el paso la ciudad genovesa de Gálata, que obliga a Mohamed por el mantenimiento de su neutralidad y, desde ella, a la ciudad sitiada se tiende una cadena de hierro que cierra la entrada del golfo. De frente no puede atacarla con la flota; solo desde cierta ensenada interior, donde termina la posesión genovesa, podría dominarse la flota cristiana. Pero ¿cómo disponer de una flota en esa bahía interior? Claro está que se podría construir una, pero requeriría meses de trabajo. El impaciente Sultán no puede esperar tanto. Entonces el gran Mohamed concibe un plan genial, que consiste en hacer pasar la flota desde donde se halla, por la lengua de tierra, hasta la bahía interior del Cuerno de Oro. Este audacísimo proyecto de atravesar un istmo montañoso con cientos de embarcaciones parece, a simple vista, algo tan absurdo, tan irrealizable, que ni los bizantinos ni los genoveses de Gálata lo incluyen en sus cálculos estratégicos, como tampoco pudieron concebir los romanos, y más tarde los austríacos, la posibilidad del paso de los Alpes por Aníbal y por Napoleón. Las enseñanzas de la experiencia humana establecen que los barcos solo pueden avanzar por el agua, y nunca se ha visto que una flota cruce una montaña. Pero el genio militar está caracterizado por aquel que, en tiempo de guerra, desdeña todas las reglas bélicas conocidas, sustituyéndolas en un momento dado por la creadora improvisación. Llega el momento culminante de una acción inesperada e incomparable. Silenciosamente, Mohamed manda fabricar rodillos de madera que hombres expertos convierten en grandes trineos, donde, cual diques secos terrestres, se colocan los barcos. Al mismo tiempo, millares de peones ponen manos a la obra para allanar el paso del camino que pasa por la colina de Pera y facilitar el transporte de las naves. Para ocultar la presencia de tantos hombres empleados en la obra, el Sultán ordena que día y noche los morteros disparen cañonazos que, salvando la neutral ciudad de Gálata, siembren el terror en la sitiada, lo cual no tiene otro objeto sino distraer la atención para que puedan pasar las embarcaciones por montes y valles. Mientras los griegos esperan un ataque por tierra, las ruedas de madera, bien engrasadas, se ponen en marcha y, tirados por innumerables yuntas de búfalos y con el auxilio de los marineros, los barcos van atravesando, uno tras otro, la montaña. Apenas la noche impide con su manto cualquier mirada indiscreta, empieza la maravillosa expedición. Silenciosamente, aquel ardid fruto de una mente genial se lleva a término; se realiza el prodigio de los prodigios: toda una flota atraviesa la montaña. Lo que decide las acciones militares es la sorpresa. Y ahí se manifiesta el gran genio y la preclara inteligencia de Mohamed. Nadie barrunta lo que va a suceder. Ya dijo de sí el Sultán: «Si un pelo de mi barba se enterase de mis pensamientos, me lo arrancaría» Y mientras los cañones retumban potentes cerca de los muros de la sitiada ciudad, sus órdenes se cumplen al pie de la letra. Aquella noche del 22 de abril, setenta barcos son transportados de un mar a otro salvando montes, valles, viñedos, campos y bosques. A la mañana siguiente, los moradores de Bizancio creen estar soñando: una flota enemiga, como conducida por manos de espíritus, despliega sus velas, con evidente ostentación de hombres y gallardetes, en el mismísimo corazón de la inaccesible ensenada interior. Todos se frotan los ojos sin comprender cómo ha podido ocurrir semejante prodigio, pero las trompetas y atabales resuenan inmediatamente debajo del muro que hasta entonces quedaba protegido por el puerto; todo el Cuerno de Oro, a excepción de aquel estrecho territorio de Gálata, donde se halla embotellada la flota cristiana, está ya en poder del Sultán y de su ejército, gracias a aquel genial golpe de audacia. Sin que nadie se lo impida, Mohamed puede ahora conducir sus tropas desde sus pontones contra la más débil de sus murallas. Así queda amenazado el flanco más vulnerable y aclaradas las filas de los defensores apostados en el resto de la fortificación, harto deficientes ya. El puño de hierro va apretando con mayor fuerza cada vez la garganta de su víctima.

¡Europa, ayúdanos!

Los sitiados ya no se hacen ilusiones. Conocen su situación: ahora que están también acosados por el flanco abierto, no van a poder seguir resistiendo los ocho mil defensores contra los ciento cincuenta mil atacantes, detrás de las murallas casi destruidas, si no llega pronto auxilio. Pero ¿no había ofrecido la Señoría de Venecia mandar barcos? ¿Y el Papa puede permanecer indiferente ante el peligro de que Hagia Sophia, la monumental basílica de Occidente, se convierta en mezquita? ¿No comprende Europa, sumida en rencillas y discordias, lo que ello representa para la cultura de Occidente? Los sitiados piensan que quizá por ignorar lo que realmente está ocurriendo, la flota salvadora titubea aún en zarpar y que bastaría que se les informara sobre la tremenda responsabilidad de su indecisión para que se hiciesen a la mar en seguida. Pero ¿cómo hacerlo? El mar de Mármara está sembrado de barcos turcos. Poner en juego toda la flota para salir a él sería correr el riesgo de un aniquilamiento, y sobre todo restaría a los defensores, para quienes cada hombre de por sí cuenta ya mucho, unos cuantos cientos de soldados. Por lo cual, se acuerda por fin equipar un barco con una exigua tripulación y lanzarlo a la aventura. Doce hombres en total se arriesgan para la heroica hazaña y, si la Historia fuese justa, sus nombres tendrían que ser tan famosos como los de aquellos argonautas de Jasón, pero, ¡ay!, ignoramos los nombres de esos héroes. Tras izar la bandera enemiga en aquel insignificante bergantín, los doce hombres se visten como turcos y se cubren con turbante, o fez, para no llamar la atención. El 3 de mayo, sin ruido, quedamente, abren el cerco de hierro y, lenta y silenciosamente, protegidos por la oscuridad de la noche, los remos hienden el peligroso mar. Las audaces acciones individuales son el punto débil de todo plan bien tramado. En todo pensó Mohamed, pero jamás en la inimaginable temeridad de que un solo barco osara realizar, con doce héroes, esta réplica del viaje de los argonautas a través de su flota. Pero, ¡oh, trágica decepción!, en el mar Egeo no se ve ni una sola vela veneciana. No hay flota alguna que venga en su socorro. Venecia y el Papa han olvidado a Bizancio. Siempre se suceden en la Historia estos momentos trágicos en que, cuando sería más necesario que se agruparan todas las fuerzas para proteger a la cultura europea, los príncipes y los Estados no saben suspender sus luchas y querellas. Génova considera más importante disputar a Venecia la hegemonía de los mares, y Venecia, a su vez, solo piensa en dejar atrás a Génova. Se entretienen en ello, en lugar de luchar unidas contra el enemigo común. No se ve nave alguna en el mar. Aquel puñado de valientes va navegando en su cascarón de nuez de isla en isla, mientras la desesperación hace presa en ellos. Pero todos los puertos están ya ocupados por el enemigo y ningún barco cristiano se atreve a entrar en la zona de guerra. ¿Qué hacer? Algunos hombres sienten un justo desánimo. ¿Para qué volver a Constantinopla? ¿Para qué realizar de nuevo el peligroso viaje? No van a poder llevar a los sitiados esperanza alguna. Quizá ya cayó la ciudad, quizá si regresan les aguarda el cautiverio o la muerte. Sin embargo, la mayoría de aquellos héroes anónimos acuerda volver. Se les encomendó una misión y tienen que cumplirla a toda costa. Y aquella navecilla osa otra vez pasar por los Dardanelos, por el mar de Mármara, entre la flota enemiga. El 23 de mayo, veinte días después de la partida, cuando en Constantinopla ya se considera perdida la frágil embarcación y nadie piensa en el mensaje ni en el regreso de los tripulantes, dos vigías agitan las banderas desde las murallas pues, remando con inusitado vigor, una embarcación se acerca al Cuerno de Oro. Entonces es cuando los turcos se enteran, por la jubilosa algazara de los sitiados, de que aquel bergantín, que con gran descaro ha tenido el atrevimiento de pasar, enarbolando bandera turca, por las aguas que ellos dominan, es en realidad una embarcación enemiga. Acuden entonces con sus propias embarcaciones de todas partes, para detenerle antes de que arribe al puerto salvador. Hay un momento en que Bizancio expresa estentóreamente su júbilo con la esperanza de que Europa se ha acordado de ellos y de que la valiente navecilla era un heraldo de tan fausta nueva. Pero al llegar la noche, la triste verdad es del dominio público: la cristiandad ha abandonado a Bizancio; los sitiados están solos, e irremisiblemente perdidos, si no se salvan por sus propias fuerzas.

La noche anterior al asalto

Después de seis semanas aproximadamente de lucha constante, el Sultán está impaciente. Sus cañones han destruido las murallas en muchos puntos, pero los ataques que varias veces ha ordenado han sido, hasta ahora, sangrientamente rechazados. Para un general solo quedan dos caminos: o bien levantar el cerco o, después de ataques aislados, realizar el gran asalto final. Mohamed reúne a sus *bajaes* en consejo de guerra, y su apasionada voluntad se impone a todas las dudas y consideraciones. Se acuerda la fecha del 29 de mayo para el gran asalto decisivo. El soberano se apresta a tomar sus últimas medidas. Se decreta un día de fiesta, en el que ciento cincuenta mil hombres, desde el primero al último, tienen que cumplir con todos los usos prescritos por el islam; las siete abluciones y las tres oraciones diarias. Lo que queda de pólvora y proyectiles se destina para la artillería, que machacará la ciudad para el asalto final, y se reparten las tropas para ello. Mohamed no descansa de día ni de noche. Desde el Cuerno de Oro hasta el mar de Mármara, recorre a caballo el colosal campamento, animando a los jefes y enardeciendo a los soldados. Como buen psicólogo, conoce muy bien la manera de estimular hasta el grado máximo la acometividad de sus guerreros. Por eso les hace una horrible promesa, que luego cumplió puntualmente, sea dicho en su honor y descrédito a la vez. Promesa que lanzan sus heraldos a los cuatro vientos: Mohamed jura en nombre de Alá, de Mahoma y de los cuatro mil profetas; por el alma de su padre, el sultán Murad; por las cabezas de sus hijos y por su cimitarra, que sus tropas, después del asalto a la ciudad, tendrán derecho durante tres días al saqueo y al pillaje ilimitado. Todo cuanto se encierra tras aquellas murallas: mobiliario y bienes, joyas y objetos de valor, monedas y tesoros, hombres, mujeres y niños, pertenecerá a los victoriosos soldados, pues él renuncia a cualquier participación en el botín, a excepción del honor de haber conquistado aquel último baluarte del Imperio romano de Oriente. Con gran alborozo escuchan los soldados esta vil proclama. Con estrepitoso júbilo resuena por doquier el grito «¡Alá, Alá!» entre los miles de combatientes que se hallan congregados ante la atemorizada ciudad. «*¡Jagma, jagma!*» (¡Pillaje, pillaje!). Esta palabra pasa a ser el grito de combate, que resuena entre trompetas, címbalos y tambores. Por la noche, el campamento se convierte en un mar de luces. Amedrentados, los sitiados contemplan desde sus murallas cómo miles de luces y antorchas brillan en la llanura y en las colinas, y cómo los enemigos celebran ya la victoria antes de conseguirla, con trompetas, tambores, silbatos y panderetas. Es como la ruidosa y cruel ceremonia de los sacerdotes paganos antes del sacrificio. Y luego, súbitamente, a medianoche, por orden de Mohamed, se apagan a la vez todas las luces y cesa bruscamente el atronador griterío de aquellos millares de voces. Pero, ¡ay!, aquel silencio y oscuridad repentinos pesan más dolorosamente en el ánimo de los cristianos que todas las anteriores explosiones de entusiasmo.

LA ÚLTIMA MISA EN SANTA SOFÍA

Los sitiados no necesitan recibir ningún mensaje para enterarse de lo que va a acontecer. Saben muy bien que el ataque está ordenado y presienten la gran prueba y el terrible peligro que se cierne sobre ellos, como nube anunciadora de una borrasca. La población, que antes estaba desunida y en lucha religiosa, se une ahora en estas últimas horas; la extrema necesidad es siempre la que depara el incomparable espectáculo de la unidad en esta tierra. A fin de que todos estén dispuestos a defender lo que les obligan la fe, el glorioso pasado, la cultura común, dispone Basileo que se celebre una conmovedora ceremonia religiosa. Por orden suya, se congregan católicos y ortodoxos, sacerdotes y seglares, niños y ancianos, en una única procesión. Nadie debe, ni quiere, quedarse en casa. Ricos y pobres, cantando el Kyrie Eleison, forman en el solemne cortejo que recorre, primero, el recinto interior de la ciudad y, luego, efectúa también el circuito de las murallas exteriores. Se sacan de las iglesias las sagradas imágenes y reliquias para encabezar el desfile. En las brechas que el enemigo ha abierto en la muralla se cuelgan cuadros de santos, con la esperanza de que logren, mejor que cualquier arma terrenal, que fracase el esperado asalto de los infieles. Al mismo tiempo, reúne el emperador Constantino a los senadores, nobles y oficiales de elevada jerarquía, para alentarlos con una última alocución.

Claro está que no puede, como hizo Mohamed, prometerles un ilimitado botín. Pero sí glosa el honor que les corresponderá a ellos, a toda la cristiandad y al mundo occidental si logran resistir este ataque decisivo y el peligro que supone si sucumben ante los asesinos e incendiarios. Ambos, Mohamed y Constantino, saben que este día decidirá la historia de los siglos futuros. Empieza entonces la última escena, una de las más conmovedoras de Europa, un inolvidable éxtasis del ocaso. En Santa Sofía, que es, aun entonces, la más soberbia de las catedrales del mundo y que desde el día en que tuvo lugar la unión de ambas Iglesias se ha visto abandonada por los seguidores de una y otra creencia, se reúnen ahora los que parecen destinados a morir. Rodean al emperador toda la Corte, la nobleza, el clero griego y romano, soldados y marinos genoveses y venecianos vestidos y armados para el combate; tras ellos se arrodillan en reverente silencio miles y miles de devotos, sombras que murmuran sus oraciones: es el doblegado y maltrecho pueblo, presa del miedo y la preocupación. Las luces de los cirios, que luchan por rasgar las densas tinieblas de las bajas arcadas, iluminan aquella masa de fieles postrados en oración como un solo cuerpo. Es el alma de Bizancio la que eleva allí sus preces a Dios. El patriarca levanta la voz, solemne e impresionante. Cantando, le contesta el coro. Una vez más resuena la sagrada y eterna voz del Occidente, su mística música, en la grandiosa nave. Luego, uno tras otro, yendo en cabeza el Emperador, van acercándose al altar para recibir la Sagrada Eucaristía, el consuelo de la fe, mientras llena los ámbitos del templo el emocionado rumor de las plegarias. Ha empezado la última misa, más bien el funeral del Imperio romano de Oriente, pues, por última vez, se celebran los ritos cristianos en la catedral de Justiniano. Después de esta conmovedora ceremonia, regresa por breve tiempo el Emperador a su palacio, con el propósito de pedir perdón a sus súbditos y servidores por todas las injusticias que contra ellos hubiera cometido. Luego monta a caballo y cabalga —como hace a la misma hora Mohamed, su gran adversario— de un extremo a otro de las murallas, para arengar a sus soldados. La noche está muy avanzada. No se oye voz alguna ni se percibe el chocar de las armas. Con el alma en tensión esperan los millares de sitiados en las murallas a que llegue el día y, con él, la muerte.

KERKAPORTA, LA PUERTA OLVIDADA

A la una de la madrugada, el Sultán da la señal para comenzar el ataque. Agitando los estandartes y al grito de «¡Alá!», repetido por tres veces, cien mil hombres se lanzan con armas, escalas de cuerda y garfios contra las murallas, mientras suenan simultáneamente charangas, címbalos y atabales, mezclando sus estridentes sones al terrible griterío de los combatientes y al tronar de los cañones. Despiadadamente son lanzadas de momento contra los muros las tropas bisoñas, los *bachibozucos*, cuyos cuerpos semidesnudos, según los planes del Sultán, han de servir, hasta cierto punto, de víctimas propiciatorias, sin otro objeto que el de cansar y debilitar las fuerzas del enemigo antes de que las tropas escogidas entren en acción para el asalto definitivo. Con centenares de escalas corren en la oscuridad estos soldados, suben por las almenas, caen rechazados por la heroica defensa de los sitiados, pero vuelven a subir una y otra vez, pues saben que les está cortada la retirada: tras ellos, que solo son deleznable material humano destinado al sacrificio, van las tropas escogidas, encargadas de empujarlos hacia una muerte casi segura. Los sitiados siguen todavía resistiendo, pues las incontables flechas y piedras no penetran en sus cotas de malla. Pero el verdadero peligro -Mohamed lo ha calculado bien- está en el cansancio. Forzados a combatir con su pesado armamento contra las cada vez más agobiantes tropas ligeras, que saltan continuamente de un punto de ataque a otro, consumen en forma agotadora buena parte de sus fuerzas. Y cuando, al cabo de dos horas de lucha, empieza a apuntar el alba y entran en liza los anatolios, la batalla resulta más peligrosa aún para los cristianos. Estos anatolios son guerreros disciplinados, bien adiestrados, provistos también de cotas de malla, pero, sobre todo, lo importante es que son superiores en número y que están completamente descansados, mientras los defensores tienen que atender ora a un lugar, ora a otro, para protegerlo contra los asaltantes. Sin embargo, los turcos son repelidos, de tal manera, que el Sultán tiene que echar mano de sus últimas reservas, los jenízaros, la flor y nata de sus tropas, lo más escogido del ejército otomano. Se pone en persona a la cabeza de estos doce mil jóvenes y aguerridos soldados, los mejores que Europa conoce a la sazón, y prorrumpiendo en un solo grito se lanzan contra los exhaustos adversarios. Es más que hora de que suenen todas las campanas de la ciudad llamando a los últimos hombres útiles y semi-útiles para que acudan a las murallas, y de que los marinos salgan de sus barcos, pues ahora sí que se ha entablado la batalla decisiva. Para desesperación de los defensores, una piedra lanzada con honda hiere gravemente al caudillo de las tropas genovesas, el arrojado condotiero Giustiniani, que tiene que ser transportado a un barco. Aquella desgracia hace que se tambalee momentáneamente la energía combativa de los defensores. Pero entonces aparece el Emperador, que trata de evitar que el enemigo penetre en la ciudad. Y, otra vez, consiguen hacerle retroceder. La decisión se enfrenta a la desesperación y, durante un instante, aún parece que Bizancio se va a salvar; la más extrema desesperación ha conseguido repeler el más feroz de los ataques. Pero, entonces, acontece una trágica casualidad: uno de esos enigmáticos incidentes que a veces provoca la Historia en sus inescrutables resoluciones. Ocurre algo incomprensible: por una de las múltiples brechas de las murallas exteriores han entrado unos cuantos turcos, no lejos del lugar donde se desarrolla lo más enérgico de la lucha, que no se atreven a atacar la muralla interior. Mientras, curiosos y sin ningún plan determinado, vagan por el espacio que media entre la primera y la segunda muralla de la ciudad, descubren que una de las puertas menores del muro interno, la llamada Kerkaporta, ha quedado abierta por un incomprensible descuido. Se trata de una pequeña puerta por la cual entran los peatones en tiempos de paz en las horas que permanecen cerradas las mayores y, precisamente porque carece de la menor importancia militar, se olvidó su existencia durante la excitación general de la última hora. En ese momento, sospechan los jenízaros que se trata de un ardid de guerra, ya que no conciben, por absurdo, que mientras ante cada brecha y cada puerta de la fortificación yacen amontonados millares de cadáveres, corre el aceite hirviendo y vuelan las jabalinas, se les ofrezca allí libre acceso, en dominical sosiego, por esta puerta, la Kerkaporta, que conduce al corazón de la ciudad. Por lo que pudiera ocurrir, piden refuerzos, y, sin hallar ninguna resistencia, la tropa penetra en el interior de Bizancio, atacando por detrás a sus defensores, que jamás hubieran sospechado tamaño desastre. Unos cuantos guerreros descubren a los turcos detrás de las propias filas, y de un modo aterrador surge el grito que en cualquier batalla resulta más mortífero que todos los cañones, sea o no la divulgación de un falso rumor: «¡La ciudad ha sido tomada!» Los turcos repiten aquellas terribles palabras con estentóreas voces de triunfo tras las líneas de los sitiados: «¡La ciudad está tomada!», y este grito acaba con toda la resistencia. Las tropas, que se creen traicionadas, abandonan sus puestos, para salvarse a tiempo acogiéndose a los barcos. Resulta inútil que Constantino, con algunos incondicionales, haga frente a los atacantes. Como otro combatiente cualquiera, cae en el fragor de la batalla y ha de llegar el día siguiente para que, por su purpúreo calzado, que ostenta un águila de oro, se pueda reconocer entre los apilados cadáveres de los heroicos defensores de Bizancio al último emperador que, honrosamente, dio su vida, perdiendo al mismo tiempo con ella el Imperio romano de Oriente. Un hecho insignificante, el que la Kerkaporta, la puerta olvidada, estuviese abierta, decidió el rumbo de la Historia.

Cae la cruz

A veces, la Historia, juega con los números. Pues justamente mil años después de que Roma fuera tan memorablemente saqueada por los vándalos, empieza el saqueo de Bizancio. Mohamed, el triunfador, espantosamente fiel a su palabra, deja a discreción de sus guerreros, tras la primera matanza, casas, palacios, iglesias y monasterios, hombres, mujeres y niños en confuso botín.

Corre la enloquecida soldadesca intentando adelantarse, unos a otros, para obtener mayor ventaja en el pillaje. El primer asalto va contra las iglesias, pues saben que guardan cálices de oro y deslumbrantes joyas, pero si por el camino desvalijan alguna casa, izan inmediatamente su bandera, para que sepan los que vengan después que allí el botín se ha cobrado ya; y ese botín no consiste solo en piedras preciosas, dinero y bienes muebles en general, sino en mujeres para los serrallos y hombres y niños para el mercado de esclavos. La multitud de infelices que han buscado refugio en las iglesias son arrojados de ellas a latigazos. A los viejos se los asesina, por considerárseles bocas inútiles y género invendible. A los jóvenes se los agrupa en una especie de manada y son conducidos como animales. La insensata destrucción no tiene freno. Cuanto de valioso encontraron en inapreciables reliquias y obras de arte, es destruido, aniquilado por la furia musulmana. Las preciosas pinturas son desgarradas; las más bellas estatuas, derribadas a martillazos. Los libros, sagrado depósito del saber de muchos siglos, todo lo que era representación eterna de la cultura griega, es quemado o desechado. Jamás tendrá la Humanidad conciencia del desastre que se introdujo en aquella hora decisiva por la abierta Kerkaporta, ni en lo muchísimo que perdió el mundo espiritual en los saqueos y destrucción de Roma, Alejandría y Bizancio. Mohamed espera a que llegue la tarde del gran triunfo, cuando la matanza ya ha terminado, para entrar a caballo en la ciudad conquistada. Fiel a su palabra de no estorbar la acción demoledora de sus soldados, pasa sin mirar atrás por las calles donde la soldadesca se entrega al pillaje. Altivamente se dirige a la catedral, la suprema joya de Bizancio. Durante más de cincuenta días había contemplado desde su tienda la brillante cúpula de Hagia Sophia, y ahora puede traspasar sus umbrales, cruzar la broncínea puerta como vencedor. Pero, una vez más, domina su impaciencia: primero quiere darle gracias a Alá antes de consagrarle para siempre aquella iglesia. Con humildad se apea del caballo e inclina profundamente la cabeza para orar. Luego coge un puñado de tierra y la esparce sobre ella, para recordar que él también es un simple mortal y que no debe envanecerse por su triunfo. Y solo entonces, cuando ha hecho acto de humildad ante su dios, el Sultán se yergue y penetra como el primer servidor de Alá en la catedral de Justiniano, la Iglesia de la Sublime Sabiduría, en Hagia Sophia. Curioso y conmovido, Mohamed contempla la hermosura de aquella joya arquitectónica, sus altas bóvedas, donde lucen el mármol y los mosaicos, los delicados arcos que de las tinieblas se elevan hacia la luz, y tiene la impresión de que aquel maravilloso palacio de la plegaria no pertenece a él, sino a su dios. Inmediatamente manda llamar a un imán, ordenándole que suba al púlpito y anuncie desde allí la fe del Profeta, mientras que el *padichá*, de cara a La Meca, pronuncia por primera vez su oración, dirigida a Alá, señor del mundo, en aquella catedral cristiana. Al día siguiente, los obreros reciben orden de quitar todos los símbolos de la creencia anterior: se arrancan los altares, pintan los piadosos mosaicos y es derribada desde lo alto del altar mayor, y cae con estrépito, la Cruz inmortal que ha estado extendiendo sus brazos por espacio de mil años, como si quisiera abarcar el mundo para consolar sus penas. Resuena estremecedoramente el tremendo impacto por el ámbito del templo y mucho más allá. Ante la horrible profanación se conmueve todo el Occidente. Espantoso eco encuentra la noticia en Roma, en Génova, en Venecia. Como el retumbar del trueno se extiende a Francia, a Alemania, y Europa ve, turbada, que por culpa de su ciega indiferencia ha penetrado por la Kerkaporta, la malhadada y olvidada puerta, una nefasta y devastadora potencia que debilitará sus fuerzas por espacio de siglos. Pero en la Historia, como en la vida humana, el deplorar lo sucedido no hace retroceder el tiempo, y no bastan mil años para recuperar lo que se perdió en una sola hora.

III
La huida hacia la inmortalidad:
el descubrimiento del océano Pacífico
25 de septiembre de 1513

LA EXPEDICIÓN

A su regreso del primer viaje a América, por él recién descubierta, Colón ha ido mostrando, en sus triunfales desfiles por las calles de Sevilla y Barcelona, un sinnúmero de extrañas curiosidades: hombres de piel cobriza pertenecientes a una raza hasta entonces desconocida, animales nunca vistos, multicolores y chillones papagayos, torpes tapires, plantas y frutos exóticos, que pronto se aclimataron a Europa, como el maíz, el tabaco y el coco. Todo lo admira asombrada la alegre y vocinglera muchedumbre, pero lo que más atrae la atención de los Reyes y sus consejeros son algunas arquillas y cestos con oro. No es mucho el que trae Colón de la nueva «India»: unos cuantos objetos insignificantes cambiados a los indígenas, algunos puñados de pepitas y agujas, polvo de oro, en fin, más que oro, alcanzando todo el botín para acuñar a lo sumo algunos cientos de ducados. Pero Colón, que siempre cree lo que quiere creer y mantiene el orgullo de su gloriosa expedición a las Indias, asegura, convencido, que todo aquello no es más que una pequeña muestra de los tesoros que encierra aquel país. Tiene noticias, dignas de todo crédito, de la existencia de inmensas minas de oro en las nuevas islas y de que el rico y preciado metal se encuentra en algunos lugares bajo una ligera capa de tierra y que basta escarbar en ella con una simple piedra para descubrirlo. Cuenta que más al Sur hay imperios donde los reyes beben en áureos vasos, pues el oro tiene allí menos valor que el plomo en España. El monarca, siempre escaso de dinero, escucha absorto las ponderaciones que se le hacen de ese nuevo Ofir, que ya es suyo. No conoce a Colón lo bastante para desconfiar de sus promesas y, en seguida, arma una gran flota para una segunda expedición. Esta vez no se necesitan agentes para conseguir la tripulación. La simple noticia del Ofir recién descubierto, donde el oro está al alcance de la mano, trastorna a toda España, y a cientos, a millares, acuden los hombres dispuestos a partir hacia «El Dorado», el país del oro. Pero es turbio el impulso que mueve a las gentes de villas, pueblos y aldeas. No acuden a alistarse a Palos y Cádiz solo rancios apellidos, ansiosos de dorar su escudo, u osados aventureros y valientes soldados, sino que allí se congrega también la truhanería y la escoria de España: ladrones y maleantes que buscan nuevo campo para sus andanzas en el país del oro; individuos que huyen de sus acreedores; maridos que abandonan a sus insoportables esposas. Todos los desesperados, los fracasados y los perseguidos por la justicia pretenden un puesto en la flota, decididos a enriquecerse al instante. Unos a otros se contagian y creen las fantasías de Colón, según las cuales, con solo escarbar la tierra con una piedra, encontrarán el áureo metal. Los emigrantes privilegiados se llevan consigo servidumbre y mulos para transportar rápidamente el rico botín con que sueñan. Y los aventureros que no consiguen ser admitidos en la expedición, buscan otro camino: sin preocuparse de lograr el permiso real, fletan barcos por su cuenta, para ir a acaparar oro y más oro allende el mar. España, pues, se ve libre de pronto de toda la gente de vida poco limpia y de los más peligrosos rufianes. El gobernador de La Española (más tarde dividida en Santo Domingo y Haití) ve con espanto como irrumpen en la isla a él confiada tales indeseables. Año tras año, las naos traen nuevos cargamentos de individuos cada vez más peligrosos. Pero la decepción alcanza también a los recién llegados, ya que el ambicionado metal no se encuentra allí en medio de la calle, ni mucho menos, y tampoco se puede arrebatar ni una pepita más a los infortunados indígenas. Ante el espanto del gobernador y de los pobres indios, aquellas hordas recorren el país en rufianesco haraganeo. En vano intenta el gobernador convertirlos en colonos mediante la concesión de tierras y abundante ganado e, incluso, de brazos humanos, entregando a cada uno hasta dieciséis o diecisiete nativos en concepto de esclavos. Pero ni los hidalgos de alcurnia ni los maleantes de otrora tienen el menor deseo de dedicarse a la agricultura; no han ido a aquellas tierras para cultivar trigo y guardar ganado y, en lugar de afanarse en siembras y cosechas, prefieren desahogar su desilusión castigando a los pobres indios, cuya extinción se presiente próxima. En poco tiempo, la mayor parte de los emigrantes están tan entrampados que, después de haber vendido todos sus bienes, han de desprenderse, incluso, de las prendas de vestir; empeñados hasta el cuello con usureros y comerciantes. Venturosa noticia fue para todas aquellas vidas fracasadas de La Española la de que un notable de la isla, el jurisconsulto y bachiller Martín Fernández de Enciso, se disponía, en 1510, a aprestar un barco para acudir con nueva tripulación en ayuda de su colonia establecida allá en el continente. Dos célebres aventureros, Alonso de Ojeda y Diego de Nicuesa, habían obtenido del rey Fernando el privilegio de fundar, cerca del istmo de Panamá y en la costa de Venezuela, una colonia a la que algo prematuramente denominaron Castilla del Oro. Subyugado por el encanto de este nombre, y dejándose llevar de engañosas habladurías, el célebre hombre de leyes había invertido toda su fortuna en la empresa; pero de la colonia fundada en San Sebastián, en el golfo de Urabá, no llega oro, sino angustiosas peticiones de auxilio: la mitad de sus hombres han desaparecido luchando con los indígenas y la otra mitad ha sido víctima del hambre. Para salvar el dinero invertido, Enciso arriesga el resto de su fortuna y organiza una expedición de socorro.

Apenas se difunde la noticia, todos los desesperados y vagabundos de La Española quieren aprovechar la ocasión y marchan con él. Pero si su afán es huir de los acreedores y de la severa vigilancia del gobernador, también los acreedores están sobre aviso, se dan cuenta de que, para siempre, se van a esfumar los más importantes deudores y presionan al gobernador para que no permita marchar a nadie sin un permiso especial. A lo cual accede la autoridad. Se monta, pues, una estrecha vigilancia y se dispone que el barco de Enciso quede anclado fuera del puerto. Tropas del gobierno patrullan en botes para evitar que suba a bordo ningún polizón. Y con enorme amargura, aquellos desesperados que temen menos a la muerte que al trabajo honrado o a la prisión por deudas, ven como el barco leva anclas, se hace a la vela y marcha hacia la aventura sin llevarlos a ellos.

Un hombre oculto en un cofre

El barco de Enciso navega de La Española hacia el continente americano. Ya han desaparecido en el horizonte los contornos de la isla. Es una travesía tranquila en la que no se advierte de momento nada especial, a no ser el hecho de que cierto sabueso —hijo del célebre perro Becerrico y que también ha hecho famoso por su parte su nombre de Leoncico— ande inquieto por la cubierta husmeándolo todo. Nadie sabe a quién pertenece ni cómo llegó a bordo. Al fin se detiene y no se separa de una gran caja o cofre de provisiones que fue embarcado el último día. Este se abre inesperadamente por sí mismo y de él surge, dificultosamente, armado de espada, casco y escudo, como Santiago, patrón de España, un hombre de unos treinta y cinco años. Es Vasco Núñez de Balboa, que con tal ardid hace gala de su ingeniosa audacia. Nacido en Jerez de los Caballeros, de noble familia, parte hacia el Nuevo Mundo como simple soldado con Rodrigo de Bastidas, y al fin, tras varios avatares, desembarca en La Española. En vano intenta el gobernador hacer de él un honrado colono; al cabo de pocos meses abandona la tierra que se le ha concedido, y está tan entrampado que no sabe cómo librarse de sus acreedores. Pero mientras los otros tramposos contemplan desesperados desde la costa las evoluciones de los botes del Gobierno para impedirles llegar hasta el barco de Enciso, Núñez de Balboa logra burlar el cordón de vigilancia establecido por Diego Colón y, escondiéndose en un vacío cofre de provisiones, se hace llevar a bordo, donde entre la confusión de la partida nadie advierte la añagaza. Cuando supone que el buque se encuentra ya bastante lejos de la costa para retroceder por causa suya, se presenta el invisible polizón. Y allí está.

El bachiller Enciso es hombre de leyes y, como les suele ocurrir a los juristas, poco dado a lo novelesco. En su calidad de alcalde y jefe de policía de la nueva colonia, no está dispuesto a tolerar en ella la presencia de estafadores y demás vidas poco claras. De modo que declara terminantemente a Núñez de Balboa que no piensa llevarlo consigo, sino que lo abandonará en la primera isla que encuentren en su camino, esté habitada o no. Pero nada de esto sucedió. Mientras el barco navega hacia Castilla del Oro, encuentran en su ruta (cosa rara en aquel tiempo, en que solo surcaban aquellos mares, hasta entonces ignotos, unos pocos bajeles) una lancha abarrotada de hombres, al mando de uno que pronto sería famoso en todo el mundo: Francisco Pizarro. Los ocupantes del bote vienen de San Sebastián, la colonia de Enciso. En el primer momento se les toma por amotinados que han abandonado sus puestos, pero con espanto escucha después Enciso que ya no existe tal colonia de San Sebastián; ellos son los únicos supervivientes; el comandante Ojeda había huido en un barco; los restantes colonos, que solo disponían de dos bergantines, tuvieron que esperar a que la muerte fuera reduciendo su número hasta sesenta personas, que eran las que cabían en aquellas frágiles embarcaciones. Y, por si fuera poco, uno de los dos bergantines se había hundido con toda su tripulación. Los treinta y cuatro hombres que van con Pizarro son los únicos supervivientes de Castilla del Oro. ¿Adónde dirigirse ahora? Las gentes de Enciso no tienen, tras oír los relatos de Pizarro, ningún deseo de exponerse al terrible clima pantanoso de la colonia abandonada o a las flechas envenenadas de los indígenas. No ven otra posibilidad sino volver a La Española. Y en tan crucial momento aparece Vasco Núñez de Balboa, quien les habla de su primer viaje con Rodrigo de Bastidas y explica que conoce toda la costa de Centroamérica, e incluso recuerda que entonces dieron con un lugar llamado Darien, situado a la orilla de un río rico en oro y habitado por pacíficos indígenas; allí, pues, es donde debe fundarse la nueva colonia. Al punto, toda la tripulación declárase favorable al proyecto de Núñez de Balboa y, de acuerdo con esa proposición, se dirigen hacia Darien, en el istmo de Panamá. Llegan al esperado lugar, se produce la acostumbrada lucha y, como entre el botín logrado se halla el precioso metal, aquellos desesperados deciden fundar allí una ciudad, acordando llamar a la nueva colonia, en prueba de piadoso agradecimiento, Santa María de la Antigua de Darien.

Ascenso peligroso

Pronto se habría de arrepentir el infortunado financiador de la colonia, el bachiller Enciso, de no haber lanzado al agua el cofre con Núñez de Balboa dentro pues, al cabo de pocas semanas, aquel osado ya se había hecho poderoso. Enciso, hombre de leyes y con las ideas de disciplina y orden muy arraigadas, intenta, como alcalde mayor o gobernador de la colonia, regirla para el mejor servicio de la monarquía española. Pese a proclamar sus edictos alojado en una cabaña india, lo hace con la misma solemnidad y rigor que si se hallara sentado en su bufete de Sevilla. Prohíbe a los soldados el tráfico de oro con los indígenas, porque este es un derecho que le está reservado a la Corona.

Procura someter a la ley y al orden a aquella gente indisciplinada, sin darse cuenta de que esta se siente atraída por instinto al aventurero; el hombre de espada, se rebela contra el hombre de pluma. Balboa se alza al punto como verdadero dueño de la colonia, y Enciso tiene que huir para salvar su vida; incluso el propio Nicuesa, enviado luego por el Rey como gobernador para establecer el orden, se ve imposibilitado de desembarcar y, expulsado de la tierra que el Rey le había asignado, se ahoga durante el viaje de regreso. Ya es dueño y señor de la colonia el «hombre del arcón»: Núñez de Balboa. Pero, a despecho de su éxito, no se aprovecha con tacto de aquel triunfo inicial. Y es que se ha declarado en abierta rebeldía contra el Rey y no puede esperar perdón, ya que por su causa ha encontrado la muerte el gobernador nombrado de real orden. Sabe, por otra parte, que Enciso está camino de España para formular querella contra él y que, más tarde o más temprano, habrá de verse sometido a un juicio por su rebelión. Pero piensa: España está lejos, y mientras un navío cruza dos veces el océano, él tendrá tiempo sobrado para lo que conviene a sus fines. Arteramente busca la única forma de mantener por el mayor tiempo posible el poder usurpado. Sabe que el éxito justifica en aquellos días cualquier acto y que una importante aportación de oro al Real Tesoro puede demorar o contrarrestar la acción de la justicia. En consecuencia, ante todo, debe procurarse oro. ¡Oro es poder! De acuerdo con Francisco Pizarro, somete y despoja a los indígenas vecinos. En una de aquellas cruentas acciones alcanza un éxito decisivo. Uno de los caciques indios, llamado Careta, que había sido atacado en contra de las más elementales normas de hospitalidad, aconseja a Balboa, estando ya condenado a muerte, que puede convenirle más, en lugar de buscar la enemistad de los indios, llegar a una alianza con ellos, y como prenda de adhesión ofrece una hija suya al español. Núñez de Balboa reconoce al punto lo que puede significar disponer de un amigo poderoso y leal entre los indígenas; acepta la proposición de Careta y, lo que es más sorprendente, guardará fidelidad hasta la muerte a esa joven india. Aliado con el cacique Careta, somete a todos los indios de los alrededores y adquiere tal prestigio entre ellos, que un día Comagre, uno de sus más poderosos cabecillas, le invita respetuosamente a que le visite. La entrevista con el poderoso cacique da un sesgo trascendental a la vida de Vasco Núñez de Balboa, que hasta aquel momento no ha sido más que un desesperado, un temerario rebelde contra el Rey y destinado a acabar en prisión o bajo el hacha de la justicia castellana. El cacique Comagre recibe a Vasco Núñez, con gran asombro de este, en una espaciosa mansión de piedra y le regala voluntariamente cuatro mil onzas de oro. Entonces le llega al cacique el turno de admirarse. Tan pronto como los «hijos del cielo», los poderosos extranjeros recibidos con tanta reverencia han visto el oro, desaparece de ellos toda dignidad. Como perros sueltos se precipitan unos contra otros; salen a relucir las espadas; se crispan los puños; se empujan unos a otros; se produce un confuso griterío al pretender alcanzar a la vez su parte del precioso metal. Maravillado y despectivo, Comagre contempla la algarada. Es el asombro de todos los cándidos hijos de la Naturaleza en cualquier rincón del mundo al enfrentarse con los hijos de la cultura, cuando los ven estimar más un puñado de amarillo metal que todas las conquistas espirituales y técnicas de su civilización. El cacique dirige al fin la palabra a los alborotados huéspedes, que, con rabioso asombro, oyen de labios del intérprete lo que sigue:

—¡Cuánto me admira que expongáis vuestras vidas a toda suerte de riesgos por un metal tan común! Por allí, tras esas altas montañas, se encuentra un mar inmenso, al que van a parar numerosos ríos que arrastran oro en sus aguas. Esas tierras están pobladas por gentes que navegan en barcos con velas y remos como los vuestros, y sus reyes comen y beben en recipientes de oro. Podéis encontrar allí tanto oro como deseéis. El camino es peligroso, porque seguramente los caciques de aquellas tribus os cerrarán el paso, pero llegaréis en pocas jornadas.

Vasco Núñez de Balboa está extasiado ante lo que oye: por fin ha encontrado el camino que conduce al legendario país del oro, con el que durante años ha soñado. Los que le han precedido en sus andanzas han creído vislumbrarlo por todas partes, por el Norte y por el Sur, y he aquí que, si el cacique no miente, lo tiene a solo unos pocos días de marcha. Además, se ha revelado ya la existencia de aquel otro océano que en vano buscaron Colón, Cabot, Corterreal, los más grandes y célebres navegantes; esto supone poder dar la vuelta al mundo, y el primero que contemple ese mar y tome posesión de él en nombre de su patria verá su nombre ensalzado eternamente por la fama. Ya sabe Balboa lo que debe hacer para comprar la redención de sus culpas y lograr, al mismo tiempo, honor eterno: será el primero en atravesar el istmo hacia el mar del Sur, camino de las Indias, y conquistará el nuevo Ofir para la Corona española. Su destino quedó sellado en aquel momento pasado en casa del cacique indio. Desde aquella hora, la vida de aquel osado aventurero adquirirá una significación más elevada y trascendental.

La huida hacia la inmortalidad

No hay mayor felicidad en el destino de un hombre que hallarse en la plenitud de la vida, en los años creadores, y descubrir la propia misión. Núñez de Balboa tiene conciencia de lo que está en juego: una muerte vergonzosa en el cadalso o la inmortalidad. Y ve claramente lo que debe hacer en tan crucial momento: ante todo, reconciliarse con la Corona; luego, legitimar y legalizar la peor de sus hazañas: la usurpación del poder real. Atento a ello, el antiguo rebelde, convertido en el más celoso de los súbditos, envía a Pasamonte, tesorero real en La Española, no solamente la quinta parte del oro regalado por Comagre, que legalmente corresponde a la Corona, sino también, más ducho en navegar por el mundo que el rígido leguleyo que era Enciso, envía, con el quinto real, un obsequio particular para el tesorero, con el ruego de que le confirme en el cargo que, hasta entonces detentaba de capitán general de la colonia. No tiene atribuciones para tanto el tesorero, pero gracias al poder del áureo metal, Pasamonte envía a Balboa un documento provisional, en realidad carente de valor. Vasco Núñez de Balboa, deseoso de afianzarse por todos lados, manda al mismo tiempo a España a dos hombres de su confianza, para que cuenten en la Corte los servicios que ha prestado a la Corona y las importantes noticias que les comunicó el cacique. Le bastará —según les encarga que digan en Sevilla— una fuerza de mil hombres; con ellos se ve capaz de hacer por Castilla más que hiciera nunca ninguno de sus súbditos. Se compromete a descubrir el nuevo mar y a conquistar el país del oro, prometido muchas veces por Colón, pero que él, Balboa, ganará finalmente para España. Diríase que soplan ahora vientos favorables para este hombre hasta hace poco perdido, rebelde y desesperado... Pero el primer barco que viene de España trae ya malas nuevas. Uno de sus secuaces en la rebelión, enviado en su día para desvirtuar las acusaciones que el usurpado Enciso pudiera presentar ante la Corte, le comunica que sus asuntos van por mal camino y que incluso está en peligro su vida. El defraudado bachiller ha presentado una querella ante la justicia española contra el rebelde y ha logrado que se le condene a pagar una crecida indemnización. El mensaje sobre el mar del Sur, que habría podido salvarle, no ha llegado todavía a la Corte; al contrario, en el barco siguiente llegará un representante de la justicia para pedir cuentas a Balboa por su alzamiento y juzgarlo allí mismo o bien llevárselo a España cargado de cadenas. Vasco Núñez de Balboa comprende que está perdido; se le ha juzgado antes de que hubieran podido llegar sus noticias sobre el mar del Sur y la costa rica en oro. Mientras su cabeza ruede por el suelo del cadalso, otro llevará a cabo la hazaña con que él tanto había soñado; pero, por su parte, él nada puede esperar de España. Sabe perfectamente que ha llevado a la muerte al gobernador legal nombrado por el Rey y que ha despojado de su cargo al jefe de la expedición. Por contento se podrá dar si todo queda en simple prisión y no paga su temeridad subiendo al patíbulo. En vano puede esperar la mediación de poderosos amigos, puesto que él ya no tiene ningún poder, y su mejor intercesor, el oro, apenas si es una débil voz en su favor. Solo una cosa puede salvarle del castigo que merece su osadía: una osadía mayor. Si descubre el nuevo mar y el nuevo Ofir antes de que lleguen los alguaciles y lo prendan y aherrojen, quizá pueda salvarse. Solo hay una salida posible en estos confines del mundo habitado: la huida en pos de una hazaña grandiosa, la huida hacia la inmortalidad. Así, pues, Núñez de Balboa decide no esperar ni a los mil hombres que pidió a la Corona para la conquista del océano desconocido ni a que le alcance el brazo de la justicia; más vale intentar la magna empresa con unos pocos y arrojados hombres. Preferible es morir con honra en una de las más atrevidas empresas de todos los tiempos que verse ejecutado vergonzosamente en el cadalso, con las manos atadas a la espalda. Nuestro héroe reúne a la colonia. Sin ocultar las dificultades, declara su intento de atravesar el istmo y pregunta quién quiere seguirle. Su valor anima a los demás. Ciento noventa soldados, casi la totalidad de los hombres aptos para empuñar las armas, se muestran dispuestos a ir. No hay que preocuparse demasiado por armarlos, pues aquellos hombres viven en un guerrear constante, y el 1° de septiembre de 1513, Núñez de Balboa, héroe, aventurero y rebelde, emprende su marcha hacia la inmortalidad.

Momento imperecedero

Inician la travesía del istmo de Panamá por la provincia de Coyba, el pequeño reino del cacique Careta, cuya hija convive con Balboa. El lugar escogido no es precisamente la parte más estrecha del istmo, y ello ha prolongado algunos días el peligroso paso. Es muy importante para tamaña empresa contar, tanto a la ida como al regreso, con la amistad de una tribu india; de aquí que, una vez decidido, en diez pequeñas canoas traslada a su gente de Darien a Coyba. Componen la expedición ciento noventa soldados, armados de lanzas, espadas, arcabuces y ballestas, llevando consigo una jauría de los tan temidos sabuesos; el cacique aliado aporta sus indios en calidad de guías y acarreadores. Y el día 6 de septiembre da comienzo aquella marcha gloriosa a través del istmo, que únicamente habían de ser capaces de soportar aquellos aventureros de indomable voluntad, avezados a toda suerte de durísimas pruebas. Bajo el calor sofocante de esta zona ecuatorial se ve a los españoles atravesando parajes en cuyo suelo pantanoso y lleno de miasmas encontrarían la muerte siglos más tarde miles de hombres. Desde el primer momento se han de abrir paso con hachas y cuchillos por entre la impenetrable y venenosa selva de lianas. Como si avanzaran por un enorme y verde túnel de herbazales, los primeros abren camino a los que los siguen entre la espesura; hombre tras hombre, en interminable hilera, siempre arma al brazo, día y noche alerta para defenderse de cualquier inesperada agresión de los nativos, avanza el ejército de los conquistadores. El calor resulta sofocante en la húmeda penumbra de la gigantesca arboleda, sobre cuyas enmarañadas copas abrasa implacablemente el sol. Cubiertos de sudor y con los labios agrietados por la sed, la voluntariosa tropa va progresando kilómetro a kilómetro sin desprenderse de su pesado armamento. De pronto, se desencadenan huracanados aguaceros que en un santiamén convierten los pequeños arroyos en tumultuosos ríos, que es preciso vadear o cruzar sobre tambaleantes puentes improvisados apuradamente por los indios con lianas y cortezas de árbol. No disponen los españoles ni de un mal puñado de maíz que llevarse a la boca. Las noches en vela, hambrientos, torturados por la sed, bajo enjambres de insectos que les aguijonean y chupan la sangre, con las ropas hechas jirones y los pies llagados, los ojos febriles y las mejillas hinchadas por las picaduras de los zumbones mosquitos, avanzan trabajosamente, sin parar durante el día ni poder conciliar el sueño por la noche, completamente exhaustos. Al cabo de una semana de marcha, gran parte de los expedicionarios no pueden resistir ya a los parásitos y Núñez de Balboa, sabiendo que no se han enfrentado aún con los verdaderos peligros, ordena que se queden los enfermos de fiebre y los que se sientan agotados: quiere intentar la aventura decisiva solo con sus seguidores más vigorosos. Al fin empieza a elevarse el terreno. La selva se aclara, mostrándose únicamente la ferocidad tropical en los terrenos pantanosos. Pero entonces pierden la protección de la sombra y el deslumbrante sol ecuatorial cae con sus rayos abrasadores sobre el bruñido acero de sus armaduras. Lentamente y en cortas jornadas logran los expedicionarios ir ascendiendo por las laderas de la cordillera, que se alza semejante a un monolito entre los dos mares. Paulatinamente, el horizonte se amplía tras ellos y el aire refresca por la noche. Tras dieciocho días de esfuerzos heroicos, parecen haberse superado las etapas más duras. Ante ellos tienen ya la cresta de la montaña, desde cuya cima, según aseguran los guías indios, se pueden divisar ambos océanos: el Atlántico, conocido y familiar, y el mar desconocido, el Pacífico. Pero justamente donde creen haber dejado atrás al mayor enemigo, la Naturaleza, se les presenta otro: el cacique de aquella provincia decidido a impedir con centenares de guerreros el paso de los españoles. Núñez de Balboa dispone ya de considerable experiencia en la lucha con los indios. Basta una salva de arcabuces para que el resplandor y el fragor de los disparos surta su mágico efecto entre los indígenas, que, gritando, huyen hostigados por los invasores y sus feroces sabuesos. Pero, en lugar de mostrarse satisfecho con tan fácil victoria, Balboa comete actos de verdadera crueldad. Inexplicable mezcla la que existe en el carácter y naturaleza de estos conquistadores españoles. Devotos y creyentes como ninguno, invocan a Dios Nuestro Señor desde lo más profundo de su alma, pero cometen atrocidades. Obran a impulsos del más sublime y heroico valor, demuestran el más alto espíritu y capacidad de sacrificio, y al punto se traicionan y combaten entre sí del modo más vergonzoso, conservando, a pesar de todo y en medio de sus vilezas, un acentuado sentido del honor y una admirable conciencia de la grandiosidad de su misión. El propio Núñez de Balboa, que aquella noche se había mostrado tan cruel con unos inocentes y maniatados prisioneros, está poseído de la importancia de su papel en la historia de la Humanidad, y en el momento decisivo acierta a realizar uno de esos gestos de grandeza que permanecen como hitos a través de los siglos. Sabe que este 25 de septiembre de 1513 será un día histórico y, en su temperamento típicamente español, este aventurero endurecido e irreflexivo demuestra percatarse plenamente de la importancia de su proyección histórica en lo universal. Magnífico gesto el de Balboa: por la noche, inmediatamente después de la sangrienta orgía, uno de los indígenas le señala un pico desde donde podrá divisar el mar, el anhelado y desconocido mar del Sur. En seguida toma Balboa sus disposiciones. Hace que se queden los hombres heridos y agotados en la aldea destruida y ordena que le acompañen los que aún están en condiciones de seguir la marcha: de los ciento noventa que partieron de Darien, solo sesenta y siete emprenden la ascensión de la montaña. Hacia las diez de la mañana se encuentran cerca de la cumbre. No hay más que trepar hasta una pequeña eminencia y la vista se extenderá hasta el infinito. En aquel instante, Balboa lanza la voz de «alto»; nadie debe seguirle; la primera mirada al océano ignoto no quiere compartirla con nadie. Quiere ser exclusivamente él el primer europeo, el primer español, el primer cristiano que, después de atravesar el gigantesco océano de nuestro hemisferio, el Atlántico, contemple el otro inmenso mar, el Pacífico. Paso a paso, latiéndole fuertemente el corazón, convencido de la significación del momento, asciende Núñez de Balboa, el conquistador, la bandera en su izquierda, la espada en su diestra, recortándose su solitaria silueta en aquel grandioso espacio. Sube lentamente, sin apresurarse, pues la gran obra toca ya a su fin; unos pasos más y, ya en la cumbre, se abre ante sus ojos un inmenso panorama. Más allá de las próximas montañas, de las verdes y umbrías colinas que desde allí descienden, distingue una inmensa y brillante superficie de metálicos reflejos: ¡el mar, el nuevo mar, el legendario mar tan vanamente buscado por Colón y otros navegantes durante años y años, cuyas aguas bañan las costas de América, China y la India! Y Vasco Núñez de Balboa lo contempla extasiado y conmovido, lleno de orgullo y satisfacción, consciente de la gloria que acaba de conseguir por ser sus ojos los del primer europeo que ha descubierto el infinito azul de aquel mar. Durante largo rato, extático, mira Balboa la lejanía... Luego llama a sus camaradas para que compartan su alegría. Los hombres, prorrumpiendo en confuso griterío, impacientes y jadeantes, corren montaña arriba, remontándola como pueden para admirar asombrados la bruñida lámina de acero que se pierde en el lejano horizonte. De pronto, el sacerdote que los acompaña, el padre Andrés de Vara, entona el *Te Deum Laudamus* y cesan inmediatamente los delirantes gritos; las duras y enronquecidas voces de aquellos soldados y aventureros se unen entonces en piadoso coro. Maravillados ven los indios como a una palabra del sacerdote se apresuran a derribar un árbol y hacen con él una cruz, en cuya madera graban las iniciales del rey de España. Mientras se erige aquel signo de redención, parece que sus brazos de madera abarquen ambos mares, el Atlántico y el Pacífico, con todas sus invisibles lejanías. En medio del más impresionante silencio se adelanta Vasco Núñez de Balboa y habla a sus soldados.

—Hacéis bien —les dice— en agradecer a Dios el que nos haya concedido este honor y esta gracia y en suplicarle que continúe ayudándonos para conquistar este mar y todos estos países. Si me seguís con la misma fidelidad que hasta ahora, volveréis a la patria como los españoles más ricos de la nueva India.

En seguida hace ondear solemnemente la bandera a los cuatro vientos, para tomar posesión en nombre de España de todos los espacios que baten aquellos vientos, y luego llama al escribano Andrés de Valderrábanos para que levante acta que dé fe de aquella ceremonia; Valderrábanos desenrolla un pergamino que, con el recado de escribir, ha transportado por la selva en una caja de madera, y requiere a todos los nobles, caballeros, hidalgos y hombres de bien «que han asistido al descubrimiento del mar del Sur, llevado a efecto por el ilustrísimo y dignísimo señor capitán Vasco Núñez de Balboa, gobernador de Su Alteza», para que confirmen que «el tal señor Vasco Núñez ha sido el primero que vio ese mar y lo mostró a sus seguidores». Descendieron entonces los sesenta y siete hombres de la cumbre y, en este memorable 25 de septiembre de 1513, la Humanidad tuvo noticia de la existencia del último y hasta entonces desconocido océano del mundo.

ORO Y PERLAS

Ya tienen la certeza: han visto el mar. Pero ahora hay que bajar hasta su costa, bañarse en sus aguas, gustar y percibir su salobre sabor y arrancar algún botín a sus orillas. El descenso dura dos días. Para conocer el camino más rápido de la montaña al mar, Núñez de Balboa divide a sus hombres en varios grupos. El tercero de ellos, a las órdenes de Alonso Martín, es el primero en alcanzar la costa, y tan sensibles son a la vanidad de la gloria aquellos simples soldados y aventureros, tan sedientos están de inmortalidad, que incluso este desconocido Alonso Martín hace levantar acta al escribano para dejar constancia de que fue el primero que hundió su pie y su mano en aquellas aguas hasta entonces sin nombre. Así se ha apuntado este poco de inmortalidad, hace llegar a Balboa la noticia de que ha alcanzado el mar y tocado las aguas con su propia mano. Balboa se arma al punto para representar su papel con la correspondiente grandeza. El calendario señala para el día siguiente la festividad de San Miguel. En la mañana de este día aparece en la playa, acompañado de un grupo de solo veintidós de sus hombres, armado y revestido como el propio San Miguel, para tomar por sí mismo posesión del nuevo mar mediante una solemne ceremonia. No quiere penetrar inmediatamente en sus aguas, sino que decide esperarlas con arrogancia de dueño y señor, descansando tranquilamente bajo un árbol hasta que la creciente marea las hace llegar hasta él y le lame los pies, cual humilde y sumiso perro. Se levanta entonces, se echa al hombro el escudo, que brilla al sol como un espejo y, con la espada en una mano y llevando en la otra la bandera de Castilla con la imagen de la Madre de Dios, se interna en el mar. Cuando el agua le llega a la cintura, el hasta hace poco rebelde y desesperado Núñez de Balboa, ahora altivo triunfador y fidelísimo servidor de su rey, agita el estandarte real y con gesto triunfal y potente voz grita: «Vivan los altos y poderosos monarcas Fernando y Juana de Castilla, León y Aragón, en cuyo nombre y en pro de la Real Corona de Castilla yo tomo verdadera, corporal y perpetua posesión de todos estos mares, tierras, costas, golfos e islas; y juro que si cualquier príncipe u otro capitán, cristiano o gentil, de cualquier secta o condición, quisiera reivindicar sus derechos sobre estos países y mares, yo los defenderé en nombre de los reyes de Castilla, de cuya propiedad son, ahora y para todos los tiempos, mientras perdure el mundo y hasta el día del Juicio Final»

Los españoles allí presentes repiten el juramento, y sus palabras dominan por unos instantes el fuerte ruido del oleaje. Todos mojan en el mar sus labios, y el escribano Andrés de Valderrábanos levanta también acta de la toma de posesión, cerrando el documento con estas palabras: «Estos veintidós hombres, al par que el abajo firmante Andrés de Valderrábanos, fueron los primeros cristianos que pusieron su planta en el mar del Sur; todos tocaron el agua con sus propias manos y la probaron con sus labios, para cerciorarse de si efectivamente era salada como la del otro mar. Y al comprobar que así era, dieron gracias a

Dios.» La gran hazaña ha sido consumada. Ahora es cosa de sacar temporal provecho de la heroica gesta. Como botín o a cambio de otras cosas consiguen los españoles algo de oro de los indígenas. Pero aún les aguarda una nueva sorpresa en medio de su triunfo. Y es la de que los indios les van trayendo, a manos llenas, preciosas perlas que se dan en las próximas islas en copiosa profusión, y entre las cuales figura una, llamada «La Peregrina», que luego fue cantada por Cervantes y Lope de Vega, por constituir el más bello ornato de la corona real de España e Inglaterra. Los españoles llenan saquitos y bolsillos con aquellas preciosidades, que allí apenas tienen más valor que las conchas o la arena, y cuando, ávidos de encontrar lo que para ellos es lo más importante del mundo, preguntan por el oro, uno de los caciques les señala al Sur, donde la línea de montañas se pierde en el horizonte.

—Allí —les explica— hay un país con tesoros imponderables; sus señores comen en recipientes de oro y en sus tierras pastan grandes cuadrúpedos (el cacique se refería a las llamas) que llevan las más preciosas cargas a las cámaras de los reyes.

Y les da el nombre de aquel país que se halla al sur del mar, detrás de las montañas. Es una palabra extraña y melodiosa, algo así como «Birú». Vasco Núñez de Balboa fija la vista en la lejanía siguiendo la dirección que indica la extendida mano del cacique, allá donde las montañas se esfuminan en el cielo. La dulce y tentadora palabra «Birú» se le ha grabado en el alma; su corazón late aceleradamente... Por segunda vez en su vida recibe noticias que le traen inesperado aliento. El primer relato, el de Comagre, al hablarle del próximo y desconocido mar se había hecho realidad. Gracias a él ha encontrado la playa de las perlas y el mar del Sur; tal vez ahora logre, también, este segundo objetivo, o sea el descubrimiento y la conquista del Imperio inca, la tierra del oro...

Pero rara vez otorgan los dioses...

Vasco Núñez de Balboa permanece con la anhelante mirada puesta en el horizonte. Como una campanita de oro continúa tintineando en su cerebro la palabra «Birú», Perú. Pero ¡ay!, esta vez no podrá hacer realidad aquellos anhelos; con apenas tres docenas de hombres extenuados no es posible conquistar un imperio. Se impone una renuncia dolorosa. Volverá sobre sus pasos hasta Darien, para emprender el nuevo camino descubierto hacia el buscado Ofir con fuerzas de refresco. El regreso no es menos penoso... Los españoles han de luchar con las dificultades de la selva y sufrir los ataques de los nativos; y ya no es una tropa aguerrida la que tiene que enfrentarse con estos obstáculos, sino un puñado de hombres enfermos de fiebre que, agotados, avanzan tambaleantes. El mismo Balboa se siente próximo a morir y tiene que ser llevado en una hamaca por los indios, como un fardo más. Tras cuatro meses de indecibles angustias, el 19 de febrero de 1514 llegan de nuevo a Darien. Pero se ha llevado a término una de las más grandes gestas de la Historia. Balboa ha cumplido su palabra. Todo aquel que se atrevió a ser su compañero de aventura hacia lo desconocido vuelve lleno de riquezas; los expedicionarios vienen cargados de tesoros traídos de la inasequible costa del mar del Sur. Cada cual tiene su parte, una vez reservado el quinto para la Corona. Y a nadie extraña que el triunfador recompense con quinientos pesos de oro a su perro Leoncico, que tiene parte como un guerrero más, pues bien había demostrado su fiereza en las escaramuzas con los nativos. No hay en la colonia quien discuta ya, tras de su proeza, la autoridad de Balboa como gobernador. El otrora rebelde y aventurero es festejado como un dios y puede enviar orgulloso a España la nueva de que, desde Colón, nadie había ofrecido tamaña empresa a la Corona de Castilla. En súbita ascensión, ha rasgado las nubes que hasta entonces habían impedido que su vida se viera iluminada por el sol de la gloria, y ha llegado al cenit. Pero el descubridor apenas puede disfrutar de su felicidad. En un caluroso día de junio, la población de Darien se apretuja, maravillada, en la orilla. Ya es un milagro la aparición en aquel rincón del mundo del velero que divisan en el horizonte; pero es que aparece otro, y luego un tercero, y otros más..., diez..., quince..., veinte..., toda una flota anda en el muelle. Pronto se tiene la explicación. El mensaje de Núñez de Balboa, pero no el del triunfo, que todavía no había llegado a la partida de esta flota, sino aquel en que daba el primer informe de Comagre sobre el próximo mar del Sur y el País del Oro, y en el cual solicitaba un ejército de mil hombres para conquistar aquellas tierras, era el origen de todo. La Corona española no había dudado en armar tan poderosa escuadra para tan importante expedición, pero ni en Sevilla ni en Barcelona han pensado nunca en ponerla en manos de un aventurero tan mal considerado como el rebelde Vasco Núñez de Balboa; envían para ello a todo un gobernador: un hombre rico, noble, de reconocidas prendas, de sesenta años de edad: Pedro Arias Dávila, conocido generalmente por Pedrarias. Su misión es imponer el orden en la colonia, hacer justicia por todos los delitos hasta entonces cometidos, encontrar el mar del Sur y conquistar la prometida tierra del oro. Pero a su llegada se encuentra en una difícil situación. Por un lado, tiene que pedir responsabilidades al levantisco Balboa por su rebeldía contra el antiguo gobernador y que se justifique o, demostrada su culpabilidad, encadenarlo; pero, de otra parte, lleva la misión de descubrir el mar del Sur, y he aquí que este mismo Núñez de Balboa, reclamado por la justicia, ha llevado ya a término por su propia cuenta la gran hazaña, ha proporcionado a la Corona española el mayor servicio desde el descubrimiento de América y ha celebrado su triunfo. A tal hombre no se le puede, pues, ejecutar como a un vulgar malhechor, antes bien merece un atento saludo y una sincera felicitación... Desde aquel punto y hora, Vasco Núñez de Balboa está perdido. Pedrarias jamás perdonará a su rival que se le haya adelantado en la misión a él encomendada y que sin duda le habría asegurado la gloria a través de los tiempos. Claro que, para no agriar de pronto la alegría de los colonizadores, ha de ocultar su odio al héroe. No le encausa de momento e incluso establece arras de paz con Balboa, prometiéndole en matrimonio a su propia hija, que quedó en España, pero el odio envidioso de

Pedrarias no se suaviza. De España, adonde llegó la noticia de la gesta de Balboa, viene una cédula real nombrando adelantado a este y encargando a Pedrarias que consultara con Balboa toda resolución de importancia. La rivalidad está en pie: es pequeño aquel reducido mundo para dos gobernadores. Uno y otro habrán de sucumbir. Vasco Núñez de Balboa se da cuenta de que sobre él pende una espada, puesta en manos de Pedrarias, pues suyos son el poder militar y la justicia. En vista de ello, intenta por segunda vez, ya que tan bien le salió la primera, una nueva huida a la inmortalidad, y solicita de Pedrarias permiso para organizar una expedición que le dé ocasión de explorar la costa del mar del Sur y conquistar nuevas tierras. La oculta intención del antiguo rebelde es, sin embargo, establecerse, lejos de ningún control, en la otra orilla del mar, construirse una flota propia, erigirse en dueño de una provincia y, si fuese posible, conquistar el legendario «Birú», el Ofir del nuevo mundo. Y Pedrarias, astutamente, da su consentimiento, mientras piensa: «Si Balboa sucumbe, tanto mejor; si triunfa, siempre habrá ocasión de acabar con ese ambicioso»

Y así comienza Núñez de Balboa su nueva huida hacia la inmortalidad... La empresa que ahora emprende es quizá más grandiosa que la ya alcanzada, aunque la Historia, que muchas veces solo honra los éxitos, no le haya otorgado por ella tanta gloria. En esta ocasión no atraviesa Balboa el istmo solo con su gente, sino que, utilizando millares de brazos indígenas, envía a través de la cordillera maderas, elementos de construcción, velas, áncoras y cordajes para cuatro bergantines. Piensa que, si dispone de una flota, podrá someter las costas y conquistar las islas de las perlas y el Perú, el legendario «Birú». Pero el destino se muestra hosco esta vez con el hombre temerario, poniéndole incesantemente ante mayores obstáculos. En su marcha por la densa selva, los gusanos han carcomido la madera, que no resiste a la humedad, se pudre y queda inservible. Balboa no se desalienta ante esto; manda talar nuevos troncos en el golfo de Panamá y preparar maderos frescos. Su energía realiza verdaderas maravillas; todo parece haber salido bien; ya están construidos los bergantines, los primeros bergantines del océano

Pacífico. Pero se desencadena en los ríos donde están refugiados una inundación de gigantescas proporciones, y los barcos, ya a punto, son arrastrados hacia el mar y estrellados en sus arrecifes. Hay que empezar por tercera vez... Consiguen construir dos nuevos bergantines; solo dos o tres días más, y Balboa podrá al fin conquistar aquel país con el que ha soñado día y noche desde que la extendida mano del cacique señalara hacia el Sur dejando oír por vez primera la tentadora palabra: «Birú». Que puedan llegar unos cuantos valientes oficiales, capaces de capitanear una más que reforzada dotación, y podrá fundar su imperio. Solo unos meses más, tan solo un leve viento a favor para su nueva temeridad, y en la historia del mundo no será celebrada la memoria de Pizarro, sino la de Núñez de Balboa, como el vencedor de los incas. Pero el destino jamás se muestra demasiado magnánimo con sus favoritos. Rara vez les es dado a los mortales coronar más de una hazaña inmortal.

EL OCASO

Con férrea energía ha preparado Núñez de Balboa su empresa, pero justamente su atrevido riesgo le aboca a un fatal desenlace. La atenta y suspicaz mirada de Pedrarias observa con inquietud las intenciones de su subordinado. Quizá le han llegado acusadoras noticias de la egoísta ambición de Balboa, o acaso está simplemente envidioso y temeroso de un nuevo triunfo del antiguo rebelde; lo cierto es que envía una afectuosa carta a Balboa rogándole que tenga a bien acudir a una entrevista en Ada, ciudad próxima a Darien, antes de emprender sus conquistas. Balboa, confiado en recibir más ayuda en hombres por parte de Pedrarias, acepta la invitación y acude presto. Ante las puertas de la ciudad, le sale al paso un pequeño grupo de soldados, al parecer dispuestos a darle la bienvenida. Amigablemente se aproxima a ellos, para abrazar a su jefe, Francisco Pizarro, tantos años su compañero de armas y acompañante suyo en el descubrimiento del mar del Sur... Pero Pizarro le pone pesadamente la mano sobre el hombro y le declara preso. (También Pizarro gusta de la inmortalidad, también le placería conquistar el país del oro y, sin duda, no debe desagradarle encontrarse el camino desembarazado de un jefe demasiado arrojado y audaz) El gobernador Pedrarias inicia el proceso por una nueva supuesta rebelión, proceso que se amaña injustamente y con mayor celeridad se termina. Días más tarde, sube al patíbulo Núñez de Balboa, con los más fieles de sus compañeros; brilla en alto la espada del verdugo y en un segundo se extingue para siempre, al caer rodando, la luz de unos ojos que fueron los primeros de todo el mundo civilizado que tuvieron el privilegio de poder contemplar simultáneamente los dos mayores océanos que bañan nuestro planeta.

IV

La resurrección de Georg Friedrich Händel

21 de agosto de 1741

Aquella tarde del 13 de abril de 1737 estaba el criado de Georg Friedrich Händel entregado a la más singular de las ocupaciones ante la abierta ventana del piso bajo de la casa de Brook Street, en Londres. Acababa de descubrir con disgusto que se le había terminado el tabaco y. aunque le hubiera bastado cruzar dos calles para hacerse con nueva picadura en la tabaquería de su amiga Dolly, no se atrevía a salir de casa por miedo a la irascibilidad de su dueño y señor. Georg Friedrich Händel había vuelto del ensayo presa de una tremenda furia, con el rostro congestionado, abultadísimas las arterias junto a las sienes. Cuando entró, cerró la puerta violentamente, y ahora iba y venía por sus habitaciones del primer piso de un modo tan descompuesto que hacía temblar el techo del entresuelo. Ciertamente en tales momentos no era prudente descuidar el servicio. Por eso, en lugar de lanzar bocanadas de humo, como haría de haber tenido tabaco, el criado se entretuvo en hacer pompas de jabón. Después de preparar debidamente un recipiente para el caso, se complacía en echar a la calle los resplandecientes globitos. Los transeúntes se paraban y los pinchaban con el bastón traviesamente, reían y saludaban al autor del entretenimiento, pero no se extrañaban, puesto que todo podía esperarse de aquella casa de Brook Street: allí atronaba el clavicordio en plena noche, y se oía gritar y sollozar a las cantantes cuando el violento alemán las hacía objeto de tremendas amenazas, por haber dado una nota demasiado alta o excesivamente baja. En fin, hacía tiempo que los vecinos de Grosvenor Square consideraban aquella casa de Brook Street, 25, como un verdadero manicomio. El sirviente continuaba tranquilamente lanzando sus pompas. Cada vez iban siendo mayores, más transparentes, subían más y más alto, incluso una llegó a sobrepasar el primer piso de enfrente. De pronto, se sobresaltó, pues toda la casa se había conmovido por efecto de un golpe sordo. Vibraron los cristales, se movieron las cortinas. Todo indicaba que algo muy pesado se había derrumbado en el piso superior. El criado subió inmediatamente y se dirigió a toda prisa al estudio del maestro. El sillón estaba vacío y la habitación también. Se disponía ya a entrar en el dormitorio cuando descubrió que Händel yacía inmóvil en el suelo con los ojos abiertos, como muerto. Paralizado por el susto, el criado percibió un ahogado estertor entre unos gemidos cada vez más débiles. «Está agonizando», pensó el pobre hombre, presa de inmensa pena y, arrodillándose, intentó auxiliar a su amo. Poco después apareció Cristóbal Schmidt, el amanuense del maestro, que se hallaba en el piso bajo copiando unas arias y a quien también sobresaltó la brusca caída del maestro. Entre los dos consiguieron levantar aquel voluminoso cuerpo, cuyos brazos pendían inertes, como los de un difunto.

—Desnúdale —ordenó Schmidt al criado—. Yo iré a buscar al médico. No dejes de ir rociándolo con agua hasta que logres reanimarle.

Salió Cristóbal Schmidt sin ponerse siquiera la chaqueta y echó a correr sin perder un instante por Brook Street en dirección a Bond Street, haciendo señas a todos los coches que pasaban, sin que nadie se fijase en aquel hombre en mangas de camisa. Por fin se detuvo uno de ellos. El cochero de lord Chandos había reconocido a Schmidt, quien, prescindiendo de toda etiqueta, abrió precipitadamente la portezuela, gritando:

—¡Händel se está muriendo! —Schmidt sabía que el aristócrata que iba en el interior del carruaje era uno de los mejores protectores del querido maestro y un gran amante de la música. Luego añadió—: Voy por el médico.

Lord Chandos le invitó en seguida a subir, el cochero fustigó los caballos y se dirigieron a buscar al doctor Jenkins que, en su despacho de Fleet Street, estaba ocupado en analizar un frasco de orina. Inmediatamente, el doctor se trasladó en compañía de Schmidt a Brook Street en su ligero cochecillo.

—Las ocupaciones y los disgustos tienen la culpa de lo que pasa —se lamentaba el sirviente durante el trayecto—. Esos malditos cantantes, esos criticastros, toda esa gentuza asquerosa le están matando a disgustos. Este año escribió cuatro óperas para salvar el teatro, pero ellos se escudan en las mujeres y en la Corte. Ese maldito italiano, ese mico aullador, los trae locos. ¡Oh! ¡Cuánto daño han hecho a nuestro Händel! Todos sus ahorros, diez mil libras, los ha invertido en esa empresa, y ahora le acosan despiadadamente con pagarés, sin dejarle un momento de respiro. Nadie compuso jamás obras tan sublimes, nunca hombre alguno demostró tanta abnegación, pero tantas cosas juntas llegan a matar incluso a un gigante. ¡Qué grande, qué genial es nuestro maestro!

El doctor Jenkins, frío y reservado, escuchaba toda aquella perorata. Cuando llegaron a la casa, y antes de entrar en ella, dio una chupada a su pipa y sacudió el resto de tabaco que quedaba en ella.

—¿Qué edad tiene? —preguntó de pronto.

—Cincuenta y dos años —contestó Schmidt.

—Mala edad. Ha trabajado como un toro; por otra parte, también es fuerte como un toro. En fin, veremos lo que tiene y lo que puede hacerse.

El criado sostuvo una palangana. Cristóbal Schmidt levantó un brazo al maestro y el médico pinchó la vena. Brotó al instante un chorro de sangre roja, caliente, y al propio tiempo salió un suspiro de los labios del enfermo. Händel respiró profundamente y abrió los ojos, unos ojos que indicaban cansancio, extrañeza, inconsciencia, sin expresión alguna, y que carecían de su brillo habitual.

El médico le vendó el brazo. No quedaba gran cosa más que hacer. Se disponía ya a levantarse cuando se dio cuenta de que los labios del enfermo se movían. Se aproximó al paciente y percibió en un susurro, como un suspiro, lo que Händel decía:

—Todo..., todo se acabó para mí... No tengo fuerzas..., no quiero vivir sin fuerzas.

El doctor Jenkins se inclinó profundamente sobre él y advirtió que uno de los ojos, el derecho, le miraba fijamente, mientras el otro se movía de un modo normal. Intentó levantarle el brazo derecho, pero cayó inerte. Luego le levantó el izquierdo, que permaneció levantado. Al doctor Jenkins le bastaron aquellos indicios: sabía ya lo que quería saber.

Cuando hubo salido de la habitación, Schmidt le siguió hasta la escalera, asustado y pálido.

—¿Qué tiene? —preguntó con ansiedad.

—Se trata de una apoplejía. El lado derecho está paralizado.

—¿Se curará? —preguntó Schmidt, desolado.

El doctor tomó ceremoniosamente una dosis de rapé. No le gustaba aquella clase de preguntas.

—Quizá. Todo es posible —fue su lacónica respuesta.

—¿Y quedará paralítico?

—Probablemente, si no ocurre un milagro.

Pero Schmidt, dominado por un amor profundo a su maestro, no dejaba de preguntar:

—¿Y podrá..., podrá al menos volver a trabajar? ¡Él no puede vivir sin hacer algo, sin componer las maravillas que le dicta su inspiración!

El doctor se hallaba ya en la escalera.

—Eso, jamás —dijo quedamente—. Quizá podamos conservar al hombre. Al músico lo hemos perdido. El ataque ha afectado el cerebro.

Schmidt le miró fijamente, trasluciendo su rostro tal desesperación, que conmovió al médico.

—Lo dicho —repitió—: si no ocurre un milagro... Yo aún no he visto ninguno.

Durante cuatro meses, Georg Friedrich Händel vivió sin fuerzas, como si la vida le hubiese abandonado. El lado derecho permanecía muerto. No podía andar, ni escribir, ni pulsar con su mano derecha una sola tecla. Tampoco podía hablar. Los labios se movían con dificultad y las palabras salían de su boca embrolladas y confusas. Cuando alguno de sus amigos hacía música para él, su mirada adquiría un poco de vida y el pesado y torpe cuerpo se agitaba como el de un enfermo durante el sueño. Quería seguir el ritmo de la música, pero los sentidos y los músculos habían dejado de obedecerle. El antiguo gigante se encontraba ahora como aprisionado en invisible tumba. Cuando terminaba la música, se cerraban sus párpados y volvía a parecer un cadáver. Hasta que, por fin, al médico, no sabiendo qué hacer ante un caso incurable, se le ocurrió aconsejar que lo llevaran al balneario de Aquisgrán, por si las aguas termales podían proporcionarle alguna mejoría. Pero dentro de aquel rígido cuerpo sin movimiento, de modo parecido al de aquellas aguas misteriosamente calentadas bajo la tierra, latía una fuerza incomprensible: la fuerza de voluntad de Händel; la fuerza primaria de su ser no había quedado afectada por el ataque aniquilador y no estaba dispuesta a dejar que lo inmortal quedara sometido al cuerpo mortal. Aquel grande hombre no se daba por vencido, quería vivir todavía, aún quería crear, y esta voluntad indomable obró el milagro en contra de las leyes de la Naturaleza. En Aquisgrán, los médicos le advirtieron con gran insistencia que, si permanecía más de tres horas en el agua caliente, su corazón no lo resistiría e incluso podía acarrearle la muerte. Pero su voluntad lanzó un reto a la muerte por causa de la vida y de su tenaz deseo: recobrar la salud. Con gran terror de los médicos, Händel permanecía nueve horas diarias en el baño, y con la voluntad fue recuperando las demás fuerzas. Al cabo de una semana ya podía volver a caminar, aunque dificultosamente; al cabo de dos, ya movía el brazo. Al cabo de poco tiempo más, ¡oh enorme triunfo de la voluntad!, se desprendía de la paralizante garra de la muerte y abrazaba otra vez la vida, con más ardor que nunca, con ese indecible alborozo que solo conoce el convaleciente.

El último día de su estancia en Aquisgrán, ya completamente dueño de su cuerpo, que había de dejar aquellos lugares, Händel se detuvo ante una iglesia. Nunca había sido muy religioso, pero ahora que podía llegar libremente por sus propios pasos hasta el lugar donde se hallaba emplazado el órgano, merced a la gracia que le había sido concedida, se sintió impulsado por una fuerza irresistible. Con la mano izquierda pulsó, tentándolas, las teclas. El sonido se esparció claro y puro por el espacio. Con timidez ensayó con la mano derecha, que tanto tiempo había permanecido inmóvil. Y, ¡oh sorpresa!, también a su conjuro las vibrantes notas llenaron el ámbito del templo. Poco a poco empezó a tocar, a improvisar, y el fuego de la inspiración fue invadiendo gradualmente su ser. De un modo maravilloso iban coordinándose los invisibles acordes, elevándose en excelsa reiteración las prodigiosas construcciones de su genio, con una claridad inmaterial, de luminosas sonoridades. Los fieles y las monjas que se hallaban en la iglesia escuchaban con fervor. Jamás habían oído tocar de aquel modo. Y Händel, con la frente humildemente inclinada, continuaba tocando. Había hallado de nuevo su propio lenguaje, con el que se dirigía a Dios, a la Eternidad y a los hombres. De nuevo podía componer música, crear. Por fin se sentía verdaderamente curado.

—He vuelto del infierno —decía con orgullo Georg Friedrich Händel, hinchando el amplio pecho y extendiendo sus enormes brazos al médico londinense, que no cesaba de admirar aquel prodigio de la Medicina.

Y con todas sus fuerzas, con su arrollador ímpetu para el trabajo, se lanzó el convaleciente, con redoblada energía, a su labor creadora. El antiguo deseo de lucha había vuelto a aquel hombre de cincuenta y tres años. Escribe una ópera, pues su mano recobró sus facultades y le obedece fielmente, y luego otra, y una tercera, los grandes oratorios Saúl, Israel en Egipto y el Allegro e Pensieroso. Del manantial de su inspiración vuelve a brotar agua abundante.

Pero las circunstancias le son adversas. La muerte de la reina interrumpe las representaciones; empieza luego la guerra contra España. Las gentes se congregan en las plazas públicas para cantar y vociferar, pero los teatros están vacíos y las deudas del pobre Händel van en aumento. Viene después el duro invierno. El frío es tan intenso que incluso llega a helarse el Támesis, por cuya superficie se deslizan tintineantes trineos y patinadores. Durante aquellos días se cierran las salas de espectáculos, pues ninguna organización musical se atreve a afrontar el frío; enferman los cantores, suspendiéndose ora una, ora otra función. Cada día que pasa es más apurada la situación de Händel. Le acosan los acreedores, se burlan de él los críticos, calla con indiferencia el público. Y el gran luchador va perdiendo el valor para afrontar tantas vicisitudes. Una representación de beneficencia le alivia momentáneamente, permitiéndole pagar las deudas más apremiantes, pero ¡qué vergüenza recuperar la vida merced a aquella especie de mendicidad! Cada vez se encierra el maestro más en sí mismo, cada vez está más amargado. ¿No era mejor tener paralizada la mitad de su cuerpo que el alma entera, como le sucede ahora?

Llega el 1740, y Händel se siente de nuevo derrotado, hundido, polvo y ceniza de su antigua gloria. Recopila algunos trozos de obras anteriores y todavía puede producir algo, pero el ímpetu está vencido y con él la energía del sanado cuerpo; por primera vez, el maravilloso impulso creador se ve agotado, desvirtuada su facultad, que por espacio de treinta y cinco años se ha derramado por su mundo. Una vez más ha terminado todo. Y en su absoluto desconcierto sabe, o cree saber, que el fin es definitivo. ¿Para qué le había permitido Dios resucitar de su enfermedad, si los hombres volvían a enterrarle? Mejor hubiera sido morir, en lugar de ir deslizándose, como una sombra de sí mismo, en el vacío, en la frialdad de este mundo. Y, llevado de su depresión, repite muchas veces en un murmullo las palabras de Jesucristo en la cruz: «Dios mío, Dios mío, ¿por qué me has abandonado?» Perdido, desconcertado, cansado de sí mismo, desconfiando de sus fuerzas, desconfiando quizá de Dios, Händel vaga por las calles de Londres hasta bien entrada la noche, pues de día esperan ante la puerta de la casa sus acreedores esperando su regreso. En la calle le duelen las miradas indiferentes. Algunas veces medita sobre la conveniencia de marcharse a Irlanda, donde todavía creen en su arte —¡ah!, ¡qué poco sospechan lo débil que está su pobre cuerpo!—, o quizás a Alemania, o a Italia; acaso llegue a derretirse de nuevo el hielo interior; tal vez allí, acariciado por el cálido viento del Sur, rebrote la melodía de entre el yermo de su espíritu. No, él, Georg Friedrich Händel, no puede soportar aquel desamparo, no puede estar sin crear. En ocasiones se detiene ante una iglesia. Pero sabe que las palabras no le proporcionarán consuelo. A veces se sienta en una taberna, pero al que conoció la elevada y pura embriaguez de la creación artística le repugna la torpe embriaguez del alcohol. Y otras muchas veces, asomado al pretil de alguno de los puentes del Támesis, contempla atentamente en la noche las negras y calladas aguas, preguntándose si no sería mejor terminar con todo aquel lastre con un resuelto salto.

Todo, con tal de no seguir envuelto en aquel vacío. Todo, con tal de acabar con la soledad de aquella gris existencia, desamparado de Dios y de los hombres. Otra de las noches de aquella época, Händel deambulaba por Londres como siempre. El día había sido sumamente cálido. Era el 21 de agosto de 1741. El cielo, como de metal fundido, se cernía opresivamente sobre la ciudad. Händel no se atrevió a salir hasta el oscurecer, para respirar un poco el aire del Green Park. Se sentó a descansar allí, en la impenetrable sombra de los árboles, donde nadie podía verle ni torturarle. Se sentía fatigado, sufría un cansancio que le pesaba como si fuera una enfermedad, pues no tenía ánimo ni para hablar, ni para escribir, ni para interpretar música, ni siquiera para pensar, para sentir, para vivir. ¿Para quién y para qué? Como un beodo había recorrido luego las calles del trayecto de vuelta a su casa, a lo largo de Pali Malí y St. James Street, dominado por un solo y absorbente pensamiento: el de dormir, dormir, no saber nada; solo descansar, descansar, a ser posible para siempre. En la casa de Brook Street, todo el mundo se había acostado ya. Subió las escaleras lentamente. ¡Ah, qué fatiga la suya, qué extenuación había producido en su ánimo la persecución a que le habían sometido los hombres!, pensaba mientras ascendía peldaño a peldaño. Sus pasos hacían crujir la madera. Llegó por fin al primer piso y encendió el quinqué de su mesa; lo hizo maquinalmente, como lo hacía desde años atrás al ponerse a trabajar.

En otra época, cada paseo le inspiraba alguna melodía, algún tema musical, que transcribía rápidamente al llegar a casa, para que el sueño no borrara de su mente el fruto de su inspiración. Pero ahora, al recordarlo, suspiró con profundo pesar. Ahora, en cambio, la mesa estaba vacía, no había en ella papel pautado alguno. El molino de la fantasía había dejado de girar. Nada había que empezar; nada tenía que terminar. ¡Sí, la mesa se hallaba vacía! ¡Pero no, allí había algo! El músico se dio cuenta de que en un ángulo se veía un pequeño cuadro blanco..., como una hoja de papel. Händel se apoderó de ella inmediatamente, suponiendo que estaría escrita. Pero era un sobre. Lo abrió con apresuramiento y se encontró con una carta de Jennens, el poeta que había escrito el libreto de su Saúl y de su Israel en Egipto. En ella le decía que le mandaba un nuevo poema y que esperaba que el gran genio de la música, el *phoenix musicoe*, daría calor a sus pobres palabras y las transportaría con sus alas por el éter de la inmortalidad. Händel dio un respingo como si hubiese tocado algo repugnante. ¿Se proponía Jennens burlarse de él, de él, que estaba muerto, paralizado? Hizo trizas la carta en un santiamén. La tiró al suelo y la pisoteó. «¡Canalla, bribón!», masculló. La carta le había abierto la más tierna de sus heridas, produciéndole un desgarrón que le llegó hasta la más profunda amargura de su alma. Apagó la luz, muy enojado, se dirigió a tientas a su aposento y se tumbó en la cama. Fluyeron las lágrimas a sus ojos, y todo su cuerpo temblaba, por la rabia que le producía su impotencia. «¡Maldito sea este mundo que se burla de sus víctimas y goza torturando al que sufre!» ¿Por qué acudían a él, si se sabía que su inspiración estaba agotada, que su impulso creador carecía de fuerza? ¿Por qué le encomendaban en aquellos trágicos momentos una obra, cuando le fallaban las potencias de su alma? Lo único que podría hacer era dormir, dormir estúpidamente como un irracional, olvidar, no existir. Turbado, perdido, yacía pesadamente en el lecho. Pero no podía conciliar el sueño. La ira agitaba su ánimo, como la tormenta hace con el mar. Sufría una desazonadora y secreta inquietud. No hacía más que dar vueltas en la cama, ora a la derecha, ora a la izquierda, y por momentos se sentía más desvelado. Se preguntaba: «¿Debo quizá levantarme y examinar las palabras de ese texto?» Pero ¿qué influencia podían tener las palabras en su espíritu, que se sentía desfallecer? No, ya no existía consuelo para él, a quien Dios había dejado de su mano, a quien se había negado la conexión con su vida, la música. ¡Ahora vivía separado del mundo de los vivos! No obstante, seguía latiendo en él una extraña curiosidad, a la que no podía sustraerse. Por fin se levantó, volvió a su estudio y encendió de nuevo la luz temblándole las manos de emoción. ¿No le había ya arrancado una vez un milagro de la atenazadora parálisis de su cuerpo? Acaso la Providencia le depararía ahora salud y consuelo para su alma. Colocó el quinqué cerca de aquellas hojas de papel que habían venido con la carta y que eran la causa de su obsesión. En la primera página decía: «El Mesías». ¡Ah, otro oratorio! Los últimos habían sido un fracaso. Llevado de su inquietud, volvió la hoja y comenzó a leer. Ya desde la primera palabra se conmovió: *Conmfort ye!,* «¡Consolaos!», palabra que era como un mágico encantamiento, como una respuesta divina a su desfallecido corazón. Y ya, apenas leídas, apenas captadas, las palabras del texto fueron oídas por Händel como música, remontándose en sonidos, cantando, expandiéndose en el éter. ¡Oh felicidad, las puertas se habían abierto! ¡Lo que él sentía, lo que él oía, se traducía de nuevo en música! Con temblorosas manos fue pasando las hojas del manuscrito. Se sentía subyugado, inspirado; cada palabra le cautivaba con fuerza irresistible. «Así habló el Señor.» ¿No iba esto especialmente dirigido a él solo? ¿No era la misma mano que le había derribado que le levantaba ahora del suelo? «Y Él te purificará.» Sí, esto es lo que le había sucedido a él: de pronto había quedado purificada la amargura que roía su corazón. Se veía penetrado de una luz de diáfana pureza. ¿Quién había infundido vigor a las palabras del pobre Jennens, del poeta de Gopsall, e impulsado su pluma, sino Aquel que era el único que conocía su desgracia? «Para que ofrezcan sacrificios al Señor.» Sí, de su ardiente corazón debían salir las llamas de amor que ascendieran al cielo y que fueran la respuesta amorosa al dulce llamamiento divino. A él, solo a él se le decía:

«Clama tu palabra con firmeza.» ¡Ah!, Clamar eso, proclamarlo con las retumbantes trompetas, con los poderosos coros, con la gran sonoridad del órgano, para que una vez más, como en el primer día de la Creación, despierte a los hombres la Palabra, el Logos, ¡llevando la luz a todos aquellos que todavía yacían desesperados en las tinieblas del pecado! Pues verdaderamente: «Mirad, la oscuridad cubre la tierra»; no conocen todavía la feliz nueva de la Redención, que se ha operado en él, en Händel, en aquellos momentos. Y, apenas leídas las palabras, ya surgía de lo más íntimo de su alma un clamor de agradecimiento. «Consejero admirable, Dios todopoderoso.» Sí, quería loar, agradecer al Dios admirable, que le infundía el don de consejo, que le animaba a obrar, que devolvía la paz a su desgarrado corazón. «Luego, el Ángel del Señor se aproximó a ellos.» Si, un ángel acababa de descender a su aposento para salvarle. ¿Cómo no había de prorrumpir en una acción de gracias, cómo no cantar en público, con mil voces unidas a la propia, el «Gloria a Dios»? Händel inclinó la cabeza sobre el manuscrito con gran excitación.

Su abatimiento había desaparecido. Jamás se había sentido con tantos bríos ni experimentado con tanto ardor el sentimiento de la creación artística. Continuamente acudían a su mente, como destellos de luz, las palabras que expresaban sus íntimos sentimientos: «¡Regocíjate!», y como si las oyera cantar por un coro, levantó instintivamente la cabeza y sus brazos se extendieron en toda su amplitud. «Él es el verdadero Salvador.» SI, esto era lo que él quería confesar y atestiguar, como jamás mortal alguno lo expresara, para que fuera como antorcha luminosa que lo proclamara ante el mundo entero. Solo el que ha sufrido mucho conoce lo que es la alegría; solo el que ha sido probado intuye el bien supremo de la gracia. A él le incumbe ahora dar fe de su resurrección ante los hombres como consecuencia de haber sufrido el dolor de la muerte moral. Cuando Händel leyó las palabras «Y él fue despreciado», acudieron a su mente pasados recuerdos, transformados en aquel momento en opresivos y oscuros sonidos. Le habían considerado vencido, le habían enterrado en vida, le habían perseguido con la burla. «Y los que le ven, se ríen de Él.» Sí, también de él se rieron. «Y no hubo nadie que consolara al atribulado.» Nadie le había ayudado a él tampoco, nadie le había auxiliado en su desfallecimiento. Pero ¡oh maravillosa fuerza!, él había confiado en Dios, y he aquí que el Señor no permitía que yaciera en la tumba. «Pero Tú no abandonaste su alma en los infiernos.» No, Dios no le había dejado en la tumba de su desconcierto ni en el infierno de su desánimo, aprisionada y desvirtuada su alma. No. Dios le había llamado una vez más para que transmitiera a los hombres aquel mensaje de júbilo: «Levantad vuestras cabezas.» ¡Oh, cómo se reflejaban en sonidos estas palabras, el gran Mandato de la Anunciación! Y de pronto se estremeció, pues allí, escrito por la propia mano de Jennens, se leía: «El Señor dio la palabra.» Se le paró la respiración. Allí estaba la verdad expresada casualmente por labios humanos: el Señor le había enviado su Palabra desde lo alto. De Él venía la palabra, de Él el sonido, de Él la gracia. A Él tenía que volver el músico, debía remontarse hasta Él impulsado por su corazón. Aquella ansia creadora no tenía más objeto que el de entonar un cántico de alabanza. Llegar a comprender, a retener y elevar la Palabra, divulgarla y propagarla hasta que se hiciera amplia como el mundo, hasta que abarcara todo el júbilo de la existencia, hasta que fuera algo grande, digno del Dios que la había otorgado. Transformar en eternidad lo que de mortal y transitorio había en la palabra valiéndose de la belleza y de la exaltación.

Y, ¡oh prodigio!, allí figuraba escrita, allí sonaba, infinitamente repetible y transformable, la palabra: «¡Aleluya, aleluya, aleluya!» Sí, habla que incluir en ella todas las voces humanas, las claras y las oscuras, las viriles de los hombres y las suaves de las mujeres, ligarlas y superarlas, en rítmicos coros, ascendiendo y descendiendo como en simbólica escala de Jacob de los sonidos, aplacarías con los dulces acordes de los violines, enardecerías con las notas más vigorosas de los metales, hacerlas potentísimas con la grandiosidad del órgano, para que se expandieran por el espacio: «¡Aleluya, aleluya, aleluya!» ¡Sí, había que extraer de esta palabra la expresión de agradecimiento que llegara hasta el Creador del universo! Händel se encontraba en un estado tal de místico fervor, que las lágrimas empañaban sus ojos. Faltaba todavía leer la tercera parte del oratorio. Pero después de este «¡Aleluya, aleluya, aleluya!» no acertaba a seguir. Las melodías que estas palabras le habían inspirado se iban desarrollando en su cerebro y embargaban todo su ser, quemándole como fuego líquido que ansiaba seguir fluyendo hasta desbordarse. ¡Cómo le atenazaba y conmovía en su empeño de salir de su íntima prisión, en su impetuoso anhelo de volver a alcanzar las divinas alturas! Se apresuró a coger la pluma y escribió unas notas. No podía detener aquel impulso interior. Como barco con las velas azotadas por la borrasca lo arrastraba sin tregua. A su alrededor imperaba la noche. En silencio se cernía la húmeda oscuridad sobre Londres. Pero en su alma entraba a raudales la luz, e inaudible llenaba la estancia la música del Cosmos. A la mañana siguiente, cuando su criado entró cautelosamente en su habitación, Händel seguía escribiendo todavía en su mesa de trabajo.

Cuando Cristóbal Schmidt, su colaborador, le preguntó tímidamente si podía ayudarle copiando, el gran músico lanzó un poco amistoso gruñido. En adelante nadie se atrevió a molestarle. Durante tres semanas consecutivas no salió siquiera de la habitación ni interrumpió su labor, y cuando le entraban la comida, cogía apresuradamente con la mano izquierda unos trozos de pan, mientras con la derecha seguía escribiendo ininterrumpidamente. Cuando se levantaba para dar unos paseos por el cuarto, canturreando en voz alta y llevando el compás con la mano, sus ojos tenían una expresión lejana. Si le dirigían la palabra, se sobresaltaba, y su respuesta era vaga y confusa. Mientras tanto, el sirviente pasaba días difíciles. Los acreedores acudían a cobrar sus recibos, venían los cantantes solicitando una cantata para un festival cualquiera, se presentaban mensajeros con el encargo de invitar a Händel al palacio real. Pero a todos les tenía que despedir el pobre hombre, pues no se atrevía a decir nada al creador infatigable, viéndose obligado, además, a soportar los exabruptos de su incontenible ira.

Para Georg Friedrich Händel, durante aquel período de tres semanas, los días y las horas no contaban, no distinguía el día de la noche, vivía totalmente sumido en aquella esfera en la que reinaban en supremacía el ritmo y el tono, entregado por completo al raudal de notas que de él fluían cada vez con mayor furia, más impetuoso a medida que la obra tocaba a su fin. Aprisionado en sí mismo, media, con pasos rítmicos, ajustados a un compás, el calabozo de su aposento. Cantaba, pulsaba unas notas en el clavicordio y luego se ponía a escribir de nuevo hasta que sus calenturientas manos y sus extenuados dedos no podían más. Jamás había sentido tan poderosamente el impulso creador; jamás había vivido ni sufrido así, entregado a su música. Por fin, al cabo de tres semanas escasas, hecho verdaderamente inconcebible, el 14 de septiembre terminó su obra. La palabra se había hecho sonido. Inmarcesiblemente, florecía de un modo maravilloso lo que hasta entonces había sido seca y árida palabrería. Se había cumplido el milagro de la voluntad en su alma ardiente, del mismo modo que se realizó antes en su cuerpo inválido: el milagro de una resurrección. Ya estaba todo escrito, creado, cifrado en melodía y acompañamiento... Solo faltaba una palabra, la última de la obra: «¡Amén!» Pero este «¡amén!», estas dos sílabas escuetas y breves, fueron tratadas por Händel de tal modo que logró hacer de ellas una asombrosa escala de tonos que había de elevarse hasta el cielo. Una voz las lanzaba y otras la recogían en cambiante coro. Alargó las dos sílabas y las desunió muchas veces aún. Como el hálito de Dios, la inspiración de Händel resonaba en la palabra final de la maravillosa plegaria, que de este modo había alcanzado una plenitud y amplitud grandiosas. Esta palabra, sola, concluyente, no le dejaba respiro. En espléndida fuga, compuso este «¡amén! a base de la primera vocal, la sonora «a», el tono prístino, hasta formar con ella una sonora catedral, tratando de llegar al cielo con su más afilado capitel, elevándose cada vez más, para descender nuevamente y surgir otra vez, hasta quedar recogida al fin por el fragor del órgano, por el ímpetu de los coros, llenando todas las esferas, hasta producir la impresión de que en aquel canto de gracias intervenían también los ángeles. El gran músico se sentía extenuado; la pluma se le cayó de la mano. Ya no sabía dónde se hallaba. No veía ni oía; solo sentía una fatiga intensísima. Tenía que apoyarse en la pared. Las fuerzas le abandonaban, su alma desfallecía, se tambaleaba su cuerpo, embotados estaban sus sentidos. Andando a tientas, como un ciego, se desplomó sobre el lecho y se durmió rendido, sin energías, exhausto...

Durante aquella mañana, el criado había abierto cautelosamente por tres veces la puerta de la habitación. Pero el maestro dormía, inmóvil, profundamente. Su pálido rostro parecía tallado en piedra. Al mediodía, por cuarta vez, intentó el sirviente despertarlo. Tosió para atraer su atención, llamó a la puerta con insistencia... Pero nada podía sacarle de aquel sueño tan profundo. Cristóbal Schmidt acudió por la tarde en su auxilio, pero Händel continuaba sumido en aquella especie de sopor. Schmidt se inclinó sobre el durmiente, que yacía como un héroe muerto en el campo de batalla una vez lograda la victoria. Pero ni Cristóbal Schmidt ni el criado conocían la triunfal hazaña y estaban verdaderamente asustados al verle tan postrado e inmóvil; temían que de nuevo le hubiese repetido un ataque como el anterior. Y al comprobar que eran inútiles los gritos y los zarandeos para sacarle de aquel estado (hacía diecisiete horas que estaba inerte y como sin sentido), corrió Cristóbal otra vez en busca del, médico. Pero no dio con él en seguida, ya que el doctor Jenkins, aprovechando la placidez de la tarde, se había ido a pescar a orillas del Támesis. Cuando por fin lo encontraron, la interrupción de su entretenimiento le contrarió, pero al enterarse de que se trataba de Händel guardó todos sus útiles de pesca, fue a buscar —lo cual supuso una pérdida de tiempo— su equipo quirúrgico para hacer, si fuese preciso, la consabida sangría al enfermo, y finalmente se dirigió, en su cochecito tirado por un pony, hacia Brook Street. Cuando llegaron, les salió al encuentro el criado agitando los brazos jubilosamente.

—¡Ha resucitado! —exclamó loco de alegría—. Ahora está comiendo como una fiera. Se ha tragado medio jamón de Yorkshire en un santiamén; le he servido cuatro pintas de cerveza y todavía pide más. Y, en efecto, Händel estaba sentado ante la bien provista mesa, como un Gargantúa, y si había dormido un día y una noche para recuperar de un tirón las tres semanas que pasó en vela, ahora comía y bebía con todo el apetito de su gigantesco cuerpo, como si de una sola vez quisiera resarcirse del esfuerzo concedido a la intensa labor de tantos días. Tan pronto como vio al médico, empezó a reír con una risa que, paulatinamente, fue haciéndose enorme, estruendosa, hiperbólica, por así decirlo. Schmidt recordó que durante las pasadas semanas ni siquiera había visto una sonrisa en los labios de Händel y si solo concentración y enojo. Ahora estallaba la reprimida alegría propia de su naturaleza, retumbando como las olas al estrellarse contra las rocas. Jamás había reído Händel de un modo tan elemental como ahora, al ver al doctor acudir en su auxilio precisamente en los momentos en que se sabía curado y sano como nunca y en que el ansia de vivir le embargaba el ánimo como una verdadera embriaguez. Levantó el jarro de cerveza a modo de saludo hacia el recién llegado visitante, severamente vestido de negro.

—¡Lléveme el diablo! —exclamó asombrado el doctor Jenkins—. ¿Qué os ha sucedido? ¿Qué especie de elixir habéis bebido? ¡Si estáis derrochando salud! Händel le miró sin dejar de reír, con los ojos brillantes. Luego fue recuperando poco a poco la seriedad. Se levantó lentamente y se acercó al clavicordio. Sonriendo de una manera especial empezó suavísimamente a tocar la melodía del recitativo: «Atended, os contaré un Misterio.» Eran las palabras de El Mesías y habían sido comenzadas a pronunciar medio en broma. Pero apenas había puesto los dedos en el teclado, se sintió arrebatado por la inspiración.

Tocando, se olvidó de los demás e incluso de sí mismo. La corriente musical le cautivó de tal manera que quedó como sumergido en su obra. Cantaba e iba tocando la parte de los últimos coros, que había compuesto como en un sueño; en cambio, ahora los oía despierto por primera vez. «¡Oh muerte, ¿dónde está tu aguijón?», se preguntaba en lo más profundo de su ser, penetrado por el ardor de la vida, e iba elevando cada vez más la voz. Reproducía incluso el coro, las voces de júbilo y exaltación, y así continuó cantando y tocando hasta que llegó al «¡Amén!» La estancia parecía retumbar al conjuro de tanto sonido, tan impetuosamente vertía el maestro todo su vigor musical en aquella parte de la obra.

El doctor Jenkins estaba aturdido. Y cuando al fin Händel se levantó, el doctor dijo, perplejo y admirado, lo primero que se le ocurrió:

—Jamás oí cosa semejante, amigo mío. ¡Parece que tengáis el demonio en el cuerpo!

Ante aquella salida, el semblante del músico se ensombreció. También él estaba asustado de su obra y de la gracia que había sobrevenido como un sueño. También él se sentía como avergonzado.

Se volvió de espaldas y con voz muy queda, que apenas pudieron oír los presentes, comentó:

—Creo más bien que es Dios quien ha estado conmigo.

Algunos meses más tarde, dos caballeros bien vestidos llamaron un día a la puerta de la casa de Abbey Street, en Dublín, que era a la sazón el domicilio del ilustre músico, que de Londres se había trasladado allí. Muy respetuosamente le expusieron, antes de formular su petición, que durante algunos meses sus obras habían deleitado los oídos del público en la capital de Irlanda, y que se hablan enterado de que quería estrenar precisamente en Dublín su nuevo oratorio *El Mesías*. Como el honor de darlo a conocer antes que en Londres representaba una deferencia y se esperaba que la recaudación que se obtendría sería importante, habían acudido a él para rogarle que se aviniese a renunciar a sus pingües ingresos a favor de las instituciones benéficas que ellos representaban. Händel los miró apacible y amablemente. Les respondió que amaba mucho a aquella ciudad que tan acogedora se había mostrado con él y que estaba dispuesto a complacerlos. Dijo esto sonriendo con dulzura, pero quiso saber a qué instituciones iba a ser destinada la recaudación que proporcionaría el concierto.

—A socorrer a los presos de las cárceles lejanas —dijo el primero de los visitantes, hombre de aspecto apacible y pelo cano.

—Y a los enfermos del hospital Mercier —se apresuró a añadir el otro.

Y explicaron en seguida que, naturalmente, aquel caritativo destino solo afectaría a la primera audición, ya que las restantes serían exclusivamente para el maestro.

Pero Händel rechazó esta última decisión.

—No —dijo en voz baja—, no quiero percibir dinero por esa obra. Jamás admitiré dinero, jamás. Estoy en deuda con Dios por ella. Será siempre para los enfermos y los presos. Yo mismo estaba enfermo, y gracias a esa obra he sanado. Me encontraba preso, y ella me liberó.

Los dos caballeros se miraron algo sorprendidos. No acababan de comprenderle. Pero le dieron las gracias, se inclinaron respetuosamente y se marcharon para pregonar la fausta nueva por la ciudad.

El 7 de abril de 1742 tuvo lugar el último ensayo. Solo se permitió la entrada a algunos familiares de los coristas de las dos catedrales. Por razones de economía, la sala de conciertos estaba poco iluminada. Dispersos, sentados en los bancos, estaban los escasos oyentes, disponiéndose a escuchar la nueva obra del maestro londinense. El local aparecía oscuro y frío. Pero aconteció algo maravilloso tan pronto como los coros, cual cataratas de sonidos, comenzaron a elevar sus voces. Sin darse cuenta ellos mismos, los oyentes desperdigados por los bancos fueron agrupándose, y poco a poco se reunieron todos en un oscuro bloque de admiradores, pues a cada uno de ellos se le antojaba que el ímpetu de aquella música desconocida era excesivo para resistirlo uno solo, como si en su aislamiento pudiera ser barrido y destrozado por ella. Cada vez se apretujaban más los oyentes en un solo cuerpo, como si quisieran escucharla formando también un solo corazón, como si una sola comunidad de creyentes se preparara a recibir el mensaje de fe, que, compuesto y expresado de un modo cambiante, les llegaba en recios sonidos emitidos por las pujantes voces. Cada uno de los oyentes carecía de fuerza suficiente para resistir aquel ímpetu, pero se sentía transportado y cautivado por él, y un escalofrío de emoción pasaba de unos a otros como a través de un solo cuerpo. Cuando resonó el «Aleluya» por primera vez, se puso en pie uno de ellos y todos le imitaron, como impulsados por un resorte. Tenían la impresión de que no podían seguir aferrándose a la tierra y, movidos por una poderosa fuerza, se ponían en pie para estar más cerca de Dios con sus voces e implorar su gracia. Al salir del ensayo fueron contando de puerta en puerta que habían oído una creación musical única en el mundo. Y la ciudad entera, con jubilosa expectación, se apresuró a escuchar aquella obra maestra.

Seis días más tarde, el 13 de abril por la noche, se aglomeraba la multitud ante las puertas de la sala de conciertos. Las damas iban sin miriñaque y los caballeros sin espada, para que cupiera más gente en el local. Setecientas personas, número jamás alcanzado, se apretujaban en el recinto, tan rápidamente se había extendido la fama de la obra. Al empezar a sonar la música se hizo un silencio expectante. Y cuando luego irrumpieron los coros, con huracanada violencia, los corazones comenzaron a conmoverse. Händel estaba junto al órgano. Quería vigilar y dirigir su obra, pero se desentendió de ella, se perdió en ella. Le era extraña, como si no la hubiese concebido, como si no la hubiese oído nunca, como si no la hubiese creado y dado forma, dejándose llevar de nuevo por la propia inspiración. Y cuando al final se entonó el famoso «Amén», sin darse cuenta se le abrieron los labios y empezó a cantar con el coro. Cantó como jamás cantara en su vida. Y después, apenas el júbilo del auditorio empezó a atronar el espacio con sus clamores de entusiasmo, Händel se deslizó silenciosamente afuera, para no tener que dar gracias a los hombres, que querían a su vez agradecerle su obra, sino a la Divina Gracia, que le había inspirado tan sublime creación. El dique había sido abierto. Durante años y años no disminuyó la fama de aquella obra que, como río impetuoso, corría a través del tiempo. Desde entonces ya nada logró doblegar a Händel; nada pudo abatir al resucitado. La compañía de ópera que él había fundado en Londres se declaró en quiebra, los acreedores le acosaban otra vez, pero él se mantenía firme y sereno. Resistía todas las contrariedades sin preocuparse. Sin dejarse amilanar, continuaba el sexagenario su camino jalonado por los hitos de su obra. Se le presentaban dificultades, pero sabía vencerlas. La edad fue minando sus fuerzas; pero con su incansable espíritu fue prosiguiendo su labor creadora. Incluso llegó a quedarse ciego de repente mientras escribía su Jefte.

Pero sin vista, como Beethoven sin oído, siguió componiendo más y más, tenaz e incansablemente. Y cuanto mayor eran sus triunfos en la tierra, más se humillaba ante Dios. Como todo auténtico artista, no se envanecía de sus obras. Pero había una que le era especialmente querida: El Mesías, y justamente por agradecimiento, porque le había salvado de su profundo abatimiento, porque con ella había conseguido la redención. Año tras año se interpretaba en Londres. Y siempre dedicaba la recaudación completa, unas quinientas libras, a la mejora de los hospitales. Era el tributo del hombre sano a los enfermos; del liberado, a los que todavía sufrían prisión. Y precisamente con esta obra con la que había salido del averno quería despedirse.

El 6 de abril de 1759, gravemente enfermo, a los setenta y cuatro años, pidió que lo llevaran al estrado del Covent Garden. Y allí se irguió entre sus fieles, gigantesco y ciego, entre sus amigos músicos y cantantes, que no podían resignarse a ver sus ojos apagados para siempre. Pero al acudir a su encuentro las oleadas de sonidos, al expandirse el vibrante júbilo de cientos de voces proclamando la Gran Certeza, se iluminó su fatigado rostro y quedó transfigurado. Agitó los brazos llevando el compás, cantó con tanto fervor como si fuese un sacerdote que estuviera oficiando su propio réquiem y oró con todos por su salvación y la de toda la Humanidad. Solo una vez, cuando, a la voz de «Las trompetas sonarán», dejaron estas oír sus acordes, se estremeció y miró a lo alto con sus ciegos ojos, como si ya estuviese preparado para presentarse al Juicio Final. Sabía que había cumplido bien su misión. Podía comparecer ante Dios con la serenidad del deber cumplido. Sus amigos, muy afectados, lo llevaron a casa. También ellos tenían la impresión de que aquello había sido la despedida. Ya en la cama, sus labios murmuraron suavemente que moriría el Viernes Santo. Los médicos, extrañados, no lograban comprenderle, pues ignoraban que aquel Viernes Santo caía en 13 de abril, o sea el día en que la pesada mano del destino le había abatido y el del estreno de El Mesías. Las fechas coincidían: aquella en que todo había muerto en él y aquella en que resucitó. Y quería morir precisamente el mismo día que había resucitado, para tener la certeza de su resurrección a la vida eterna. Y, en efecto, como lo consiguiera todo con su poderosa voluntad, logró ahora también atraer a la muerte según sus deseos. El 13 de abril, Händel perdió las fuerzas por completo. Ya ni oía. Aquel enorme cuerpo yacía inmóvil en su lecho como desierto habitáculo. Pero, así como las vacías caracolas marinas reproducen el rumor del oleaje, su espíritu estaba inundado por una música inaudible, más extraña y grandiosa que cuantas había oído jamás. Lentamente, sus apremiantes acordes fueron liberando el alma del helado cuerpo, para elevarla hacia etéreas regiones, como eterno sonido, a las eternas esferas. Y al día siguiente, antes de que las campanas de Pascua anunciaran la Resurrección, sucumbió lo que en Georg Friedrich Händel había de mortal.

V
El genio de una noche: La Marsellesa

25 de abril de 1792

Nos hallamos en el año 1792. Hace ya algunos meses que en la Asamblea Nacional Francesa se debate sobre si debe decidirse por la guerra contra la coalición de emperadores y reyes o bien por la paz. Luis XVI, por su parte, no está decidido; ve el riesgo de que venzan los revolucionarios, presiente el peligro de una derrota. Los partidos también están indecisos. Los girondinos insisten en la guerra para mantenerse en el poder. Robespierre y los jacobinos luchan por la paz para que entre tanto venga el poder a sus manos. Crece cada día la tensión, los periódicos polemizan con artículos vibrantes, se discute en los clubs, circulan los rumores más diversos y la opinión va excitándose cada día que pasa. Y como siempre que apremia una determinación, se experimenta una especie de liberación cuando por fin, el 20 de abril, el rey de Francia declara la guerra al emperador de Austria y al rey de Prusia. La tensión dominante en París durante aquellas semanas ha sido penosa y descorazonadora. Pero en las ciudades fronterizas todavía era mayor la inquietud. En todos los pueblos se van alistando voluntarios, se equipa a los guardias nacionales, se acondicionan las fortalezas. En Alsacia no se ignora que, como siempre, se realizará allí el primer encuentro.

El enemigo se halla en las orillas del Rin; no es como en París, que parece que sea simplemente algo abstracto, meramente patético y retórico, sino que allí es una realidad evidente y palpable, ya que, desde un extremo del puente, desde el campanario de la catedral, pueden divisarse los regimientos prusianos que se acercan. Durante la noche, el viento trae el rumor producido por el rodar de la artillería, el ruido de las armas, el toque de las cornetas, mientras puede contemplarse el claro de luna sobre el legendario Rin. Sabe todo el mundo que basta una orden, un simple decreto, para que de los cañones prusianos, hasta entonces en silencio, surja el mortífero fuego y empiece de nuevo la lucha milenaria entre Francia y Alemania, esta vez en nombre de la nueva libertad por un lado y del antiguo orden por el otro. Día extraordinario, pues, aquel 25 de abril de 1792, en que los correos de París traen a Estrasburgo la noticia de la declaración de guerra. Inmediatamente, las excitadas gentes se vuelcan en calles y plazas. Marcialmente desfila toda la guarnición en postrer despliegue, regimiento tras regimiento. En la Plaza Mayor les espera el alcalde, Dietrich, con su fajín tricolor y la escarapela en el sombrero, y saluda a los soldados. Tambores y cornetas imponen silencio. Con tonante voz, Dietrich lee, en esta y las demás plazas de la ciudad, la declaración de guerra en francés y en alemán. Al terminar sus últimas palabras, las bandas militares ejecutan la primera canción de guerra de la Revolución, dominante entonces, el Ca ira, que es en realidad una melodía bailable, excitante y alegre, retozona, pero que infunde un aire marcial al desfile de las tropas. La multitud se dispersa por fin y vuelve a sus casas con el entusiasmo patriótico propio de tal acontecimiento. En los clubs y en los cafés se pronuncian enardecidos discursos. Se reparten proclamas: *Aux armes, citoyens! L'etendard de la guerre est deployé! Le signal est donné*! Y así, por todas partes, en los discursos, en los periódicos, en las pancartas y en las conversaciones de la gente, se repiten las mismas palabras: *Aux armes, citoyens! Qu'ils tremblent donc, les des potes couronnées! Marchons, enfants de la liberté!*, y una y otra vez la masa se exalta al escuchar y gritar tan fogosas palabras. Aunque callejeramente se manifiesten estas, explosiones entusiásticas, existen también en la intimidad de los hogares, en el círculo familiar, voces más bajas, menos exultantes. El miedo y la preocupación acompañan asimismo a una declaración de guerra. En todas partes hay madres que se preguntan si los soldados enemigos asesinarán a sus hijos, y campesinos que temen por sus haciendas, sus campos y sus casas, por su ganado, por sus cosechas. El enemigo asolará el fruto de su trabajo, pisoteará los sembrados, destruirá sus hogares, empapará de sangre sus tierras. Pero el alcalde de Estrasburgo, el barón Federico Dietrich, en realidad un aristócrata que, como la mejor aristocracia de Francia, se ha entregado en cuerpo y alma a la idea de la nueva libertad, solo desea oír las palabras que manifiestan entusiasmo. Plenamente convencido del triunfo, acude a una fiesta pública. Con la banda cruzada sobre el pecho, va de un lado a otro estimulando al pueblo. Manda repartir vino y comida a los soldados que marchan al frente. Por la noche reúne en su espaciosa casa de la plaza de Broglie a los generales, a los oficiales y a los funcionarios todos, en una fiesta de despedida, a la que el entusiasmo presta de antemano un valor de victoria. Los generales, seguros del triunfo, son los que presiden la mesa. Los oficiales jóvenes, que ven en la guerra su propio sentido de la vida, discurren libremente. Uno enardece al otro. Agitan en alto los sables, se abrazan, brindan... El buen vino los impulsa a pronunciar discursos cada vez más fogosos y electrizantes. Y de nuevo asoman las palabras estimulantes de los periódicos, de las proclamas, de las arengas: «¡A las armas, ciudadanos! ¡Salvemos a la patria! ¡Adelante! ¡Que tiemblen los déspotas coronados! ¡Ahora que hemos enarbolado la bandera tricolor de la victoria, ha llegado el momento de pasearla por el mundo! ¡Todos debemos contribuir a la victoria, por el Rey, por nuestra bandera y por la libertad!» El pueblo entero, todo el país, quiere formar una santa unidad gracias a la fe en el triunfo y llenos de entusiasmo por la causa de la libertad. De pronto, entre los brindis y los discursos, el alcalde se dirige a un joven capitán de ingenieros llamado Rouget, que está sentado a su lado. Justamente se acuerda entonces que este simpático oficial, medio año antes, a raíz de la promulgación de la Constitución, escribió un bonito himno a la libertad, himno al que Pleyel, el director de la banda del regimiento, puso música. Aquella composición musical, sin pretensiones, pero con un estribillo muy pegadizo, la ensayó la banda militar y la ejecutó en la plaza pública, siendo cantada a coro. ¿No sería ahora ocasión, con motivo de la declaración de guerra y de la marcha de las tropas, de hacer algo así? Esto se lo preguntó el alcalde al capitán Rouget, quien se había ennoblecido a sí mismo sin ningún derecho y se hacía llamar ahora Rouget de l'Isle. ¿No le parecía una buena coyuntura para componer un canto al Ejército del Rin, que al día siguiente iba a partir para enfrentarse con el enemigo? Rouget, aquel hombre modesto e insignificante, que jamás había creído ser un buen compositor (sus poesías nunca fueron impresas y su ópera había sido rechazada), sabe, sin embargo, que su pluma puede componer versos si se presenta la oportunidad. Y, deseoso de complacer al alto funcionario y amigo, se muestra dispuesto a acceder a sus deseos.

—¡Magnífico, Rouget! —*le* anima, levantando su copa, cierto general sentado frente a él, rogándole que le envíe al frente la composición tan pronto la haya terminado—. Si termina, procure que sea una canción vibrante, que exalte el patriotismo de los soldados.

Entre tanto empieza un nuevo discurso otro de los comensales. Nuevamente se cruzan brindis, se arma mucho ruido y se bebe enormemente. El entusiasmo general produce un ritmo creciente de frenesí, hasta que, después de la medianoche, los invitados dejan la casa del alcalde.

****

Pasó el 25 de abril. Estamos en el 26. Reina la oscuridad en las casas, pero el bullicio y el jolgorio prosiguen aún en las calles. Dentro de los cuarteles, los soldados se preparan para la marcha, mientras algunos precavidos quizá se disponen secretamente a desertar tras los cerrados postigos de sus viviendas. Por las calles desfilan pelotones aislados, y de vez en cuando se escucha el ruido de los cascos de algún caballo cuyo jinete es portador de un despacho urgente. Luego atruena de nuevo algún pesado convoy de artillería, y una y otra vez se repite monótonamente el grito de los centinelas de puesto a puesto. La gente no puede dormir. El enemigo está demasiado cerca. Por todas partes cunde la excitación, pues el momento es decisivo. También Rouget participa del sentimiento general en su morada de la Grande Rue, núm. 126. No ha olvidado su promesa de componer rápidamente una marcha, un canto de guerra para el Ejército del Rin. Inquieto, pasea de una parte a otra de su aposento. ¿Cómo empezar la composición? ¿Cómo? Aún resuenan en sus oídos las frases vibrantes de las proclamas, los discursos, los brindis: *Aux armes, citoyens! Marchons, enfants de la liberté! Écrasons la tyrannie! L'étendard de la guerre est deployé*: Pero también recuerda las otras palabras oídas al pasar, las voces de las mujeres que tiemblan por sus hijos; la preocupación de los labradores, que temen por los campos de Francia, que serán asolados y abandonados con sangre si llegan a ser invadidos. E inconscientemente escribe las primeras líneas, que no son más que un eco, una repetición de aquellos llamamientos: *Allons, enfants de la patrie, le jour de gloire est arrivé!*

Entonces interrumpe su trabajo. El principio suena bien. Ahora falta dar con el ritmo debido, que la melodía corresponda al texto. Echa mano de su violín y ensaya en él unas notas. Y, ¡oh maravilla!, desde los primeros compases el ritmo se ajusta a las palabras. Continúa escribiendo apresuradamente, arrastrado ya por la poderosa corriente que le impulsa. En un instante afluyen a su memoria todos los sentimientos desatados en aquella hora decisiva, las palabras oídas en el banquete, el odio a los tiranos, los temores por la tierra natal, la fe en la victoria, el amor a la libertad. Rouget no necesita inventar ni discurrir; solo le falta rimar cuanto ha escuchado aquel día. Ni necesita componer, porque a través de los cerrados postigos le llega el ritmo de la calle, del momento presente; el ritmo del tesón y del reto que es cifra en la marcha de los soldados, en el toque de las cornetas, en el estrépito del paso de los cañones. Acaso no sea él quien lo percibe, no sea su despierto oído el que lo capta, sino el genio del momento que por esta noche se ha adueñado de su espíritu. Y cada vez más dócilmente, obedece la melodía al martilleante y exultante compás, que es el latido del corazón de todo un pueblo. Rouget va escribiendo apresuradamente, y siempre con brío e ímpetu crecientes, las estrofas, las notas. Tiene dentro de sí la fuerza de un desconocido huracán. Escribe como si un viento impetuoso lo empujara. Es una exaltación, un entusiasmo, que no son precisamente suyos, sino propios de cierta mágica energía que los ha comprimido en un solo y explosivo segundo, haciendo que el insignificante aficionado sobrepase su propia talla, llegando a un nivel mil veces más elevado y disparándole como un cohete (esplendorosa llama de un segundo) hasta las estrellas. Por una noche le ha sido concedido al capitán Rouget de l'Isle la hermandad con los inmortales. Las palabras casualmente escuchadas al pasar entre la gente o casualmente leídas en los periódicos, reiteradas en sus líneas iniciales, se convierten en el tema de su creación y forman la letra de una estrofa tan imperecedera como la melodía a la que se ajustan:

Amour sacré de la patrie, conduis, soutiens nos bras vengeur; liberté, liberté chérie, combats avec tes défenseurs.

Luego viene la quinta estrofa, la última, que, enlazando las palabras con la música, constituye el final del impresionante himno. No han aparecido aún las grises tonalidades del alba cuando queda terminado el canto inmortal. Rouget apaga la luz y se echa en la cama. Algo, no sabe qué, le ha elevado hasta experimentar una extraña claridad de los sentidos que jamás conociera antes, y algo le derrumba ahora en torpe agotamiento. Su sueño es tan profundo como el de la muerte. Y, en efecto, en él había muerto el creador, el poeta, el genio. Pero sobre la mesa quedó la obra terminada, desligada de su propia personalidad. No es probable que se repita en la historia de los pueblos el hecho de que nazca tan rápidamente una canción en la que se encuentren tan magníficamente acopladas letra y música.

****

Las campanas de la catedral anuncian como siempre el nuevo día. El viento que viene del otro lado del Rin trae el eco de los primeros disparos. Ha empezado la lucha. Rouget se despierta. Sacude el sueño con esfuerzo. Sabe que le ha ocurrido algo, pero no se acuerda. De pronto mira sobre la mesa y contempla su obra. «¿Versos? ¿Cuándo escribí yo estos versos? ¿Música, y con anotaciones mías? ¿Cuándo la compuse? ¡Ah, sí, es la canción que me encargó Dietrich, la marcha para las tropas del Rin!» Lee sus versos, tararea su melodía, pero, a pesar de todo, no se siente demasiado seguro de su obra. Con él vive un compañero de regimiento, al cual le enseña el himno y se lo canta. El amigo queda satisfecho y le indica solamente algunas modificaciones. Esta primera aprobación de su obra le infunde cierta desconfianza. Con la natural impaciencia de todo autor y satisfecho por haber cumplido tan rápidamente su promesa, se encamina en seguida a casa del alcalde, al que encuentra dando su habitual paseo matutino por el jardín, mientras va componiendo mentalmente un nuevo discurso.

—¿Cómo, Rouget? —se asombra al entregarle la obra—. ¿Ya está compuesta? Pues vamos a ensayarla ahora mismo.

Y ambos pasan al salón de la residencia. Dietrich se sienta al piano para acompañar, y Rouget canta. Atraída por la inesperada música matinal, entra en la estancia la esposa de Dietrich y promete hacer varias copias de la canción, e incluso, gracias a su excelente preparación musical, procurarle el acompañamiento para que en la tertulia de aquella misma noche pueda ser estrenada entre otras canciones. El señor alcalde, buen tenor, se encarga de estudiar el himno, y por fin, la noche del 26 de abril, el mismo día en que había quedado terminado el himno, el alcalde lo canta por vez primera ante una escogida concurrencia. El auditorio aplaudió cortésmente, y no faltaron las consabidas felicitaciones al autor. Pero, claro, los huéspedes del Hótel de Broglie, en la Gran Plaza de Estrasburgo, no se enteraron de que una melodía perdurable había acariciado por vez primera sus oídos, pues rara vez se les alcanza a los contemporáneos la auténtica magnitud de un personaje o de una obra. Prueba de ello fue la carta que la señora Dietrich escribió a su hermano, en la que relata el prodigio dándole el carácter de un simple acontecimiento.

—Tú sabes —le escribió— que solemos recibir mucha gente en casa y que siempre hay que inventar algo para amenizar la reunión. Por eso mi marido tuvo la idea de mandar componer un himno. El capitán Rouget de l'Isle, del Cuerpo de Ingenieros, buen poeta y músico, compuso rápidamente una canción de guerra. La interpretó mi propio esposo, que tiene una buena voz de tenor, y, efectivamente, resultó muy bien. Yo, por mi parte, puse los conocimientos musicales que poseo al servicio de la orquestación de ese himno y arreglé la partitura para piano y otros instrumentos, lo cual me dio mucho trabajo. Se ejecutó por fin en nuestra casa y tuvo mucho éxito entre la concurrencia.

Estas últimas palabras «tuvo mucho éxito entre la concurrencia» nos parecen hoy excesivamente frías. Pero traslucen la pura realidad, ya que en el reducido ámbito de aquella tertulia no pudo desplegar «La Marsellesa» la fuerza arrolladora que contenía. «La Marsellesa» no es ninguna pieza de encargo para lucimiento de una buena voz de tenor ni está destinada a alternar con romanzas y arias italianas en un salón de la pequeña burguesía. Es un canto vibrante, una llamada a las armas dirigida a una masa, a un pueblo; su orquesta deben ser las armas, los regimientos en marcha. No fue compuesta para oyentes que estuvieran tranquilamente sentados, sino para ser coreada por soldados y guerreros. No se compuso para que la cantara una soprano o un tenor, sino una ingente multitud, como marcha, como canto ejemplar de victoria, de muerte, algo que recordara a la patria, que fuera el himno nacional de un pueblo. Fue el entusiasmo lo que dio vida, antes de que cundiera por todas partes y que su melodía llegase al alma de la nación, que la conocieran las tropas, que la Revolución la adoptara como suya.

****

Como todos los demás, ni el mismo Rouget presiente lo que será la creación de aquella noche. Se alegró, claro está, de que los invitados la hubieran aplaudido y le agasajasen como autor. Con su vanidad de hombre insignificante, procura sacar partido de este éxito en su ambiente provinciano. Canta su himno a sus camaradas en los cafés, envía copias a los generales del Ejército del Rin. Entre tanto, por orden del alcalde y consejo de las autoridades militares, la banda de música de Estrasburgo estudió «La canción de guerra para el Ejército del Rin», hasta que, cuatro días más tarde, al marcharse las tropas, la interpretó en la Gran Plaza. Por patriotismo, un editor estrasburgués quiso editar este canto de guerra, que había sido dedicado al general Luckner por su subordinado con todo respeto. Pero a ninguno de los generales del Ejército del Rin se le ocurre hacer que efectivamente sean los soldados quienes vayan cantando la marcha creada para ellos, o entonando la música, y así sucede que, como todos los demás intentos llevados a cabo por Rouget, el éxito de salón obtenido por Allons, *enfants de la patrie*, parece quedar reducido a eso mismo, al triunfo de una noche, a un acontecimiento provinciano, que será pronto olvidado. Sin embargo, a la larga, la fuerza latente de una obra lograda no queda jamás oculta para siempre. Una obra de arte puede quedar olvidada de momento, puede ser prohibida, enterrada, pero lo perdurable siempre acaba por triunfar sobre lo efímero. Durante un par de meses deja de escucharse la «Canción de guerra para el ejército del Rin». Los ejemplares impresos y manuscritos quedan abandonados o van pasando por indiferentes manos. Pero basta que una obra llegue a suscitar verdadero entusiasmo en unos cuantos hombres, pues todo entusiasmo auténtico consigue darle ímpetu a la creación. En el otro extremo de Francia, en Marsella, el «Club de los Amigos de la Constitución» ofrece un banquete a los voluntarios que van al frente. Sentados alrededor de una larga mesa hay quinientos jóvenes con los nuevos uniformes, experimentando la misma fiebre patriótica que en Estrasburgo en aquel famoso 25 de abril, pero con más ardor, más apasionamiento, como es propio del carácter meridional de los marselleses, aunque no estén tan envanecidos ni tan convencidos de la victoria como en aquel otro momento de la declaración de guerra. Contrariamente a lo que aseguraban aquellos generales, las tropas revolucionarias francesas no pasaron el Rin. Al contrario, el enemigo penetró en territorio francés, viéndose amenazada, verdaderamente en peligro, la causa de la libertad. De repente, en pleno banquete, un tal Mireur, estudiante de Medicina de la Universidad de Montpellier, levantó su copa. Todos callaron y le miraron, esperando un discurso, una arenga. Pero, en vez de ello, adelanta el joven la diestra y empieza a entonar una canción, una nueva canción, desconocida por todos, que no sabían cómo ni dónde la había aprendido: el *Allons, enfants de la patrie*. Y como si fuera una chispa que prendiera en un polvorín, todos se sintieron embargados por inenarrable emoción. Todos aquellos jóvenes dispuestos a morir por la patria, por la libertad, que debían marchar al otro día al frente, encuentran en aquellas palabras sus más íntimos anhelos, sus más determinantes ideas. El ritmo de aquel himno los arrebata en un entusiasmo sin límites. Son aclamadas delirantemente una estrofa tras otra. Con las copas en alto cantan todos repetidamente: «*Aux armes, citoyens! Formez vos bataillons*. En la calle, la gente se detiene curiosa para oír aquel himno que se canta con tanto entusiasmo, entusiasmo que acaba prendiendo en ellos también, hasta que finalmente unen sus voces al coro de los voluntarios. Al día siguiente es conocido ya por miles de franceses. Una nueva edición lo divulga más todavía, y los quinientos voluntarios que el 2 de julio se van a la guerra lo llevan impreso en su mente y en su corazón. Cuando los fatiga la marcha, cuando el paso se hace cansino, basta que alguno de ellos se ponga a entonar el nuevo himno para que su estimulante compás les dé a todos nuevos bríos. Al pasar por un pueblo, los campesinos los escuchan maravillados y corean el himno con ellos. «La Marsellesa» se ha convertido en su canción. Han adoptado aquel himno ignorado que fue creado para el Ejército del Rin y sin tener siquiera idea de quién es su autor, como algo propio de su batallón, como una profesión de fe que ha de acompañarlos hasta la muerte. Les pertenece como la bandera, y están dispuestos a llevarlo por el mundo en arrollador avance. El primer éxito lo tuvo «La Marsellesa», que así se llamará pronto el himno de Rouget, en París. El 30 de junio desfila el batallón de voluntarios por los *faubourgs*, con la bandera desplegada y el himno en los labios. Miles y miles de personas esperan en las calles para rendirle homenaje, y cuando los quinientos marselleses avanzan cantando al unísono el vibrante himno que acompasa su marcha, la multitud escucha estremecida. ¿Qué himno es aquel que traen los marselleses? Asombroso clamor de trompetas que se adentra en todos los corazones, acompañado del redoble de los tambores. ¿Qué significa aquel grito de «*Aux armes, citoyens*»? Unas horas más tarde, la canción de Rouget se oye por todas partes. Se olvidó el Ca ira, como las otras marchas, los gastados estribillos: la Revolución ha reconocido su propia voz, la Revolución ha encontrado su himno. Como un alud, que no puede detenerse, se difunde ahora aquel himno, irresistible en su carrera triunfal. Se canta en los banquetes, en los teatros, en los clubs. En pocos meses, «La Marsellesa» se ha convertido en la canción del pueblo y de todo el ejército. Luego incluso se canta en las iglesias después del Tedeum, hasta llegar a sustituirlo. Servan, el primer ministro republicano de la Guerra, reconoce con astuta visión la fuerza tónica exaltadora de tan extraordinaria canción de guerra y ordena que urgentemente se envíen cien mil ejemplares de aquella composición a todos los cuarteles generales, y al cabo de pocas noches la obra del desconocido, «La Marsellesa», se ve más difundida que todas las obras de Moliére, Racine y Voltaire. No hay fiesta ni batalla que no empiece o acabe con «La Marsellesa», el himno de la libertad. En Jempaes y Nerwinden se disponen los regimientos a cantarlo a coro para el asalto decisivo. Los generales enemigos, que solo pueden estimular a sus soldados con la vieja receta de darles doble ración de aguardiente, ven con horror que no disponen de nada capaz de contrarrestar la fuerza explosiva de aquel «terrible» himno, cuando, entonado a la vez por millares de voces, irrumpe como oleada rugiente sobre sus propias filas. En todas las batallas de Francia resuena «La Marsellesa», exaltando a los combatientes y suscitándoles el desprecio a la muerte, como Niké, la alada diosa de la victoria. Mientras, en una pequeña guarnición de Hüningen, un capitán de ingenieros virtualmente desconocido, apellidado Rouget, va diseñando concienzudamente defensas y fortificaciones. Quizás ha olvidado ya el himno de guerra del Ejército del Rin, que compuso durante aquella memorable madrugada del 25 de abril de 1792, y ni siquiera llega a sospechar ahora, al leer en los periódicos que aquel otro himno ha entusiasmado a París entero, que esa «Canción de los Marselleses» sea, palabra por palabra y con minuciosa exactitud musical, la maravilla por él creada aquella noche histórica. Y es, ¡oh cruel ironía del destino!, esa melodía cuya grandeza se remonta a los cielos, que asciende pujante hasta las estrellas, la que deja de ejercer su poder de exaltación en un solo hombre, precisamente en el hombre que la concibió. Nadie en toda Francia se preocupa del capitán Rouget. El mayor de los prestigios que puede conseguir una canción sigue favoreciendo a esta, sin que ni sombra de él recaiga sobre su creador, Rouget. Ya no se imprime siquiera su nombre como autor de la letra; incluso su persona hubiera pasado inadvertida por completo a los ojos de los dueños de la situación, de no comportarse y actuar de acuerdo con sus sentimientos, pues, ¡oh paradoja genial que solo puede permitirse la Historia!, el creador del himno de la Revolución no tiene nada de revolucionario. Por el contrario, aquel que como ningún otro impulsó la Revolución con su canto inmortal, querría ahora reprimirla. Cuando los marselleses y el populacho de París, con «su canción» en los labios, asaltan las Tullerías y hacen abdicar al rey, Rouget de l'Isle está ya harto de tanto horror. Se niega a prestar juramento a la República y prefiere abandonar su carrera antes que servir a los jacobinos. Las palabras de la liberté chérie, la amada libertad de su himno, no son palabras huecas para este hombre sincero: desprecia a los nuevos tiranos y déspotas de la Convención no menos que a las testas coronadas de allende la frontera. Abiertamente expresa su desafecto al Comité de Salud Pública cuando van siendo conducidos a la guillotina su amigo Dietrich, alcalde de Estrasburgo, el padrino de «La Marsellesa»; el general Luckner, a quien había sido dedicada, y todos los demás oficiales y aristócratas que fueron sus primeros oyentes en aquella noche memorable, y entonces se da la grotesca situación de que el poeta de la Revolución es detenido como contrarrevolucionario y se le procesa, a él precisamente, acusado de traidor a la patria. Solo el noveno Termidor, que con la caída de Robespierre abre las cárceles, ha ahorrado a la Revolución francesa la vergüenza de haber entregado a la «navaja nacional» la cabeza del poeta que compuso el inmortal himno. De todos modos, esta hubiera sido una muerte heroica, acaso preferible al angustioso desvanecerse en la sombra que el destino deparaba a Rouget. Más de cuarenta años, o sea millares de días, sobrevive el desgraciado Rouget a la única jornada creadora de su vida. Le despojaron del uniforme y de la pensión. Los poemas, las óperas y las canciones que escribe ni se imprimen ni se representan. El destino no le perdona al aficionado el haberse colado entre las filas de los inmortales sin haber sido llamado a ellas. Aquel pobre hombre pasa su vida entregado a pequeños negocios. En vano intentan ayudarle Carnot y más tarde Bonaparte. Hay algo en el carácter de Rouget que ha quedado irremisiblemente envenenado y amargado por la crueldad de aquel destino que le permitió ser un dios, un genio, por espacio de tres horas, para devolverle luego a su propia insignificancia. Zahiere y se querella contra todos los poderosos. Escribe a Bonaparte, que deseaba ayudarle, unas cartas patéticas y desvergonzadas, pues se jacta de haber votado en contra suya en el plebiscito. Sus negocios van derivando hacia turbios derroteros, y por no poder pagar una letra tiene que ingresar en la cárcel de Santa Pelagia. Mal visto en todas partes, acosado por los acreedores, vigilado constantemente por la policía, se oculta finalmente en algún lugar perdido de provincias, para, desde allí, separado y olvidado de todos, ir siguiendo el destino de su canción inmortal. Llegó a ver como «La Marsellesa» irrumpía por todos los países europeos con el victorioso ejército, y luego que Napoleón, apenas convertido en emperador, la hace borrar de todos los programas por considerarla demasiado revolucionaria, siendo los Borbones, por último, quienes la prohíben completamente. Pero el amargado anciano se sorprende cuando, tras una generación, la revolución de julio de 1830 hace resucitar su letra y su melodía en las barricadas de París y el rey burgués, Luis Felipe, le otorga una pensión como autor de ella. Le parece un sueño que se acuerden de él, y cuando, a la edad de setenta y seis años, fallece en Choisy-le-Roi en 1836, ya nadie cita ni conoce su nombre. Tiene que pasar de nuevo toda una generación para que se desencadene la guerra mundial, y entonces, mientras «La Marsellesa», convertida ya desde hace tiempo en himno nacional, va resonando con bélico enardecimiento por todos los frentes de Francia, se ordena que el cadáver del insignificante capitán Rouget sea exhumado para ser enterrado nuevamente en los Inválidos, como se hizo con el pequeño teniente Bonaparte. Y por fin descansa el en vida olvidado autor de un himno inmortal en el mausoleo de las figuras ilustres de su patria, con el dolor de no haber sido más que el poeta de una noche.

VI
El minuto universal de Waterloo: Napoleón

18 de junio de 1815

La estrella del destino rige a los poderosos y a los violentos. Durante años se convierte en la esclava servil de un solo hombre. Como sucedió con Alejandro, César y Napoleón. Rarísimas veces, en el espacio de los tiempos, impulsada por su caprichosa veleidad, se entrega al azar a un cualquiera. Rarísimas veces —momentos maravillosos de la historia de la Humanidad— el hilo de los hados se detiene un instante en la indiferente mano de un hombre que se siente más asustado que feliz ante la borrasca de responsabilidades que le empuja, entonces, a tomar parte en el heroico espectáculo del mundo; y la mano deja escapar el hilo que había retenido unos segundos. Son poquísimos los que se dan cuenta de ese azar y lo aprovechan para elevarse. Efímero es el momento en que la grandeza se entrega a los pusilánimes, y la suerte no volverá a ellos por segunda vez.

Grouchy

En medio de los bailes, de los galanteos cortesanos, de las intrigas y de las discusiones del Congreso de Viena, suena como un cañonazo la noticia de que Napoleón, el desterrado en la isla de Elba, había huido de allí y se encontraba en Francia. Uno tras otro, van llegando los mensajes: ha conquistado Lyón y expulsado al rey; fanáticamente van las tropas a su encuentro; ya está otra vez en París, en las Tullerías. Han sido inútiles Leipzig y los veinte años de guerras homicidas. Asustados, los intrigantes ministros ya no pueden discutir. Se apresuran a ponerse de acuerdo en aquel momento de peligro para todos. Se organiza rápidamente el ejército inglés, el austríaco, el prusiano y el ruso, con el único objetivo de destruir definitivamente el poder del usurpador: jamás estuvo Europa tan unida como en aquellos momentos de pánico. Desde el Norte se dirige Wellington contra Francia; Blücher, con su ejército prusiano, se acerca para ayudarle; Schwarzenberg toma posiciones en el Rin, y los pesados y lentos regimientos rusos, formando las reservas, pasan por Alemania. Le basta a Napoleón una sola mirada para darse cuenta del peligro mortal que le acecha. Sabe que no puede perder tiempo, que no debe esperar a que sus enemigos se reúnan. Es preciso dividirlos, atacarlos por separado, a los prusianos, a los ingleses, a los austríacos, antes de que se conviertan en un homogéneo ejército europeo y produzcan el hundimiento de su Imperio. Ha de apresurarse; en su propio país, los enemigos se despiertan. Debe vencer antes de que los republicanos cobren más fuerza y se unan a los realistas, antes de que el hipócrita y enigmático Fouché, de acuerdo con Talleyrand, émulo suyo, destruya a su espalda la victoria.

En un impulso trascendental debe aprovechar el delirante entusiasmo de sus tropas para arremeter contra el enemigo. Cada día significa una pérdida, en cada hora se oculta un peligro. Por eso, no vacila en tirar los dados sobre el campo de batalla más ensangrentado de Europa: Bélgica. El 15 de junio, a las tres de la madrugada, la vanguardia del grande y único ejército de Napoleón pasa la frontera. El 16, la emprenden ya contra los prusianos y los hacen retroceder. Es el primer zarpazo del león que se siente en libertad, zarpazo terrible pero no mortal. Vencido, pero no aniquilado, el ejército prusiano se retira hacia Bruselas. Retrocede Napoleón para asestar el segundo golpe contra Wellington. No tiene tiempo de tomar aliento; cada día que pasa supone un refuerzo para el enemigo. Además, detrás de él está el pueblo francés, cuyo ánimo necesita mantener con victoriosos partes de guerra. El 17, todavía marcha con todo su ejército hasta las alturas de Quatre-Bras, donde Wellington, el frío enemigo de nervios de acero, se ha atrincherado. Jamás fueron las disposiciones de Napoleón más meditadas, más claras sus órdenes como en aquel día; no solo piensa en el ataque, sino que prevé también sus peligros, y no se le pasa por alto la posibilidad de que el ejército de Blücher, que, aunque derrotado, no estaba deshecho, pueda unirse al de Wellington. Para impedir esto destaca una parte de su ejército con la misión de que, paso a paso, vaya alejando a las huestes prusianas e impida su unión con los ingleses. El mariscal Grouchy es el encargado de realizar esa operación. Se trata de un hombre de mediana inteligencia, recto, valiente, de toda confianza; un buen jefe de probado valor, pero nada más que un buen jefe. No es un guerrero arrojado e impetuoso como Murat, ningún estratega como Saint-Cyr y Berthier, ningún héroe como Ney. No ostenta condecoraciones, no está aureolado por ningún mito de hazañas legendarias, no hay en él nada destacado que resguarde su personalidad en aquel mundo heroico napoleónico. Solo le han dado nombre sus desgracias y sus fracasos. Luchó durante veinte años, desde España hasta Rusia, de Holanda a Italia, y alcanzó su graduación de mariscal lentamente, aunque no inmerecidamente, sin ningún hecho extraordinario en su historia militar. Las balas austríacas, el sol de Egipto, los puñales árabes, los hielos de Rusia, fueron aniquilando a sus camaradas: Desaix en Marengo, Kleber en El Cairo, Lannes en Wagram. No conquistó la ruta hacia la dignidad suprema, sino que le fue deparada por sus veinte años de campaña. Napoleón sabe perfectamente que en Grouchy no tiene ningún estratega, sino un hombre de confianza, valiente y sereno. Pero la mitad de sus mariscales yacen bajo tierra, y los que quedan están desalentados y viven retirados en sus moradas, hartos de la vida de campaña. Por eso se ve precisado a confiar una acción decisiva a un hombre de medianas condiciones.

El 17 de junio, a las once de la mañana, un día después de la victoria de Ligny, uno antes del desastre de Waterloo, Napoleón confía al mariscal Grouchy por primera vez, una acción independiente. En un segundo, aquel militar modesto se integra en la historia universal. Unos instantes solamente, sí, pero ¡qué instantes! Concreta es la orden de Napoleón. Mientras el mismo Emperador ataca a los ingleses, corresponde a Grouchy perseguir con un tercio del ejército a los prusianos. Orden sencilla en apariencia, precisa e inconfundible, pero flexible quizá y de dos filos, como una espada, puesto que, con dicho mandato, Grouchy queda obligado a mantenerse constantemente unido al grueso del ejército. Con cierta vacilación, el mariscal se hace cargo del mando. No está acostumbrado a obrar por cuenta propia; su prudencia, carente de iniciativa, solo se siente segura cuando la mirada genial del Emperador le indica la actitud que debe tomar. Luego barrunta el descontento de sus generales y quizá también algún golpe inesperado del destino. Solo le tranquiliza la proximidad del cuartel general; tres horas escasas de marcha le separan del ejército del Emperador. Grouchy se despide en medio de una lluvia torrencial. Después, lentamente, hundiendo los pies en el fango, avanzan sus soldados tras las huellas prusianas, o al menos en la dirección que suponen ha tomado Blücher.

La noche de Caillou

Continúa cayendo una lluvia nórdica. Como rebaño empapado de agua marchan en la oscuridad los regimientos de Napoleón. El barro dificulta el paso. No hay donde cobijarse, ni techo ni casa alguna. La paja está demasiado mojada para echarse en ella. Los soldados se reúnen en grupos y duermen sentados, espalda con espalda, bajo la despiadada lluvia. El Emperador mismo no descansa; está dominado por un nerviosismo febril, pues los reconocimientos fracasan debido al mal tiempo; los informes de los exploradores son muy confusos. Ignora si Wellington se dispone a atacar y no tiene la menor noticia de Grouchy acerca de los prusianos. A la una de la madrugada, despreciando la lluvia, que sigue cayendo torrencialmente, el Emperador sale a recorrer las avanzadas. En la lejanía, a un tiro de cañón, se distingue, a través de la niebla, el amortiguado resplandor de las luces del campamento inglés. Al despuntar el alba vuelve a su pequeña cabaña de Caillou, su modesto cuartel general, donde encuentra los primeros partes de Grouchy. Son noticias poco claras respecto a la retirada de los prusianos, pero con la promesa tranquilizadora de que continuarán siendo perseguidos. Poco a poco va cesando la lluvia. El Emperador va y viene; impaciente, por la habitación; luego se detiene a la entrada de la casuca y fija la mirada en el horizonte, esperando que el velo que cubre la lejanía se descorra y permita tomar una decisión. A las cinco de la mañana deja de llover. Se disipan también los nubarrones de la duda. Circula la orden para que, a las ocho, todo el ejército esté dispuesto para entrar en combate. Redoblan los tambores, y los enlaces a caballo galopan en todas direcciones. Napoleón se echa entonces en su lecho de campaña para dormir un par de horas.

LA MAÑANA DE WATERLOO

Son las nueve de la mañana. Las tropas no están todavía del todo reunidas. El terreno, enfangado por la lluvia, que ha caído sin cesar durante tres días, dificulta el avance de la artillería. Lentamente se levanta el sol, y sus primeros rayos brillan acompañados de un cortante viento. No es aquel sol de Austerlitz, ardiente y lleno de promesas, sino un sol pálido de nórdicos resplandores. Por fin están dispuestas las tropas, y, antes de empezar la batalla, Napoleón recorre el frente montado en su blanca yegua. Como impelidas por un violento vendaval se inclinan hacia el suelo las águilas de todas las banderas, los jinetes blanden sus sables y los infantes levantan sus peludos gorros en las puntas de las bayonetas. En honor del Emperador redoblan frenéticamente los tambores; las trompetas lanzan al espacio sus vibrantes notas, pero todos aquellos estridentes sonidos quedan apagados por el grito delirante que resuena como un trueno por encima de las tropas, que sale de setenta mil gargantas a la vez: *«Vive l'Empereur!»*

Jamás ninguna revista militar, durante los veinte años napoleónicos, fue tan magnífica y entusiástica como esta. La última. Cuando cesaron los vítores eran las once —tres horas más tarde de lo previsto, tres horas de retraso fatal—. Se ordena a la artillería que concentre el fuego sobre las «guerreras rojas» que ocupan la colina, pues Ney, le brave des braves, avanza ya al frente de los infantes. Comienza la hora decisiva para Napoleón. Incontables veces ha sido descrita esta batalla, pero nunca nos cansamos de leer sus emociones alternativas en la descripción magnífica de Walter Scott o en el estupendo relato de Stendhal. Se contempló de cerca y de lejos, lo mismo desde la colina donde se encuentra el Emperador, a distancia, como de cerca, sobre la silla de coracero. Obra maestra de tensión y de dramatismo, que va de la angustia a la esperanza, y que, de repente, se transforma en un momento catastrófico, símbolo de una verdadera tragedia. En el destino de un hombre está vinculada la suerte de Europa entera. Ese asombroso castillo de fuegos artificiales que fue toda la existencia de Napoleón chisporrotea en lo alto, una vez más, para iluminar, por un instante, la inmensidad del cielo con el fulgor de sus cohetes y extinguirse luego para siempre. Desde las once hasta la una, los regimientos franceses asaltan las alturas, toman pueblos y posiciones, tienen que retroceder, pero vuelven a atacar. Ya son diez mil los cadáveres que cubren aquella fangosa y desierta tierra, pero nada se ha conseguido. Los dos ejércitos están agotados, exhaustos; los dos generales se muestran inquietos. Todos saben que la victoria será de aquel que reciba antes refuerzos, Wellington de Blücher, Napoleón de Grouchy. El Emperador coge, nervioso, el catalejo y envía continuamente mensajeros. Si el mariscal llega a tiempo, volverá a brillar sobre Francia el sol de Austerlitz.

LA FALLA DE GROUCHY

Sin darse cuenta él mismo, Grouchy tiene en sus manos la suerte de Napoleón. Cumpliendo las órdenes recibidas, partió al atardecer del 17 de junio y tras los prusianos en la dirección que creyó habrían seguido. La lluvia había cesado y, como si marcharan por tierras sin enemigos, los jóvenes soldados que hasta el día anterior no habían venteado la pólvora no ven aparecer por ninguna parte al adversario ni descubren la menor huella del ejército prusiano. De repente, mientras el mariscal toma un ligero refrigerio en una casa de campo, notan que el suelo se estremece bajo sus pies. Prestan atención, y llega hasta ellos un sordo, continuo y amortiguado rumor. Son cañones que disparan a una distancia de tres horas. Algunos oficiales se echan al suelo y pegan el oído en él como hacen los indios, para poder precisar la dirección del cañoneo. Su eco retumba apagado y lejano. Son las baterías de Saint-Jean, es el principio de Waterloo. Grouchy reúne a los oficiales en consejo. Gérard, el jefe de su Estado Mayor, exclama con ardimiento:

—¡Hay que ir a buscar esos cañones!

Otro oficial apoya esa opinión gritando:

—¡Vamos por ellos inmediatamente!

Ninguno duda de que el Emperador se ha topado ya con los ingleses y que ha comenzado una dura batalla. Pero Grouchy está indeciso. Acostumbrado a obedecer, se atiene a las instrucciones recibidas, a la orden imperial de perseguir a los prusianos en su retirada. Gérard, ante el titubeo del mariscal, insiste con vehemencia:

—¡Vayamos por los cañones!

Y para los veinte oficiales, aquellas palabras suenan, más que como una orden, como una súplica. Pero Grouchy no está conforme con la sugerencia. Vuelve a decir terminantemente que no puede dejar de cumplir su obligación mientras no llegue una contraorden del Emperador. Los oficiales se sienten decepcionados, escuchando en el expectante silencio el lejano retumbar de los fatídicos cañones.

Entonces Gérard intenta un último recurso. Suplica que se le permita acudir al campo de batalla con su división y unas cuantas piezas de artillería, comprometiéndose a regresar a tiempo. Grouchy reflexiona un momento.

La historia del Mundo en un momento

Grouchy reflexiona un momento, y ese momento decide su propio destino, el de Napoleón y el del mundo entero. Aquel momento transcurrido en una casa de campo de Walheim decide todo el siglo XIX. Aquel momento —que encierra la inmortalidad— está pendiente de los labios de un hombre mediocre pero valiente; se halla entre las manos que estrujan con crispación la orden del Emperador. ¡Oh, si en aquellos instantes Grouchy fuera capaz de arriesgarse audazmente, de desobedecer las órdenes recibidas por convencimiento propio ante los hechos, Francia estaría salvada! Pero aquel mediocre y apocado hombre se limita a atenerse a la disciplina. Es incapaz de escuchar la voz del destino. Por eso, Grouchy se niega enérgicamente. Sería un acto de insensatez dividir más aún un cuerpo de ejército que ya se halla dividido. Su misión es perseguir a los prusianos, solo eso. Los oficiales no replican. Un penoso silencio se hace alrededor del jefe. Y en aquellos instantes se le escapa irremediablemente lo que ya ni palabras ni hechos podrán restablecer: Wellington ha vencido. Prosigue el avance. Gérard y Vandóme, comidos por la rabia; Grouchy, intranquilo y a cada momento menos seguro, pues, cosa curiosa, no se ve el menor vestigio del ejército prusiano, que parece haber abandonado la idea de marchar sobre Bruselas. De pronto, unos emisarios traen la noticia de que la retirada del enemigo se ha convertido en una marcha de flanco hacia el campo de batalla. Aún habría tiempo de correr en auxilio del Emperador, pero Grouchy continúa esperando la contraorden, cada vez más inquieto y preocupado. Sin embargo, no llega. Retumban sin cesar los cañones. La tierra tiembla: son los dados de hierro que decidirán la batalla de Waterloo.

LA TARDE DE WATERLOO

Es ya la una. Se han lanzado cuatro ataques, que han removido sensiblemente el centro de Wellington. Napoleón se prepara para el asalto decisivo. Manda reforzar las baterías de Belle-Alliance, y antes de que se desvanezca la cortina de humo que cubre las colinas dirige una última mirada al campo de batalla. Y entonces descubre que, por la parte del Noroeste, una oscura y amplia sombra parece surgir de los bosques. ¡Son nuevas tropas! Todos los catalejos se concentran en aquel punto. ¿Será Grouchy que, inspiradamente, ha desobedecido sus órdenes y se presenta providencialmente en el instante decisivo? No, un prisionero cree que se trata de fuerzas prusianas, de la vanguardia del general Von Blücher. El Emperador sospecha, por primera, vez que el ejército alemán ha burlado la persecución y va a unirse con los ingleses, mientras sus propias fuerzas maniobran inútilmente. Acto seguido envía un mensaje a Grouchy ordenándole que mantenga el contacto a toda costa y evite que los prusianos intervengan en la batalla. El mariscal Ney recibe al mismo tiempo orden de atacar. Hay que rechazar a Wellington antes de que lleguen los prusianos: nada parece temerario ante la incertidumbre de la situación. Toda la tarde se suceden los furiosos ataques en la llanura, con incesantes refuerzos de infantería, que toma por asalto las aldeas destruidas; flamean las banderas sobre la ola napoleónica que arremete contra el agotado enemigo. Pero Wellington continúa resistiendo y no llega ninguna noticia de Grouchy. «¿Dónde está Grouchy? ¿Dónde espera?», murmura nerviosamente Napoleón, viendo que la vanguardia prusiana va interviniendo progresivamente en la lucha. Sus mariscales también se impacientan. Y resueltamente, para acabar de una vez, el mariscal Ney, tan temerario como Grouchy prudente —ha perdido ya tres caballos en la batalla—, lanza a toda la caballería francesa a un ataque conjunto. Diez mil coraceros y dragones emprenden la terrible carrera de la muerte, destruyen cuadros, arrollan a los artilleros y penetran en las primeras filas enemigas.

Son rechazados otra vez, pero la fuerza de los ingleses toca a su fin, el dominio que ejercían sobre aquellas colinas empieza a ceder. Y cuando la diezmada caballería francesa retrocede ante las descargas de fusilería, avanza la última reserva de Napoleón, de un modo lento y grave: es la vieja guardia que marcha a conquistar la colina de cuya posesión depende el destino de Europa.

LA DECISIÓN

Cuatrocientos cañones truenan por ambas partes desde la mañana. La planicie se estremece al choque de la caballería con las tropas adversarias, que lanzan torrentes de fuego al redoble enardecedor de los tambores. Pero arriba, en lo alto de ambas colinas, los dos caudillos permanecen impasibles ante el ruido de aquella terrible tempestad humana. Están pendientes de otro sonido más apagado: el tictac de los relojes, que late como el corazón de un pájaro en sus respectivas manos, marcando el tiempo, indiferentes a los hombres que combaten. Napoleón y Wellington no separan los ojos de sus cronómetros: cuentan las horas, los minutos que han de traerles los esperados refuerzos decisivos. Wellington sabe que Blücher está cerca. Napoleón espera a Grouchy. Ninguno de las dos cuentas con más fuerzas de reserva. Las que lleguen antes decidirán la victoria. Junto al bosque empieza a distinguirse la polvorienta nube de la vanguardia prusiana. Napoleón y Wellington están pendientes de aquel enigma. ¿Se trata solo de algunos destacamentos? ¿Es el grueso del ejército que ha escapado de Grouchy? Los ingleses resisten con sus últimas fuerzas, pero también los franceses están exhaustos. Los dos ejércitos, fatigados, permanecen frente a frente; como dos luchadores dejan caer ya los debilitados brazos y contienen la respiración antes de acometerse por última vez. Por fin retumban los cañones por el flanco de los prusianos, se vislumbran destacamentos, se oye el ruido de la fusilería. «¡Por fin llega Grouchy!», suspira Napoleón. Confiando en que tiene el flanco asegurado, reúne a sus hombres y se lanza otra vez contra el centro de Wellington, para romper el anillo inglés que guarda Bruselas y hacer volar la puerta de Europa. Pero aquel fuego de fusilería no ha sido más que una desorientadora escaramuza. Desconcertados los prusianos por unos uniformes desconocidos, centran el fuego sobre los de Hannóver, pero inmediatamente se dan cuenta de su lamentable confusión y en poderoso alud salen de la espesura del bosque.

No, no es Grouchy quien se acerca con sus tropas, sino Blücher, y con él la fatalidad. La noticia se difunde rápidamente entre las tropas imperiales, y empiezan a replegarse, pero conservando el orden todavía. Wellington, que comprende en seguida la crítica situación del adversario, galopa hasta la falda de la colina tan eficazmente defendida y agita el sombrero sobre su cabeza, señalando al enemigo que retrocede. Aquel gesto de triunfo es comprendido por sus hombres y, en un supremo esfuerzo, se lanzan contra la desmoralizada masa. Simultáneamente, la caballería prusiana ataca por el flanco al destrozado ejército, y se oye el grito demoledor de «¡Sálvese quien pueda!» En pocos minutos, el gran ejército, como un incontenible torrente, impelido por el terror, arrastra incluso a Napoleón. La caballería enemiga penetra en aquel torrente convertido ya en agua mansa e inofensiva para ella, donde pesca fácilmente el coche del caudillo francés, los valores del ejército, toda la artillería abandonada en aquella espuma de angustia y desesperación. El Emperador puede salvar la vida y la libertad solo al amparo de la noche. Pero aquel hombre que, sucio, desconcertado, medio muerto de fatiga, se deja caer del caballo a la puerta de una miserable posada, ya no es un emperador. Su imperio, su dinastía, su suerte se han desvanecido. La falta de decisión de un hombre mediocre ha derrumbado el magnífico edificio que construyera en veinte años el más audaz y genial de los mortales.

RETORNO AL DÍA

Apenas el ataque inglés ha derribado a Napoleón, un desconocido va en una calesa por el camino de Bruselas y de allí al mar, donde un barco espera ya al viajero. Se dirige a Londres. El desconocido llega a la capital antes que los correos extraordinarios y consigue, gracias al total desconocimiento de la sensacional noticia, hacer saltar la Bolsa. Aquel hombre es Rotschild, que con esta hazaña genial funda un nuevo imperio, una nueva dinastía. Al día siguiente se conoce la victoria en Inglaterra. En París, Fouché, el eterno traidor, se entera de la derrota. En Bruselas y en Alemania se lanzan a vuelo las campanas de la victoria. Solo un ser no sabe nada a la mañana siguiente del desastre de Waterloo, aunque se encuentra solo a cuatro horas de distancia del lugar memorable. Es el desgraciado Grouchy. Siempre fiel a las órdenes recibidas, continúa marchando en persecución de los prusianos. Pero como no los encuentra por ninguna parte, se desconcierta y flaquea su ánimo. Los cañones no cesan de tronar a poca distancia, cada vez más fuerte, como si pidieran auxilio. Cada disparo que hace temblar la tierra parece hundirse en el corazón. Todos saben con certeza que no se trata de un simple cañoneo, sino de una gran batalla: la batalla final. Nerviosamente cabalga Grouchy entre sus oficiales, que evitan toda discusión con él, ya que sus consejos fueron rechazados. Cerca de Wabre dan por fin con un cuerpo de ejército prusiano, de la retaguardia de Blücher, que se ha fortificado en aquel lugar. Rabiosos, se lanzan contra las trincheras. Gérard va a la cabeza de sus hombres, como si, poseído de un fatídico presentimiento, buscase la muerte. Cae derribado por un balazo y enmudece para siempre la voz que podía reprochar. Al llegar la noche, los franceses se hacen dueños de la población, pero todos comprenden que aquella pequeñísima conquista ya no tiene ninguna importancia, pues allá lejos, en el campo de batalla, reina un helado y profundo silencio, una angustiosa quietud, una paz de muerte. Todos comprenden que era mil veces mejor el oír tronar los cañones que no la incertidumbre que ahora los consume. La terrible batalla, según todos los indicios, ha debido de terminar, pero ¿a favor de quién se ha decidido? Y esperan toda la noche inútilmente. No llega ningún mensajero. Se diría que el gran ejército los ha abandonado, y se hallan allí sin objeto ni razón alguna. Con la aurora levantan los campamentos y reemprenden la marcha, agotados y plenamente convencidos de que ya de nada sirven sus avances y maniobras. Por fin, a las diez de la mañana, llega a galope tendido de su caballo un oficial del Estado Mayor. Le ayudan a desmontar y le asedian a preguntas. Pero él, con la faz descompuesta, los sudorosos cabellos pegados a las sienes, presa de una extraordinaria excitación, murmura unas palabras ininteligibles que nadie puede ni quiere comprender. Creen que delira cuando les dice que ya ni hay Emperador ni ejército imperial, que Francia está perdida. Pero poco a poco pueden arrancarle coordinadamente ya la triste narración. Grouchy, demudado, se apoya tembloroso en su sable; se da plena cuenta de que empieza en aquel instante el martirio de su vida. Pero con hombría asume para sí toda la responsabilidad. El hombre irresoluto y disciplinado que en el momento supremo no supo reaccionar como exigían las circunstancias, ahora, cuando se encuentra ante el peligro próximo, se conduce casi como un héroe. Reúne inmediatamente a todos los oficiales y, con los ojos llenos de lágrimas de rabia y de dolor, les dirige una alocución en la cual se acusa de su indecisión, que trata de justificar. Los oficiales, que ayer le miraban con rencor, le escuchan en silencio. Podrían acusarle y vanagloriarse de ser ellos los que estaban en lo cierto, pero nadie se atreve ni quiere hacerlo. La desesperación les hace enmudecer. Y precisamente en esa hora, demasiado tarde ya, pues ha dejado perder irremisiblemente el supremo instante, es cuando Grouchy demuestra todas sus aptitudes militares. Sus virtudes, su prudencia, su habilidad, su circunspección y escrupulosidad se hacen evidentes cuando se siente dueño de sí mismo y no al servicio de una orden escrita. Rodeado por fuerzas cinco veces superiores a las suyas, emprende la retirada de sus tropas a través del enemigo, merced a una habilísima maniobra estratégica, sin perder ni un solo hombre ni un solo cañón. Y así salva el último ejército del Imperio y de Francia. Pero a su regreso ya no hay un emperador que se lo agradezca ni un enemigo a quien desafiar. Llegó demasiado tarde. Jerárquicamente, asciende al ser nombrado general en jefe y par de Francia, cargos que desempeña con tacto y pericia, pero nada podrá hacerle recuperar aquel instante en que fue dueño del destino y no supo aprovecharlo. Tremenda venganza del «momento supremo», de ese momento que de cuando en cuando se presenta a los mortales, entregándose al hombre anodino que no sabe utilizarlo. Las virtudes ciudadanas, la previsión, la disciplina, el celo y la prudencia, valores magníficos en circunstancias normales del vivir cotidiano se diluyen, fundidas por el fuego glorioso del instante del destino que exige el genio para poder plasmarlo en una imagen imperecedera. El vacilante es rechazado con desprecio. Únicamente los audaces, nuevos dioses de la tierra son encumbrados por los brazos del destino al cielo de los héroes.

VII
La elegía de Marienbad: Goethe entre Karlsbad y Weimar

5 de septiembre de 1823

El 5 de septiembre de 1823, una silla de posta rodaba lentamente por la carretera de Karlsbad hacia Eger. Era una de esas frías mañanas otoñales; el viento soplaba violentamente, arrastrando los rastrojos de los campos, y el cielo aparecía límpido hasta la lejanía del horizonte. En la calesa viajaban tres hombres: Von Goethe, consejero secreto del gran ducado de Sajonia-Weimar (así constaba pomposamente en la lista de bañistas de Karlsbad), y sus dos incondicionales: Stadelmann, el viejo sirviente, y John, el secretario, copista de sus obras creadas en el nuevo siglo. Los dos subalternos no pronuncian palabra alguna desde que salieron de Karlsbad (donde los despidieron unas muchachas cariñosamente con besos), para no turbar los pensamientos del anciano poeta, que permanece inmóvil, sin abrir los labios, revelando su ensimismada mirada su actividad interior. Al detenerse la diligencia en la primera parada de la posta, el poeta baja del carruaje, y sus dos acompañantes pudieron advertir que escribía rápidamente con lápiz algunas palabras en un librito de notas, operación que se repitió durante todo el trayecto hasta llegar a Weimar. Tanto en Zwotau como en el castillo de Hartenberg al día siguiente, como en Eger y luego en Pössneck, continúan sus anotaciones.

En su diario dice lacónicamente: «He seguido trabajando en el poema» (6 de septiembre), «El domingo continué escribiendo en el poema» (7 de septiembre), «Durante el viaje he seguido escribiendo en el poema» (12 de septiembre). En Weimar, donde termina el viaje, pone fin a su obra. Se trata nada menos que de la Elegía de Marienbad, la creación poética más significativa, más íntimamente personal y, por ello, la predilecta del anciano. Es la heroica despedida, es el renacimiento digno de un héroe. En una de sus conversaciones, Goethe mismo llamó a esa poesía «diario de la vida anterior». Quizá ninguna de las páginas de su diario nos parece tan clara, tan plena de significado, en su origen y en, su gestación, como este documento íntimo que supone una trágica interrogación y un dramático reflejo de lo más entrañable de sus sentimientos. Ninguna producción lírica de su juventud surgió de un modo tan directo de un hecho; ninguna otra de sus obras puede seguirse desde el principio, estrofa por estrofa, momento por momento, como este canto maravilloso, como este hondísimo poema floreciendo en el invierno de una vida, cuando el gran poeta contaba setenta y cuatro años. En contraposición a Eckermann, Goethe lo calificó de un estado eminentemente pasional, y revela un desconcertante dominio de la forma; es, al mismo tiempo, claro y misterioso, y el instante más ardiente de su vida aparece plasmado de modo imperecedero. Nada hay en esa obra que se haya marchitado, empañado, cuyo sentido quede oscurecido; nada palidece en esas páginas magistrales de una vida tan fecunda en sublimes delirios, a pesar de haber transcurrido más de cien años. Aquel 5 de septiembre emocionará aún durante siglos a las generaciones alemanas venideras.

****

Sobre esa página, sobre ese hombre, sobre ese poema y sobre esa hora brilla la maravillosa estrella del resurgimiento. En febrero de 1822, Goethe sufre una grave enfermedad; una fiebre altísima que debilita su cuerpo, y durante largas horas permanece en la más completa inconsciencia. Los médicos iban a ciegas, pues no podían descubrir la causa del mal a través de los síntomas que presentaba. Sólo se daban perfecta cuenta del peligro. Pero de repente, del mismo modo que se presentó, desaparece la enfermedad. En junio, Goethe, completamente repuesto, se traslada a Marienbad. Parecía que aquella dolencia sólo había sido el síntoma de un rejuvenecimiento interior, una nueva «pubertad». El hombre que se había ido endureciendo al correr de los años, el poeta que se había ido convirtiendo lentamente en un erudito, vuelve a percibir la voz que no oía hacía años: la voz del sentimiento. La música, como el mismo dice, despierta sus emociones, y las lágrimas afluyen a sus ojos cuando escucha la interpretación al piano de una obra por la hermosa Szymanoweska. Sigue a la juventud ansiosamente; sus compañeros, sorprendidos, ven como aquel anciano septuagenario pasa las noches galanteando a las damas, y como, después de largos años de «inacción», vuelve a bailar, y, como el mismo dice, «en los cambios de pareja me encontraba siempre con lindas muchachas». Aquel rígido ser se ha fundido en un verano como por arte de algún hechizo, y su espíritu rejuvenecido se siente envuelto en el eterno encanto de la vida. Indiscretamente nos habla su diario de «sueños conciliadores»; en él se despierta el antiguo «Werther». Se siente inspirado junto a las damas y renacen las breves poesías, los juegos de palabras, como le sucediera medio siglo atrás con Lilí Schönemann. Vacila en la elección de sus nuevos amores. Su rejuvenecido corazón se inclina primero por la bella Polin y luego por Ulrika de Levetzow, de diecinueve años. Hace quince había amado con veneración a la madre de esta muchacha, y un año antes acariciaba paternalmente a la hija de aquella mujer, que ahora se convierte en pasión, en una pasión que, como otra enfermedad, se apodera de todo su ser, sumiéndole en el volcán de la vida sentimental como antaño. El anciano se conduce como un colegial; apenas oye la juvenil voz, suspende el trabajo y, sin sombrero ni bastón, corre al encuentro de la muchacha. La corteja con el ardimiento de un hombre joven, y ofrece el más grotesco de los espectáculos, con su poco de ridículo y su mucho de trágico. Después de consultar a su médico, Goethe confiesa su pasión al más viejo de sus camaradas, al gran duque, rogándole que solicite en su nombre a la señora Levetzow la mano de su hija Ulrika. Y el gran duque, sonriendo al recuerdo de las orgías vividas con él hace cincuenta años, y acaso sintiendo cierta envidia de aquel hombre a quien no sólo Alemania, sino toda Europa, veneran como a un sabio, como al espíritu más diáfano y profundo del siglo, el gran duque adorna su pecho con todas sus condecoraciones y va a pedir a una madre la mano de su hija de diecinueve años para un anciano de setenta y cuatro. Nada sabemos en concreto de la respuesta. Parece que fue evasiva y dilatoria. El pretendiente quedó sumido en la incertidumbre. Sólo consigue besos fugaces, palabras cariñosas, mientras el deseo acucia cada vez más su pasión.

Impaciente, lucha por conquistar el favor, y sigue a la amada hasta Karlsbad, para hallar allí también la incertidumbre. Al terminar el verano aumenta su tortura. Llega el momento de la despedida sin haber conseguido promesa alguna, sin haber oído más que vagas esperanzas. Al arrancar el carruaje, siente que en su vida acababa de romperse algo inmensamente entrañable. El anciano queda solo con su compañero: el dolor. Pero el genio se inclina sobre él para confortarle, y aquello que ya no lo puede hallar en la tierra, se lo pide a Dios. Y de nuevo Goethe, esta vez será la última, huye de la realidad para refugiarse en la poesía. Con una exaltación maravillosa de gratitud, el anciano escribe aquellos versos de su poema Tasso, que compusiera cuarenta años antes, para darle nueva y asombrosa vida: «Y cuando el hombre se hunde en el dolor, acercadle a Dios para que pueda expresarle su aflicción.» Mientras rueda el carruaje, el poeta permanece pensativo, sin que sus íntimas preguntas obtengan respuesta. Todavía aquella mañana, Ulrika había acudido con su hermana a despedirle: su juvenil y amada boca le besó. Pero aquel beso, ¿no sería una simple muestra de ternura, de afecto filial? ¿Podrá amarle? ¿Le olvidará? Y su hijo, y su nuera, que ansían la importante herencia, ¿tolerarán aquel matrimonio? ¿No se burlará de él la gente? Dentro de un año, ¿no será ya un ser decrépito? Si logra volver a verla, ¿qué puede esperar ya de aquella entrevista? Se hace todas estas preguntas lleno de inquietud. Y, de pronto, una de ellas, la principal de todas, cristaliza en un verso y, envuelta en el dolor, se convierte en poesía ya que Dios le concedió el poder «expresar su aflicción».

Inmediatamente, el grito de tristeza se vierte sobre el papel, y dice: «¿Volveré a ver a esa flor todavía en capullo? El paraíso y el infierno están abiertos ante mí, y mi alma se debate infinitamente angustiada.» Y el dolor se convierte en claras y maravillosas estrofas, purificado por la angustia. El poeta, con el alma perdida en la íntima confusión de su ser, en aquella «bochornosa atmósfera», contempla desde el coche el plácido paisaje de Bohemia envuelto en la luz mañanera, cuya suave serenidad contrasta poderosamente con su profundo desasosiego, y las imágenes que le brinda aquel ambiente brotan nimbadas de poesía: «¿No quedan aún los gigantescos muros del mundo? ¿No están coronados por sagradas sombras? ¿No maduran las espigas? ¿No ríen los prados extendiendo sus verdes y aterciopeladas alfombras hasta los arroyos? ¿No aparece la inmensidad del mundo con todas sus imágenes fecundas y estériles?» Pero a ese mundo le falta alma. En aquel momento pasional no puede comprender el universo sin estar unido a la imagen de la mujer amada, y el recuerdo de esa imagen se construye mágicamente en el sublime poema con transparente y renovada belleza: «¡Oh, ¡qué vaga y exquisita!, ¡qué diáfana y sutil imagen semejante a un serafín flotando entre nubes en el éter! Así has visto danzar a la más amada entre las amadas imágenes. Que por un momento te sea permitido mecer este sueño entre tus brazos. En el corazón conservaré tus múltiples imágenes, siempre la misma y siempre transfigurada por mil matices, pero cada vez más amada.» Apenas evocada la imagen de Ulrika, la imagina ya en su forma real. Describe el poeta cómo le acogió y cómo le fue «dando poco a poco la felicidad»; cómo, después del último beso, le dio otro, realmente el «postrero», y aquel recuerdo dicta al maestro una de las más puras estrofas que hayan podido escribirse sobre la abnegación y el amor: «En nuestro pecho nace una pura aspiración hacia algo elevado, limpio, desconocido: hacia algo que es un eterno enigma, y a eso nos entregamos atendiendo la voz del agradecimiento. Yo comprendo la grandeza sagrada de ese anhelo cuando me es permitido contemplar su imagen.» Pero justamente el recuerdo de aquellos momentos felices hace que el pobre abandonado sienta más su soledad; entonces, el dolor surge con tal fuerza que casi rompe el ritmo de la maravillosa composición poética en un arrebatado estallido de sentimientos: «¡Qué lejos estoy! ¿Qué me dice el actual instante? No puedo saberlo. Me ofrece la serena belleza, pero me aplasta y me faltarán las fuerzas.

Me noto envuelto en un delirio angustioso, y ni siquiera las lágrimas podrán aliviarme.» Luego el poeta sigue elevándose —aunque parezca imposible que pueda ascender más—, y brota el último grito, el más desgarrador:

«¡Abandonadme aquí, fieles compañeros de mi camino! Dejadme solo entre las rocas y el musgo, solo en el campo. Continuad vuestro camino: la amplia tierra y el inmenso cielo son vuestros. Contemplad, indagad: el secreto del mundo fructificará para vosotros. Lo he perdido todo, me he perdido a mí mismo. Antes era el favorito de los dioses y me dieron la Caja de Pandora, llena de riquezas y de peligros. No me negaron nada de cuanto les pedí. ¡Pero ahora me han abandonado y me siento hundido en el abismo!» Jamás había brotado de Goethe, de temperamento tan reservado, una estrofa así. De joven sabia disimular; ya hombre, supo contenerse. Siempre envolvía sus secretos más íntimos en imágenes, cifras y símbolos. Ahora, ya en la ancianidad, da rienda suelta por primera vez a sus sentimientos. Desde hacía cincuenta años, el gran poeta lírico, el hombre sensible que había en él, no se había revelado de una manera tan clara como en estas páginas inolvidables, en ese momento crucial de su vida. Así, misteriosamente, como una extraordinaria gracia del destino, llegó a Goethe la inspiración de ese poema. Al llegar a Weimar, antes de dedicarse a cualquier otro asunto, se puso a copiar personalmente su obra.

Como un monje recluido en su celda, se pasó tres días en su habitación escribiendo el poema en letras grandes, claras, para darle más relieve, cuidando de ocultarlo a sus familiares más íntimos y demás personas de su confianza, como si se tratara de un precioso secreto. Incluso lo encuadernó él mismo, para que ninguna indiscreción lo divulgase antes de tiempo. Ató el manuscrito con una cinta de seda y lo guardó en la carpeta de piel roja, que más adelante sería sustituida por una tela azul, como puede verse hoy en los archivos de Goethe y de Schiller. Los días transcurren monótonos y deprimentes. Sus planes matrimoniales han sido acogidos con burlas por la familia. El hijo se ha dejado llevar por un arrebato de indignación. Sólo por medio de la poesía que fluye de su alma puede comunicarse con la mujer amada. Y hasta que la bella Polin y la Szymanowska reanudan sus visitas no recupera el poeta la disposición de ánimo de los días de Marienbad. Al fin, el 2 de octubre se decide a llamar a Eckermann. La solemnidad con que se dispone a empezar la lectura demuestra el gran amor que siente por aquella composición. El subordinado coloca dos candelabros sobre la mesa; luego le hace sentar cerca de la luz, para que le lea la elegía. No sin dificultad son admitidas también algunas otras personas, las más íntimas, como oyentes, pues Goethe, según palabras de Eckermann, «considera su obra como un sagrario». La significación trascendental que tuvo aquel poema en la vida del poeta lo demostraron los meses siguientes. Al bienestar del rejuvenecimiento no tarda en presentarse la decrepitud. La muerte parece próxima.

Sus días transcurren entre la cama y el sillón. Sus horas están llenas de inquietud; la nuera se ha ido de viaje, el hijo se muestra frío e indiferente. Nadie cuida al pobre y abandonado anciano. Entonces, llamado urgentemente por sus amigos, llega Zelter a Berlín. Es el íntimo de Goethe y, al verle, se da cuenta en seguida de la situación. «Me parece un hombre —escribe lleno de asombro— que tiene el amor metido en el cuerpo, con todos los febriles tormentos propios de la juventud.» Para distraerle, lee y vuelve a releer «con íntima compasión» su propio poema, que Goethe no se cansa de escuchar. Luego Goethe, otra vez convaleciente, le escribe: «Es singular que tú me hicieras sentir, a través de tu sensibilidad, de una manera clara, el grado de este amor mío, muy superior a lo que yo mismo imaginaba.» Y a continuación añade: «Si vinieras aquí, tendrías que releérmelo muchas veces, hasta que lo aprendiese de memoria.»

Y Zelter, que escribe bellamente, dice: «Se curó con la misma lanza que le había herido.» Goethe se salva —puede decirse así— gracias a esta elegía. Se esfuma el sueño de una vida conyugal con la amada «hijita». Nuestro poeta sabe que jamás volverá ya a Marienbad ni a Karlsbad, a aquel alegre mundo de gente que van allí a divertirse. De ahora en adelante dedicará su vida al trabajo. El hombre a quien tentara el destino renuncia a aquel renacimiento. En lugar de ello aparecen en su esfera unas nuevas palabras que contienen gran trascendencia. Estas: acabar, completar. Dirige una seria mirada a su obra, que comprende sesenta años de labor artística, y, al verla desarticulada, desperdigada, decide, ya que no puede seguir edificando, dedicarse a recopilaría. Entonces cierra el contrato de sus Obras completas y se reserva los derechos. Su amor, que se había extraviado momentáneamente, vuelve a sus dos compañeros de juventud, Wilhelm Meister y Faust. Y animoso se entrega a la obra. En las amarillentas páginas renace el siglo que se fue. Antes de cumplir los ochenta años termina los Años de aprendizaje. Y a los ochenta y uno emprende el gran negocio de su vida, Faust, que acaba siete años después de los trágicos y decisivos días, ocultándolo a los ojos del mundo con la respetuosa piedad que ocultara la Elegía. Entre las dos esferas de su vida afectiva, entre su último anhelo y renuncio, entre el principio y el fin, encontramos una especie de línea divisoria, como momento inolvidable de sus íntimos sentimientos, el 5 de septiembre, la despedida de Karlsbad, y la despedida del amor, convertida en eternidad en un desolado lamento. Debemos llamar memorable ese día y evocarlo respetuosamente al cabo de un siglo, pues, a partir de esa fecha, la poesía alemana no ha tenido otro momento cuya grandeza supere al torrente de pasionales sentimientos que encierra ese poema.

VIII
El descubrimiento de El Dorado

Enero de 1848

Hastiado de la Vieja Europa

Nos hallamos en el año 1834. Un vapor americano zarpa de El Havre hacia Nueva York. Entre los desesperados que van a bordo se encuentra uno llamado Juan Augusto Suter, natural de Reynenberg, cerca de Basilea (Suiza), de treinta y un años de edad, a quien le corre prisa marcharse para librarse de la justicia europea. Acusado de quiebra fraudulenta, de robo y de falsificación, ha abandonado a su esposa y a sus tres pequeños hijos. Valiéndose de falsa documentación, se ha hecho en París con algún dinero para emprender aquel viaje en busca de una nueva existencia. Desembarca por fin en Nueva York el 7 de julio, y allí se dedica a toda clase de negocios posibles e imposibles; fue embalador, tendero, dentista, traficante en drogas, tabernero. Cuando al fin consigue estabilizarse en el país, adquiere una posada, pero al poco tiempo vuelve a venderla, para dirigirse a la máxima atracción de aquellos tiempos: el Missouri. Allí se convierte en agricultor y, poco después, llega a ser dueño de una pequeña granja o rancho. Hubiera podido vivir tranquilo, pero continuamente pasan por delante de su hacienda infinidad de traficantes en pieles, cazadores, aventureros y soldados que van y vienen del Oeste, despertando en él con sus historias un irresistible deseo de probar de nuevo fortuna marchándose allí también. Como es sabido, primero se hallan las estepas, con enormes rebaños de búfalos, inmensos desiertos que, durante días y días, semanas y semanas, no se ven animados por la presencia del hombre, a no ser el dueño de la llanura, el piel roja. Luego vienen las montañas, altísimas, inexploradas, y después, por fin, se encuentra aquella tierra nueva, de la cual nadie sabe nada a ciencia cierta, pero cuyas riquezas son fabulosas.

Esa tierra es California. Tierra donde manan, generosas, la leche y la miel, tierra que se halla a disposición de quien la quiera tomar. Está lejos, inmensamente lejos, y la empresa de alcanzarla, preñada de peligros. Pero por las venas de Juan Augusto Suter corre sangre aventurera. No puede hacerse a la vida tranquila, al cultivo apacible del suelo. Un buen día, en 1837, vende su hacienda, organiza una expedición con carros, caballos y rebaños de búfalos y, partiendo de Fort Independence, se dirige temerariamente hacia lo desconocido.

LA MARCHA HACIA CALIFORNIA

Nos hallamos ya en 1838. Con Suter, dos oficiales, cinco misioneros y tres mujeres parten en carros tirados por búfalos hacia el desierto infinito, en dirección al océano Pacífico, a través de las inacabables estepas, teniendo que franquear por último las montañas, con las molestias y penalidades inherentes a tamaña aventura. Al cabo de tres meses llegan por fin, a últimos de octubre, a Fort Vancouver. Los oficiales les dejaron al principio del viaje, las mujeres sucumbieron debido a las penalidades sufridas y los misioneros se niegan a proseguir. Suter se encuentra solo; en vano intentan hacerle desistir de sus proyectos; le ofrecen una colocación en la localidad, pero él permanece firmemente decidido a realizar el fin propuesto. El nombre de California se ha convertido en una obsesión. A bordo de un miserable velero surca el Pacífico, primero hacia las islas Sandwich, para llegar, después de incontables dificultades, hasta las costas de Alaska y desembarcar luego en una región abandonada, conocida por San Francisco. No es la ciudad de hoy, que renació después del terremoto y que cuenta con más de un millón de habitantes. No. Es un miserable pueblecito de pescadores que lleva el nombre de la Misión de los franciscanos. Ni siquiera es la capital de aquella desconocida provincia mejicana de California, que, árida y estéril, sumida en el más completo abandono, agonizaba en el corazón de la zona más fértil y ubérrima del Nuevo Continente. Reinaba allí el desorden, aumentado por la ausencia de toda autoridad, las revueltas, la escasez de animales de tiro y de mano de obra.

Sobre todo, padecía de carencia de energías constructivas. Suter alquila un caballo y desciende al fértil valle de Sacramento. Le basta un día para darse cuenta de que allí no sólo hay lugar para una enorme granja, sino para todo un reino. Al día siguiente sigue cabalgando hasta Monterrey, la mísera capital, donde se presenta al gobernador Alvarado, a quien expone sus planes agrícolas en aquel país. Ha traído «canacas» de las islas, trabajadores y diligentes indígenas que le ayudarían a fundar una colonia, a crear una especie de pequeño reino al que llamará Nueva Helvecia.

—¿Por qué Nueva Helvecia? —le pregunta el gobernador.

—Yo soy suizo y republicano —contesta Suter.

—Bien, haga usted lo que quiera. Cuente con una concesión para diez años —*l*e responde el gobernador.

Como se ve, las transacciones se realizaban en aquel tiempo y en aquel lugar sin dilaciones ni formulismos. A mil quinientos kilómetros de distancia de toda civilización, la energía de un solo hombre se valora de otro modo que en su propia patria.

NUEVA HELVECIA

Estamos ya en 1839. Una caravana va marchando lentamente por la orilla del río Sacramento. Delante va Suter, a caballo, con un fusil al hombro; detrás de él, dos o tres europeos; a continuación, ciento cincuenta «canacas» con sus cortas camisas, y luego treinta carros tirados por búfalos con provisiones, semillas y municiones. Detrás van cincuenta caballos, setenta y cinco mulos, vacas y ovejas. Este es todo el ejército que va a conquistar Nueva Helvecia.

Les precede una especie de inmensa ola de fuego: han quemado los bosques en lugar de talarlos, pues resulta más cómodo. Y apenas se extingue la grandiosa hoguera, humeantes todavía los troncos de los árboles, empieza el trabajo. Se construyen almacenes, se abren pozos. La tierra, que no necesita ser arada, recibe las semillas amorosamente; se construyen empalizadas como rediles para los rebaños. Numerosos colonos abandonan las misiones vecinas y acuden a engrosar la naciente colonia de Nueva Helvecia. El éxito es gigantesco. Los sembrados producen el quinientos por ciento de beneficio. Los graneros están rebosantes, y las cabezas de ganado se cuentan por millares.

Todo esto se ha logrado a costa de grandes dificultades, puesto que hay que defenderse de los indígenas, que continuamente atacan la floreciente colonia. Nueva Helvecia se desarrolla de un modo fantástico. Se construyen canales, molinos, factorías; los barcos surcan los ríos en todas direcciones. Suter ya no es solamente el proveedor de Vancouver y de las islas Sandwich, sino de todos los veleros que hacen escala en California. En vista de la fertilidad de aquella tierra, planta árboles frutales, los hoy famosos frutales de California. Ante el éxito conseguido, hace traer vides de Francia y del Rin, que al cabo de pocos años cubren ya inmensas extensiones. Construye casas y granjas, adquiere en París un piano «Pleyel» y se lo hace traer de Nueva York —ciento ochenta días de viaje—, transportado en un carro tirado por sesenta búfalos a través del continente americano. Tiene créditos y cuentas corrientes en los más importantes bancos de Inglaterra y Francia, hasta que, a los cuarenta y cinco años de edad, en el cenit de su triunfo, se acuerda que hace catorce abandonó a su mujer y a sus tres hijitos. Les escribe pidiéndole que vayan a su principado.

Ahora se siente ya seguro de su fortuna. Se ha convertido en el señor de Nueva Helvecia; es uno de los hombres más ricos del mundo y seguirá siéndolo.

Finalmente, los Estados Unidos se apoderan de aquella descuidada provincia, que hasta entonces había sido posesión mejicana. Todo se halla previsto y asegurado. Dentro de algunos años, Suter será el hombre más opulento de la tierra.

El trágico filón

Hemos llegado ya a enero de 1848. Un día, de repente, se presenta en casa de Suter su carpintero James W. Marshall. Parece muy excitado y solicita ver al dueño. Suter se sorprende, pues el día antes estuvo hablando con él, enviándolo a su granja de Coloma a instalar una nueva sierra mecánica. El hombre ha regresado sin permiso y se halla ante él, excitadísimo. Después de cerrar la puerta del cuarto, Marshall saca del bolsillo un puñado de arena, entre la cual brillan unos cuantos granitos amarillos. El día anterior, cavando un hoyo, encontró aquel extraño metal. Supone que es oro, pero los demás se han burlado de él. Suter coge la arena y la hace analizar: efectivamente, es oro.

Decide ir con Marshall a la granja al día siguiente, pero éste, dominado por la terrible fiebre, que en breve contaminará al mundo entero, monta a caballo y cabalga de regreso, en la tempestuosa noche, al lugar del descubrimiento; impaciente, necesita asegurarse de la realidad de su fortuna. A la mañana siguiente, el coronel Suter se encuentra en Coloma. Por medio de un dique secan el canal e investigan la arena del fondo. Basta coger un cedazo, moverlo un poco, y las brillantes pepitas de oro se destacan de la negra rejilla. Suter reúne a los pocos blancos que conviven con él y les exige su palabra de honor de que guarden el secreto hasta que hayan terminado el montaje de la sierra.

En seguida monta a caballo y regresa a su hacienda. Grandiosas ideas pasan por su imaginación: si su memoria no le es infiel, jamás se encontró el oro en tal abundancia y tan al alcance de la mano. Nunca había aparecido así, en la superficie de la tierra, y esa tierra aurífera es suya, de su exclusiva propiedad.

Una sola noche tiene la importancia de muchos años. Suter es el hombre más fabulosamente rico del mundo.

EL FRACASO

¿El hombre más rico? No, el más pobre, el más miserable, el mendigo más decepcionado de la tierra. A los ocho días, el secreto ha sido divulgado. Una mujer —siempre la mujer— se lo contó a un vagabundo y le entregó algunas pepitas. Lo que ocurre entonces es algo inconcebible. Todos los hombres que están a las órdenes de Suter abandonan su trabajo: los herreros dejan la fragua; los pastores, el ganado; los viñadores, las vides; los soldados, las armas. Todos se dirigen como locos a la serrería con cedazos y cacerolas de metal para separar el oro de la arena. En pocas horas, las granjas quedan abandonadas.

Las vacas lecheras mugen lastimeramente pidiendo que las ordeñen, pero nadie las atiende y van muriendo. Los búfalos rompen las vallas y huyen a los campos, donde la fruta se pudre en las ramas de los árboles. Ya no se produce queso, se hunden los graneros. Todo el mecanismo de la grandiosa empresa queda paralizado. El telégrafo difunde a través de mares y continentes la aurífera promesa, y acuden gentes de todas las ciudades y de todos los puertos.

Los marineros dejan los barcos; los empleados, las oficinas. Llegan ingentes multitudes procedentes del Este; a pie, a caballo, en carro. Es como una invasión, la plaga de la humana langosta. Son los buscadores de oro. Horda brutal, sin freno de ninguna especie, que no conoce más ley que la fuerza bruta ni más orden que el que impone su revólver. El humano alud se vierte sobre la hasta hace poco floreciente colonia. Nadie se atreve a oponerse a aquellos exasperados hombres que matan las vacas de Suter, derriban los graneros para construirse viviendas con sus maderos, aplastan los cultivos, roban las máquinas. En fin: en pocas horas, Juan Augusto Suter se ha convertido en un mísero mendigo que, como el rey Midas, se ahoga en su propio oro. La enloquecedora sed de oro impulsa aquel alud desconocido, que avanza como una tempestad; la noticia se ha difundido por todo el mundo; sólo de Nueva York zarpan cien barcos; de Alemania, de Inglaterra, de Francia, de España, vienen en 1848, 1849, 1850 y 1851 numerosas caravanas de aventureros.

Algunos dan la vuelta por el cabo de Hornos, pero a los más impacientes les parece el camino demasiado largo y escogen el más corto y peligroso: van por tierra atravesando el istmo de Panamá. Una avisada compañía se decide rápidamente a construir un ferrocarril a través del istmo, en cuya obra perecen miles de obreros atacados por las fiebres, sólo por ahorrar tres o cuatro semanas a los impacientes y que puedan alcanzar antes el precioso metal.

Caravanas inmensas atraviesan el continente; son hombres de todas las razas, de todas las lenguas, y todos se instalan en las propiedades de Juan Augusto Suter, como si fueran suyas. En la tierra de San Francisco, que según la escritura en regla que obra en su poder le pertenece a él, surge con una rapidez asombrosa una auténtica ciudad. Gentes extranjeras venden y compran entre sí los terrenos que son de Juan Augusto Suter, y el nombre de Nueva Helvecia, su reino y su dominio, desaparece borrado por el nombre maravilloso de El Dorado, California. Juan Augusto Suter, otra vez en quiebra, contempla, paralizado, aquella terrible devastación. Al principio intenta tomar parte en las excavaciones y aprovecharse, con sus servidores y compañeros, de aquella inesperada riqueza; pero todos le abandonan. Entonces se aparta del aurífero distrito, instalándose en una granja solitaria, el Ermitaje, en la falda de la montaña, lejos de aquel río maldito y de aquella maldita arena. Allí se reúnen por fin con él su esposa y sus tres hijos, ya hombres; pero la pobre mujer muere al poco tiempo de llegar, agotada por las penalidades del terrible viaje.

Pero le quedan sus tres hijos, que, con él, suman ocho brazos para el trabajo, y Suter empieza de nuevo la explotación agrícola. Secundado por sus hijos, trabaja tenaz e intensamente, entregado a la obra, favorecido por la asombrosa fertilidad de aquella tierra.

Entonces imagina un nuevo y grandioso plan, cuyo secreto guarda celosamente.

EL PROCESO

Corre el año 1850. California está incorporada ya a los Estados Unidos del Norte de América. Bajo su severa disciplina se ha restablecido por fin el orden en el país del oro. Se domina la anarquía e impera de nuevo la ley. Entonces, Juan Augusto Suter se presenta de repente pretendiendo hacer valer sus derechos. Declara que el suelo donde se construyó la ciudad de San Francisco le pertenece legítimamente. El Estado, por lo tanto, está obligado a indemnizarle por los daños y perjuicios causados a raíz del robo de su propiedad. Además, reclama la parte que le corresponde por todo el oro extraído de sus dominios. Aquello da lugar al más colosal proceso que vieran los tiempos. Juan Augusto Suter acusa a 17.221 colonos de haber ocupado sus tierras de labor y les exige que desalojen la invadida propiedad; reclama veinticinco millones de dólares al Estado de California, en concepto de indemnización, por haberse apropiado de caminos, canales, puentes, balsas y molinos, que fueron construidos a sus propias expensas. Pide otros veinticinco mil como reparación de los bienes destruidos. Ha enviado a su hijo mayor, Emilio, a Washington a estudiar Derecho, para llevar adelante el proceso, y emplea los enormes beneficios de sus nuevas explotaciones agrícolas (factorías, granjas) en la tramitación judicial. Esta dura cuatro años y es condenado con costas en todas las instancias, hasta que, por fin, el 15 de marzo de 1855, se pronuncia el fallo. El incorruptible juez Thomson, el primer magistrado de California, reconoce oficial y jurídicamente los derechos de Juan Augusto Suter sobre el suelo de su antigua propiedad como plenamente justificados e inalienables. Nuestro héroe vuelve a hallarse en la cumbre de la gloria otra vez. Es el hombre más rico del mundo.

EL FINAL

¿El hombre más rico del mundo? No. El mendigo más pobre. El más desdichado de los mortales. El destino le asesta un nuevo golpe, esta vez mortal, que le aniquilará definitivamente. Al divulgarse la noticia del fallo del Tribunal estalla un impresionante motín en San Francisco y en todo el país. Millares de personas se agrupan en actitud violenta; son los propietarios amenazados, es la plebe, siempre dispuesta a beneficiarse con los disturbios. Asaltan el Palacio de Justicia y le prenden fuego, y van en busca del juez que dictó la sentencia para lincharlo. Luego, la inmensa multitud se encamina a la propiedad de Juan Augusto Suter para destruirlo todo. El hijo mayor, acorralado por los enloquecidos amotinados, se pega un tiro; el segundo muere asesinado, y el tercero consigue escapar, pero se ahoga en la huida. Sobre el Ermitaje se ha abatido una oleada de fuego. Las propiedades de Suter son destruidas; sus granjas, quemadas; sus viñedos, arrasados. Roban sus muebles, sus colecciones artísticas y su dinero y, con furia infernal, convierten aquella inmensa heredad en un montón de ruinas. Suter logra salvarse milagrosamente. Pero no pudo soportar este rudo golpe. Al ver destruida su obra, muertos su mujer y sus hijos, su cerebro se desequilibra. Le domina una idea fija: el Derecho, el proceso. Durante veinticinco años vaga por los alrededores del Palacio de Justicia, en Washington, un andrajoso hombre que tiene algo perturbadas sus facultades mentales. Todos los funcionarios judiciales conocen al «General» —así le llaman— de la sucia levita y los zapatos rotos, que reclama sus millones. Y no faltan abogados sin escrúpulos capaces de sacarle lo poco que le queda de sus miserables rentas impulsándole a entablar nuevos pleitos. Pero él no quiere dinero, él odia el oro, que le ha empobrecido, que ha asesinado a sus hijos, que ha destruido su felicidad y destrozado la tranquilidad de su vida. Él pretende únicamente hacer que prevalezca su derecho, y pleitea con la tenacidad del monomaníaco. Presenta reclamaciones al Senado, al Congreso; se confía a toda clase de supuestos protectores, que fingen dar al asunto una gran importancia y visten al infeliz desequilibrado con un ridículo uniforme y le hacen desfilar de oficina en oficina, de funcionario en funcionario. Esto dura veinte años, de 1860 a 1880.

¡Veinte miserables y dolorosos años! Día tras día sigue vagando por el palacio del Congreso. Los empleados y los golfos callejeros se divierten a su costa, se burlan del propietario de la tierra más rica del mundo, en cuyo suelo radica la segunda capital gigantesca de aquel gigantesco Estado, que va creciendo a un ritmo vertiginoso. Y él, Suter, continúa haciendo antesala en el palacio del Congreso. Allí, en la escalinata, el 17 de julio de 1880, sufre un ataque cardiaco que da fin a todas sus miserias. En el suelo yace el cadáver de un pordiosero: un mendigo que guarda en uno de los bolsillos la sentencia legal de un pleito en la que se le reconoce, a él y a sus herederos, la posesión del más rico y extenso patrimonio que conoce la Humanidad. Desde entonces nadie ha reclamado la herencia de Suter, nadie ha hecho valer sus derechos. Y todavía la populosa ciudad de San Francisco y toda su inmensa comarca siguen asentadas sobre una propiedad que no les pertenece. Todavía no se ha hecho justicia. Sin embargo, un artista, Blaise Cendrars, ha concedido al olvidado Juan Augusto Suter aquello a que tenía derecho por su gran destino: el derecho al imperecedero recuerdo de la posteridad.

IX
La huida hacia Dios

Finales de octubre de 1910

Introducción

En el año 1890 empezó Tolstoi a escribir una autobiografía dramática que luego se publicó y representó como fragmento de sus obras póstumas bajo el título de La luz que brilla en las tinieblas. Este drama incompleto no es más (según vemos ya por la primera escena) que una descripción de la tragedia íntima que se desarrolla en su propio hogar, dado a la publicidad como justificación personal de un intento premeditado de fugarse y al mismo tiempo como disculpa de su esposa, o sea «una obra de perfecto equilibrio moral» en medio de la agitación de su conciencia (o de la inquietud que invade su alma).

Realmente, es un autorretrato de Tolstoi, que se manifiesta de una manera diáfana a través del protagonista, Nikolai Michelaievitch Saryzev, de modo que sólo una pequeña parte de la tragedia es realmente pura invención, sin contenido histórico. Sin duda, el autor la escribió como una especie de anticipo literario a la solución «necesaria» de su vida. Pero ni en su obra ni en su vida, ni en 1890 ni en 1900, tuvo Tolstoi valor para tomar una decisión y realizar su propósito. Y de esta resignación de su voluntad ha quedado el fragmento, que termina estando Tolstoi envuelto en una terrible perplejidad y rogando a Dios que le ayude a serenar su alma. El acto que falta a la tragedia ya no lo escribió Tolstoi; ocurrió algo más importante: lo vivió personalmente.

Por fin, en los últimos días de octubre de 1910, las dudas de veinticinco años se trocaron en resolución, aunque a costa de una dolorosa crisis interior, «su liberación». Después de una dramática lucha en lo más íntimo de su ser y en el seno de su familia, huye para hallar «una muerte sublime y ejemplar, que consagra y estructura el destino de su vida». Nada me pareció más natural que añadir lo que realmente aconteció a los fragmentos escritos ya de dicha tragedia. Esto es únicamente lo que intenté hacer, con la fidelidad histórica que me fue posible y el respeto debido a los hechos y documentos que me han orientado. Lejos de mi está la presunción temeraria de querer completar arbitrariamente una confesión de León Tolstoi; «no me adhiero a la obra, solamente la sirvo». Tampoco supone un complemento ni una terminación. Se trata sencillamente de un epílogo absolutamente independiente a una obra sin terminar y a un conflicto sin resolver, destinado exclusivamente a honrar como se merece esa tragedia. Ojalá que con ello quede cumplido el sentido que he querido dar al epilogo con mi modesta y respetuosa aportación. A los efectos de una posible representación teatral, debo hacer constar que el epílogo se refiere cronológicamente a dieciséis años más tarde que La luz que brilla en las tinieblas, lo que debe ser evidente al aparecer en escena León Tolstoi. «Los bellos cuadros representativos de sus últimos años pueden ser ejemplares, particularmente aquel que le muestra en el convento de Schamardino al lado de su hermana y la fotografía en el lecho donde terminó sus días.» Su despacho de trabajo debería ser presentado en su conmovedora sencillez, de acuerdo con la realidad histórica. Desearía que este epílogo se representara después de una larga pausa, al terminar el cuarto acto de la tragedia incompleta ya citada. En el mismo sale Tolstoi con su propio nombre y no bajo el supuesto de Saryzev, pues no está en mi ánimo intentar una representación exclusiva del epílogo.

Personajes del epílogo

LEÓN NIKOLAIEVITCH TOLSTOI (a los 83 años de edad).
SOFIA ANDREIEVNA (su esposa).
ALEXANDRA LVOVNA (llamada en familia Sascha, su hija).
EL SECRETARIO
DUSCHAN PETROVITCH (médico de la casa y amigo de Tolstoi).
JEFE DE LA ESTACIÓN de Astapovo (Iván Ivanovitch Osoling).
COMISARIO DE POLICÍA de Astapovo (Cirilo Gregorovitch).
ESTUDIANTE 1.°
ESTUDIANTE 2.°
TRES VIAJEROS

Las dos primeras escenas se desarrollan durante los últimos días de octubre de 1910 en el despacho de trabajo de la mansión de Yasnaia Poliana; la última, el 31 de octubre de 1910 en la sala de espera de la estación de Astapovo.

ESCENA PRIMERA

Fin de octubre de 1910 en Yasnaia Poliana, en el despacho de TOLSTOI, sencillo y sin el menor adorno, como aparece en el ya conocido cuadro.

EL SECRETARIO introduce a dos estudiantes, vestidos a la usanza rusa, con blusas negras de alto y cerrado cuello. Ambos son jóvenes y sus respectivos rostros expresan inteligencia. Se mueven con desenvoltura, más bien con arrogancia que con timidez.

EL SECRETARIO

Siéntense entre tanto. León Tolstoi no les hará esperar mucho. Ahora querría hacerles un ruego... Tengan ustedes en cuenta su edad... A León Tolstoi le gusta tanto discutir, que a menudo se olvida de que eso le agota.

ESTUDIANTE 1°

Tenemos poco que hablar. Sólo queremos hacerle una pregunta, pero que, naturalmente, es decisiva para él y para nosotros. Le prometo que seremos breves, a condición de que podamos hablar con entera libertad.

EL SECRETARIO

Perfectamente. Cuantos menos rodeos, mejor. Y, sobre todo, no le llamen «excelencia»; no le gusta.

ESTUDIANTE 2°

(Riendo.) No hay que temer tal cosa de nosotros; todo, menos eso.

EL SECRETARIO

Ya está aquí.

(Entra TOLSTOI con paso rápido pero acompasado. A pesar de la edad parece vivaz y nervioso. Siempre, mientras conversa con alguien, juguetea con un lápiz o enrolla una hoja de papel, impaciente por tomar la palabra. Se dirige rápidamente a los dos visitantes, les tiende la mano, los mira de un modo penetrante y luego se sienta en el sillón tapizado de piel que está frente a ellos.)

TOLSTOI

Son ustedes los dos jóvenes que me envía el Comité, ¿verdad? (Consulta un papel) Perdonen que haya olvidado sus nombres...

ESTUDIANTE 1°

P rescinda de nuestros nombres. Venimos a usted como dos simples individuos entre centenares de miles.

TOLSTOI

(Mirándole fijamente.) ¿Quieren hacerme algunas preguntas?

ESTUDIANTE 1°

Una sola.

TOLSTOI

(Al ESTUDIANTE 2°.) ¿Y usted?

ESTUDIANTE 2°

La misma. Todos nosotros tenemos que hacerle una sola pregunta, León Nikolaievitch Tolstoi. Todos nosotros, la juventud revolucionaria de Rusia. Y es estas: ¿por qué no está usted con nosotros?

TOLSTOI

(Con calma.) Eso creo haberlo explicado ya claramente en mis libros, y sobre todo en algunas cartas que se han divulgado posteriormente. No sé si ustedes habrán leído mis libros.

ESTUDIANTE 1°

(Vivamente.) ¿Si hemos leído sus libros, León Tolstoi? Es curioso que nos haga esa pregunta. Haberlos leído sería muy poco. Hemos vivido de la esencia de sus libros desde nuestra niñez, y al llegar a la juventud conmovieron nuestro corazón. ¿Quién sino usted nos ha enseñado a ver la injusta distribución de los bienes humanos? Sus libros, si, sólo ellos, han alejado nuestros corazones de un Estado, de una Iglesia y de un amo que en lugar de proteger a la Humanidad ampara la injusticia, y usted, solamente usted, nos ha inducido a dedicar toda nuestra vida a repararla, hasta que se consiga destruir ese falso orden.

TOLSTOI

(Interrumpiendo.) Pero no por la violencia.

ESTUDIANTE 1°

(Saliendo al paso de sus palabras, sin poder contenerse.) Desde que tenemos uso de razón, a nadie nos hemos confiado como a usted. Cuando nos preguntábamos quién repararía la injusticia de nuestro pueblo, contestábamos: él. Si nos preguntábamos quién se levantaría un día para derribar tanta ignominia, contestábamos: él lo hará, León Tolstoi. Éramos sus discípulos, sus devotos servidores. Creo que a una simple insinuación suya hubiera yo dado la vida, y, de haberme atrevido hace algunos años a venir a esta casa, me hubiera arrodillado ante usted como ante un santo. Eso significaba usted para nosotros, para miles y miles de los nuestros, para toda la juventud rusa hasta hace pocos años..., y yo me quejo, nos quejamos todos, de que desde entonces se ha ido usted apartando de nosotros hasta convertirse casi en nuestro adversario.

TOLSTOI

(Más suavemente) ¿Y qué cree usted que debería hacer yo para seguir unido a ustedes?

ESTUDIANTE 1°

No tengo la presunción de darle lecciones. Demasiado sabe usted lo que le ha enemistado con nosotros.

ESTUDIANTE 2°

Bien, ¿por qué no hablar claramente, si nuestro asunto no es para andarse con cumplidos? Tiene usted que abrir los ojos de una vez y no permanecer en esa tibia actitud ante los terribles crímenes que comete el Gobierno con nuestro pueblo. Debe por fin abandonar su escritorio y ponerse sin reservas, clara y abiertamente, al lado de la revolución. Usted sabe ya, León Tolstoi, con qué crueldad se combate nuestro movimiento, que son más los hombres que se pudren en las cárceles que las hojas de los árboles que se marchitan en su jardín. Y usted sigue contemplando todo eso, escribiendo a lo sumo de vez en cuando, según dicen, algún artículo para un periódico inglés, sobre la santa dignidad de la vida humana. Pero a usted le consta que contra este sanguinario terror de hoy ya no bastan las palabras. Está usted convencido, igual que nosotros, que es preciso un levantamiento, una revolución, y una sola palabra suya sería capaz de crear un ejército. Usted nos ha convertido en revolucionarios, y ahora que ha llegado el momento de obrar, se aparta con cautela, aprobando con ello la violencia.

TOLSTOI

Jamás aprobé la violencia, ¡jamás! Hace treinta años abandoné mi trabajo únicamente para combatir los crímenes de los déspotas. Desde hace treinta años, cuando vosotros no habíais nacido todavía, vengo yo exigiendo más radicalmente que lo hacéis vosotros no sólo que mejore, sino que se cree un orden completamente nuevo de las condiciones sociales.

ESTUDIANTE 2°

(Interrumpiendo.) Bien, ¿y qué? ¿Qué ha conseguido usted? ¿Qué nos han concedido en esos treinta años? El látigo de los duchoborzen, que cumplían su mensaje, o seis balazos en el pecho. ¿Qué es lo que ha mejorado en Rusia por su pacífica presión, por sus libros y sus folletos? ¿No se da usted cuenta todavía de que, recomendando paciencia y resignación al pueblo, haciendo que tenga fe en un futuro lejano, no hace más que ayudar a los opresores? ¡No!, León Tolstoi, ¡de nada sirve dirigirse a esa arrogante raza de tiranos en nombre del amor y empleando un lenguaje celestial! Esos esbirros del Zar no sacarán ni un solo rublo de su bolsillo ni quitarán un solo impuesto mientras no los dobleguemos a puñetazos. Bastante ha esperado nuestro sufrido pueblo en su amor fraterno; no podemos aguantar más; ha sonado la hora de la acción.

TOLSTOI

(Con bastante ardor.) Ya sé. Incluso en vuestras proclamas lo llamáis «una acción santa». ¡Oh, «acción santa» fomentar el odio! Pero yo no quiero odio ni quiero conocerlo, ni siquiera contra los que pecan contra nuestro pueblo. El que comete el mal es más desgraciado, moralmente, que el que lo sufre; le compadezco, pero no le odio.

ESTUDIANTE 1°

(Colérico.)¡Pero yo los odio a todos, a todos los que cometen injusticias, los odio sin contemplaciones, como a bestias feroces! No, León Tolstoi, jamás enseñará usted a tener compasión de esos criminales.

TOLSTOI

Incluso el criminal es hermano mío.

ESTUDIANTE 1°

(Despectivo.) Aunque fuera mi hermano, hijo de mi propia madre, si obrase mal contra la Humanidad lo aplastaría como a vil gusano. ¡No, jamás tendré compasión con los que no la tienen! No habrá paz en esta bendita tierra rusa hasta que los cuerpos de los zares y los nobles estén sepultados en ella; no habrá un orden humano y legal hasta que los exterminemos a todos ellos.

TOLSTOI

No se puede obtener orden de ningún género por la violencia, ya que la violencia engendra violencia. Tan pronto empuñéis las armas, crearéis un nuevo despotismo. En lugar de destruirlo, lo perpetuaréis.

ESTUDIANTE 1°

Pero contra los poderosos no hay otro medio que la destrucción DE SU PODER.

TOLSTOI

Concedido, pero jamás debe emplearse un medio del que ya se desconfía. La verdadera fuerza, créanme, combate la violencia no empleando la misma violencia, sino que la desvirtúa con la transigencia. Está escrito en el Evangelio...

ESTUDIANTE 2°

(Interrumpiendo.) ¡Bah, deje usted en paz el Evangelio! No, León Tolstoi, con máximas bíblicas no se puede hoy llenar el abismo que existe entre señores y siervos; hay demasiados padecimientos de por medio. Centenares, mejor dicho, millares de hombres creyentes y abnegados consumen hoy sus vidas en Siberia y en las cárceles, y mañana serán decenas de miles. Y yo le pregunto a usted: ¿deben continuar sufriendo millones de inocentes por causa de un puñado de culpables?

TOLSTOI

(Pretendiendo resumir.) Es preferible que sufran a que vuelva a verterse sangre; precisamente el sufrimiento inocente es beneficioso y repara la injusticia.

ESTUDIANTE 2°

(Alterado.) ¿Llama usted beneficio al sufrimiento de cientos de años del pueblo ruso? Bien, pues vaya usted, León Tolstoi, a las cárceles y pregunte a los que fueron azotados, pregunte a los hambrientos de pueblos y aldeas si el sufrir es realmente tan «beneficioso».

TOLSTOI

(Irritado.) Seguramente es mejor que vuestra violencia. ¿Creéis en realidad suprimir los males de este mundo con vuestras armas y vuestras bombas? Entonces, el mal lo tendréis dentro de vosotros, y os lo repito: es mil veces preferible sufrir con una convicción que asesinar por ella.

ESTUDIANTE 1°

(Igualmente irritado.) Bueno, puesto que el sufrimiento es tan beneficioso, León Tolstoi, ¿por qué no lo padece usted también? ¿Por qué ensalza continuamente el martirio de los demás y usted se está sentado y bien calentito en su propia casa, comiendo en vajilla de plata, mientras sus labradores, los he visto por mí mismo, vestidos andrajosamente, medio muertos de hambre, se hielan en sus cabañas? ¿Por qué no se hace azotar en lugar de sus duchoborzen, que son flagelados por seguir sus doctrinas? ¿Por qué no abandona usted de una vez esta mansión señorial y se marcha a la calle, a conocer personalmente lo que es el viento, el frío y la lluvia?; para saber lo que es la miseria, ¿qué a usted se le antoja tan preciosa? ¿Por qué no hace más que hablar, en lugar de obrar según sus propias doctrinas? ¿Por qué no nos da usted ejemplo?

TOLSTOI

(Puesto en pie, retrocede algunos pasos; EL SECRETARIO ha dado un salto hacia el estudiante e, irritado, quiere echarlo de allí, pero TOLSTOI, recobrando el ánimo, lo empuja suavemente hacia un lado.) ¡Déjele usted! La pregunta que este muchacho ha dirigido a mi conciencia es lógica, una pregunta muy acertada, verdaderamente necesaria. Voy a esforzarme en contestarla. (Adelanta un paso, titubea, se serena. Su voz suena ronca, velada.) Me pregunta usted por qué no cargo yo con el sufrimiento, de acuerdo con mis doctrinas y mis palabras, y yo le contesto con franca vergüenza que si me he sustraído hasta ahora a mi santa obligación fue por causa..., fue... porque soy demasiado débil, demasiado cobarde o demasiado hipócrita, un hombre que vale muy poco, un pecador..., porque hasta hoy no me dio Dios la fuerza precisa para realizar al fin lo que es inaplazable. Usted, un hombre hasta ahora desconocido para mí ha hablado de un modo terrible a mi conciencia. Sé que no he hecho ni la milésima parte de lo que era necesario hacer. Reconozco avergonzado que hace mucho tiempo hubiera debido abandonar el lujo de esta casa y la lamentable forma de vida que llevo y que considero como un pecado, para salir por las calles, como usted ha dicho muy bien, como un peregrino... No sé darle otra respuesta que la de que me avergüenzo en lo más profundo de mi alma y que me humillo ante mi propia miseria. (Los estudiantes han retrocedido un paso y guardan un emocionado silencio. Pausa. Luego, TOLSTOI continúa en voz baja.) Pero quizá..., quizá sufro, a pesar de todo..., acaso padezco precisamente por ello, por no lograr ser lo bastante fuerte y honrado para cumplir mi palabra ante los hombres. Acaso mi conciencia me hace sufrir más en este lugar que los más terribles tormentos corporales; tal vez me ha deparado Dios esta cruz y me ha hecho más dolorosa la estancia en mi casa que si estuviera en la cárcel con los pies encadenados. Pero usted tiene razón, este sufrimiento es estéril, porque es un dolor sólo mío, y sería envanecerme que yo quisiera atribuirme también los suyos.

ESTUDIANTE 1°

(Algo avergonzado.) Le suplico que me perdone, León Nikolaievitch Tolstoi, si en mi apasionamiento he llegado a alusiones personales.

TOLSTOI

¡No, no, todo lo contrario, si se lo agradezco! El que conmueve nuestra conciencia, aunque sea con violencia, nos hace un bien. (Silencio. Vuelve a hablar TOLSTOI con voz más calmada.) ¿Ninguno de ustedes tiene que hacerme alguna otra pregunta?

ESTUDIANTE 1°

No, ésa era nuestra única pregunta. Pero debo decirle que tanto para Rusia como para la Humanidad entera es de lamentar que usted nos niegue su apoyo, puesto que nadie podrá evitar ya esta revolución, y preveo que será terrible, más espantosa que todas las demás del mundo. Los que están destinados a dirigirla serán hombres de hierro, implacables, despiadados. Si se hubiese usted puesto al frente, su ejemplo hubiera hecho millones de adeptos y habría menos víctimas.

TOLSTOI

Pero, aunque fuera una sola vida la que se sacrificara por mi culpa, no puedo hacerme responsable de ella ante mi conciencia. (Se oye el sonido de una campana en el piso de abajo.)

EL SECRETARIO

(A TOLSTOI, para cortar la conversación.) Llaman para el almuerzo.

TOLSTOI

(Amargamente.) Sí, comer, charlar, volver a comer, dormir, descansar, volver a charlar... Así vamos viviendo nuestra precaria vida, mientras los demás trabajan y sirven con ello a Dios. (Se vuelve de nuevo hacia los jóvenes.)

ESTUDIANTE 2°

¿De modo que sólo podemos llevar a nuestros amigos la triste noticia de su renuncia definitiva? ¿No nos da usted al menos una palabra de aliento?

TOLSTOI

(Le mira fijamente y habla, resuelto.) Díganles a vuestros amigos lo siguiente en nombre mío: yo os quiero y os respeto, jóvenes rusos, porque con tanta vehemencia os compadecéis de los sufrimientos de vuestros hermanos y queréis arriesgar vuestras vidas para mejorar las suyas. (Su voz se hace dura, fuerte y cortante.) Pero más allá no puedo seguiros, y me niego a estar con vosotros, ya que negáis el amor humano y fraterno a todos los hombres. (Callan los estudiantes, se adelanta resueltamente el segundo y dice con gravedad:)

ESTUDIANTE 2°

Agradecemos que nos haya usted recibido y le agradecemos también su sinceridad. Jamás volveré a estar en su presencia. Permítame, por tanto, como despedida de un insignificante desconocido, que le diga con franqueza y lealtad unas pocas palabras. Estando ya cercana la hora de su muerte, León Nikolaievitch Tolstoi, yo le anuncio que el mundo se ahogará otra vez en sangre. No sólo matarán a los señores, sino también a sus hijos, para que nada se tenga que temer ya de esa descendencia. Ojalá pueda usted ahorrarse ser testigo de su propio error. ¡Esto sí que se lo deseo de todo corazón! ¡Dios le conceda una muerte tranquila! (TOLSTOI parece asustado de la vehemencia del enardecido joven. Luego, sereno ya, avanza hacia él y dice con sencillez:)

TOLSTOI

Le agradezco particularmente sus últimas palabras. Me desea usted lo que anhelo desde hace treinta años: una muerte en paz con Dios y con los hombres. (Inclínanse ambos visitantes y salen. TOLSTOI los sigue con la vista; luego empieza a pasear con excitación de un lado a otro de la estancia y le dice con ímpetu a su secretario:) ¡Qué admirables son esos muchachos!, ¡qué valientes y enteros, qué fortaleza hay en ellos! Así los conocí frente a Sebastopol, hace sesenta años. Con esa misma arrogancia iban a la muerte, al paso de cualquier peligro..., con la sonrisa en los labios para morir por nada, para dar sus preciosas vidas juveniles por un grano de trigo, por unas palabras sin sentido, por una idea sin el respaldo de la verdad, sólo por la dicha de la entrega. Me han conmovido. Es preciso que domine mi debilidad de espíritu y cumpla mi palabra. Estoy acercándome a la muerte a pasos agigantados, y todavía sigo titubeando.

(Se abre la puerta y entra LA CONDESA como una tromba de aire, nerviosa, irritada. Sus movimientos son violentos y denotan perplejidad; sus ojos vagan de un lado a otro, como buscando algo, dirigiendo su mirada de un objeto a otro. Se ve que piensa en otra cosa mientras habla y que está poseída de cierta inquietud y zozobra interiores. Prescinde con mirada desatenta del SECRETARIO, como si éste fuese invisible, y se dirige exclusivamente a su esposo. Detrás de ella ha entrado SASCHA, su hija; se tiene la impresión de que ha seguido a su madre para vigilarla.)

LA CONDESA

Ha llamado la campana para comer y desde hace media hora está esperándote abajo el redactor del Daily Telegraph por lo de tu artículo sobre la pena de muerte, y tú lo dejas todo para atender a esos desharrapados. ¡Qué gente más insolente! Cuando, abajo, el criado les preguntó si había sido anunciada su visita al Conde, contestó uno de ellos: «No, no hemos sido anunciados a ningún conde; es León Tolstoi quien nos ha citado.» ¡Y tú te entregas por completo a esos bribones que con gusto verían el mundo tan revuelto como sus propias cabezas! (Intranquila, mira alrededor del aposento.)

¡Qué desorden hay aquí! Los libros por el suelo, polvo por todas partes; en fin, una verdadera vergüenza si viene alguien de más compromiso. (Va al sillón y lo mira de cerca.) La piel está hecha trizas, se le sale la crin por todas partes. Esto es intolerable. Afortunadamente, mañana viene el tapicero de Tula y lo arreglará. (Nadie le contesta; ella vuelve a mirar intranquila alrededor.) Te lo ruego, haz el favor de venir. No se puede hacer esperar más a ese hombre.

TOLSTOI

(De repente muy pálido e inquieto.) Voy en seguida. Tengo que arreglar todavía algo aquí. Sascha me ayudará. Atiende entre tanto a ese caballero y excúsame. Yo iré en seguida.

(LA CONDESA se marcha, después de haber lanzado una indignada mirada por todo el despacho. Tolstoi va precipitadamente a la puerta, después que ella ha salido, y cierra con llave.)

SASCHA

(Asustada por la impetuosidad de su padre.)¿Qué te pasa?

TOLSTOI

(Agitadísimo, se lleva la mano al corazón y tartamudea:) Mañana el tapicero..., ¡alabado sea Dios...! Así, aún hay tiempo... ¡Gracias, Dios mío!

SASCHA

Pero ¿qué ocurre?

TOLSTOI

(Excitado.) Un cuchillo, anda, de prisa; un cuchillo o una tijera... (EL SECRETARIO le entrega, mirándole extrañado, una plegadera que había sobre el escritorio. TOLSTOI, nerviosa y apresuradamente, dirigiendo a la puerta angustiosas miradas, empieza a ensanchar con aquel instrumento las abiertas grietas del asiento del sillón; luego mete la mano y va palpando la crin que sobresale, hasta que por fin extrae de entre él una carta lacrada.) ¡Aquí está! Es ridículo, ¿verdad? Ridículo e inverosímil como si se tratara de un miserable folletín francés... Una vergüenza incalificable. ¡Que yo, estando en mi cabal juicio, en mi propia casa y a mis ochenta y tres años, tenga que esconder mis papeles más importantes, porque todo se me examina, porque se me vigila, porque se pretende descubrir mis secretos y conocer mis intenciones! ¡Qué bochorno! ¡Oh, qué infierno es mi vida en esta casa, qué gran mentira! (Se ha ido serenando, abre la carta, lee y, dirigiéndose a SASCHA, dice:) La escribí hace treinta años en un momento en que estaba dispuesto a dejar a tu madre y a esta casa infernal. Era mi despedida, pero luego no tuve valor para marcharme. (Aprieta la carta con manos temblorosas y lee para sí, a media voz:) «...Sin embargo, ya no me es posible continuar esta vida que llevo hace tantos años a vuestro lado; una vida en que, por una parte, lucho contra vosotros, y tengo que animaros y sosteneros por otra. Así es que decido hacer lo que debía haber hecho ya, o sea que estoy decidido a huir. Si lo hiciera abiertamente, sería muy amargo. Acaso vacilaría y no me sentiría capaz de realizar mi resolución, que, no obstante, debe llevarse a cabo. Perdonadme, pues, os lo ruego, si el paso que voy a dar os causa dolor, y sobre todo, tú, Sonia, aléjame de buen grado de tu corazón, no me busques, no te culpes de nada respecto a mí, no me juzgues.» (Respirando con dificultad.) ¡Ah, de esto hace ya treinta años! Desde entonces he continuado sufriendo. Cada palabra de aquel tiempo encarna en sí tanta verdad como ahora, y mi vida de hoy es igualmente débil y cobarde. Todavía no, todavía no he huido, aún continúo esperando, esperando no sé qué. Siempre he tenido una idea clara de mis deseos y siempre me he conducido sin tino. Siempre fui demasiado débil, siempre carecí de voluntad. Escondí aquí la carta como un colegial que oculta un libro malo al maestro. Y en sus manos puse el testamento, en que entonces le rogaba que cediera la propiedad de mis obras a toda la Humanidad, con el exclusivo objeto de lograr que hubiera paz en casa, aunque yo no la tuviera en mi propia conciencia.

(Pausa.)

EL SECRETARIO

¿Y cree usted, León Nikolaievitch Tolstoi...? Espero que me permitirá la pregunta, puesto que tan inesperadamente da usted pie para ella... ¿Cree que... que cuando Dios le llame a su seno..., que... que... ese encarecido y último deseo suyo de renunciar a la propiedad de sus obras será cumplido?

TOLSTOI

(Asustado.) Naturalmente... Es decir... (Agitado.) No, no lo sé... ¿Qué opinas tú, Sascha? (SASCHA aparta la vista y calla.)

TOLSTOI

¡Dios mío, no había pensado en eso! Pero otra vez vuelvo a no ser completamente sincero. La verdad es que no he querido pensar en ello, que he rehuido esa preocupación enojosa, como hago siempre. (Mira fijamente al SECRETARIO.) Sí, yo sé positivamente que mi esposa y mis hijos no respetarán mi última voluntad, como hacen ahora con mis creencias y mis inquietudes espirituales. Comerciarán con mis obras y después de mi muerte apareceré ante los hombres como un farsante. (Hace un movimiento que implica decisión.) ¡Pero eso no ha de ser! ¡Quiero que se aclaren las cosas de una vez! Como decía hoy el estudiante que ha estado aquí, hombre realmente sincero, el mundo exige de mí un hecho, una prueba final de honradez, una decisión clara, pura y evidente. A los ochenta y tres años ya no se puede continuar cerrando los ojos ante la muerte, hay que mirarla cara a cara y tomar resueltamente una decisión. Sí, me han hecho mucho bien esos desconocidos.

El no hacer frente a la realidad implica cobardía. Hay que ser claro y leal; por fin quiero serlo, ahora, a los ochenta y tres años. (Se dirige a su secretario y a su hija.) Sascha y Vladimiro Georgevitch, mañana haré mi testamento, claro, concreto, que no pueda ser impugnado, y en él legaré el producto de todo cuanto he escrito, todo el sucio dinero que sobre él se vaya acumulando, a todos, a la Humanidad entera. No se podrá hacer negocio con las palabras que dije y escribí destinadas a todos los hombres, acuciado por el imperativo de mi conciencia. Venga usted mañana por la mañana, traiga otro testigo. No puedo retrasarme más, no sea que la muerte me lo impida.

SASCHA

Un momento, padre; no es que quiera disuadirte de tu propósito, pero temo que surjan dificultades si mamá nos sorprende aquí, reunidos los cuatro. Seguramente sospecharía algo y tal vez hiciera vacilar tu voluntad en el último momento.

TOLSTOI

(Reflexionando.) ¡Tienes razón! No, en esta casa no puedo hacer nada que sea digno ni justo; aquí la vida es todo mentira. (Al SECRETARIO.) Arréglalo de manera que mañana, a las once de la mañana, se reúna conmigo en el bosque de Grumont, junto al enorme árbol de la izquierda, detrás del campo de centeno. Yo simularé salir a dar mi acostumbrado paseo, y allí, así lo espero, Dios me dará entereza para desprenderme al fin de las últimas cadenas. (Suena la campana por segunda vez, más fuerte.)

EL SECRETARIO
Pero procure que la Condesa no advierta nada; si no, todo está perdido.
TOLSTOI
(Respirando con dificultad.) Es horrible tener que estar continuamente disimulando, escondiéndose siempre. Uno pretende ser sincero ante el mundo, ante Dios y consigo mismo, pero no se atreve a serlo ante su mujer y sus hijos. ¡No, así no se puede vivir, no, no se puede vivir!
SASCHA
(Asustada.) ¡Que viene mamá! (EL SECRETARIO hace girar rápidamente la llave en la cerradura. TOLSTOI va a su mesa. Para ocultar su excitación, se queda de espaldas a la puerta.)
TOLSTOI
(Suspirando.) Las farsas de esta casa envenenan mi alma. ¡Ah, si uno pudiera al fin ser del todo sincero, al menos ante la muerte!
LA CONDESA
(Entra apresuradamente.) ¿Por qué no venís? Tardas siempre para todo.
TOLSTOI
(Volviéndose hacia ella con aspecto tranquilo, dice lentamente, en un tono que sólo comprenden los otros:) Sí, tienes razón, siempre tardo para todo. Pero sólo hay una cosa importante: que a uno le quede tiempo para hacer en el momento oportuno lo que debe hacer y que es justo.

ESCENA SEGUNDA

En el mismo despacho. A hora avanzada de la noche del día siguiente.

EL SECRETARIO
Tendría usted que acostarse más temprano hoy, León Nikolaievitch. Debe de estar muy fatigado después del largo paseo y de las emociones sufridas.

TOLSTOI

No, no estoy cansado. Sólo hay una cosa que cansa a los hombres: la vacilación, la incertidumbre. Cualquier acción libera nuestro ánimo, incluso la peor resulta mejor que la inacción. (Va y viene por el despacho.) Ignoro si he obrado bien hoy; debo consultar a mi conciencia. El hecho de entregar mi obra a toda la Humanidad ha quitado un enorme peso a mi corazón, pero creo que no debía haber hecho mi testamento en secreto, sino públicamente ante todos y con el valor del convencimiento. Quizás he hecho de un modo indigno lo que en provecho de la verdad hubiera tenido que hacer con franqueza..., pero, gracias a Dios, ya está hecho, es un paso más en la vida, uno más camino de la muerte. Aunque ahora queda lo último y lo más difícil: arrastrarse a la hora justa hacia la espesura, como un animal cuando le llega el fin, pues en esta casa mi muerte estaría en desacuerdo con mis ideas, como me ha sucedido en vida. Tengo ochenta y tres años, y todavía me cuesta encontrar fuerzas para desprenderme de todo lo terrenal, y tal vez se me está pasando la hora.

EL SECRETARIO

Pero ¿quién sabe cuál es su hora? Si se supiera, sería una suerte.

TOLSTOI

No, Vladimiro Georgevitch, no sería ninguna suerte. ¿No conoce usted la antigua leyenda de por qué Cristo quitó a los hombres el previo conocimiento del momento de la muerte? Me la contó un campesino. Antes, cada cual conocía su última hora, y cuando Cristo vino a la tierra advirtió que muchos labradores no cuidaban de su campo y vivían como pecadores. Al recriminar a uno por su negligencia, el labriego contestó con un gruñido: «¿Para qué tengo que sembrar la tierra si ya no viviré cuando llegue la cosecha?» Entonces reconoció Dios que no era bueno que los hombres conocieran cuándo debían morir, y les quitó el previo conocimiento de la hora fatal. Desde entonces, los labradores deben labrar la tierra hasta el último día, como si hubieran de vivir eternamente, y esto es muy justo, puesto que sólo con el trabajo nos hacemos acreedores de lo eterno. Así también quiero hoy todavía labrar el campo como cada día. (Señala su diario.)

(Se oyen pasos fuera. Entra LA CONDESA en camisa de dormir y dirige una mirada agresiva al SECRETARIO.)

LA CONDESA

Ah, ya... Creía que por fin estarías solo... Quería hablar contigo...

EL SECRETARIO

(Se inclina ante ella.) Me iba ya.

TOLSTOI

Adiós, querido Vladimiro Georgevitch.

LA CONDESA

(Apenas se cerró la puerta tras él.) Siempre está a tu lado, pegado a ti como la hiedra..., y a mí, a mí me odia, quiere alejarme de ti ese hombre nefasto.

TOLSTOI

Eres injusta con él, Sonia.

LA CONDESA

¡No quiero ser justa! Se ha interpuesto entre nosotros, me ha robado tu cariño, te ha distanciado de tus hijos. Yo no significo ya nada desde que él está en esta casa; tú mismo perteneces a todo el mundo menos a nosotros, que somos tu familia.

TOLSTOI

¡Si pudiera ser así realmente! La voluntad de Dios es que uno pertenezca a todos y no se reserve para sí y los suyos.

LA CONDESA

Sí, ya sé, ésas son las ideas que te inculca ese ladrón en perjuicio de mis hijos. Por eso no puedo tolerar ya más su presencia en esta casa. No quiero que esté entre nosotros ese perturbador de nuestra vida familiar.

TOLSTOI

Pero, Sonia, tú sabes perfectamente que yo le necesito para mi trabajo.

LA CONDESA

Encontrarás infinidad de secretarios mejores. No quiero tenerlo cerca. No quiero ver a ese hombre interpuesto entre tú y yo.

TOLSTOI

Pero, Sonia, mi buena y querida Sonia, no te excites. Ven, siéntate aquí, hablemos tranquilamente, como en otros tiempos, cuando empezó nuestra vida. Piensa, Sonia, que nos queda ya poco tiempo para decirnos cosas agradables y pasar días felices. (LA CONDESA mira intranquila alrededor y se sienta temblorosa.) Mira, Sonia, yo necesito a ese hombre; tal vez lo necesito porque mi fe es débil, ya que no soy todo lo fuerte que querría ser. Cada día se confirma más este hecho. Existen muchos millares de hombres por todo el mundo que comparten mis creencias pero, compréndelo, es de tal manera la naturaleza de nuestro pobre corazón terrenal, que para estar seguro de sí mismo necesita el amor evidente, tangible, respirable, por lo menos de una sola persona. Acaso los santos puedan sentirse fuertes dentro de sus celdas, sin desmayar incluso careciendo de testigos, pero ten en cuenta, Sonia, que yo no soy ningún santo, que yo no soy más que un hombre débil y viejo. Por eso necesito tener alguien a mi lado que comparta mis creencias, esa fe que ahora es lo más preciado de mi solitaria vida. Mi mayor felicidad hubiera sido el que tú misma, tú, a quien amo desde hace cuarenta y ocho años con profundo agradecimiento, hubieses sido la que compartiera mis convicciones religiosas. Pero, Sonia, tú no has querido nunca. Todo aquello que constituye el anhelo de mi alma, tú lo miras sin amor, y temo que acaso incluso con odio. (LA CONDESA hace un movimiento.) No, Sonia, no lo interpretes mal, yo no te acuso. Tú me has dado, y le has dado al mundo, lo que podías dar, mucho amor maternal y abnegación. ¿Cómo podías sacrificarte por una causa que tu alma no siente? ¿Cómo puedo echarte la culpa de que no compartas mis más íntimos pensamientos? La vida espiritual de un hombre, lo más recóndito de sus pensamientos, sigue siendo un secreto entre él y su Dios. Pero por fin ha venido a esta casa un hombre que acaba de padecer destierro en Siberia por sus convicciones y que ahora comparte las mías, que es mi colaborador, mi huésped preferido, que me ayuda y me fortalece en mi vida interior... ¿Por qué no quieres dejarme a ese hombre?

LA CONDESA
Porque me ha convertido en una extraña para ti, y eso no lo puedo tolerar de ninguna manera. Me pone furiosa, me quita la salud, pues estoy segura de que todo lo que hace va contra mí. Hoy mismo, al mediodía, le he sorprendido mientras ocultaba apresuradamente un papel, y ninguno de vosotros ha sido capaz de mirarme cara a cara, ni él, ni tú, ni Sascha. Todos vosotros me ocultáis algo. Sí, lo sé, lo sé; habéis tramado algo malo contra mí.

TOLSTOI
Espero que Dios, estando ya a pocos pasos de mi muerte, me guardará de hacer conscientemente nada malo.

LA CONDESA
(Apasionadamente.) Así, pues, no niegas que habéis hecho algo en secreto..., algo contra mí. ¡Ah! ¿Lo ves? A mí no me puedes mentir como a los demás.

TOLSTOI
(Exaltándose.) ¿Que miento a los demás? ¡Y eso me lo dices tú, cuando eres tú precisamente la causa de que yo aparezca como un farsante a los ojos de las gentes! (Calmándose.) Bien sabe Dios que no cometo conscientemente el pecado de la mentira. Tal vez por mi debilidad de carácter no he podido decir siempre la pura verdad, pero a pesar de ello no creo ser un embustero, ningún impostor.

LA CONDESA
Entonces dime lo que habéis hecho. ¿Qué clase de carta era aquélla? No continúes atormentándome.

TOLSTOI
(Acercándose a ella con gran calma.) Sofía Andreievna, no soy yo quien te atormenta, sino tú la que me atormentas a mí, porque ya no me quieres. Si continuaras queriéndome, tendrías confianza en mí. Confianza incluso en las cosas que no entiendes. Sofía Andreievna, te lo suplico, mira bien el fondo de tu alma. ¡Hace cuarenta y ocho años que vivimos juntos! Acaso esos años hayan dejado olvidado en algún repliegue de ella un poco de amor para mí... Por favor, aviva ese rescoldo. Procura ser de nuevo la que fuiste para mí tanto tiempo, amante, confiada,

abnegada y dulce, porque frecuentemente me horroriza, Sonia, pensar cómo te portas ahora conmigo.

LA CONDESA

(Conmovida y excitada.) Ya no sé cómo soy. Sí, tienes razón; me he vuelto odiosa y mala. Pero ¿quién sería capaz de contemplar tranquilamente tus torturas por pretender ser más que un ser humano? Antes, todo era sencillo y natural. Vivíamos como las demás personas, digna y honradamente; cada cual se ocupaba de lo suyo, se alternaban las penas con las alegrías y la felicidad, crecían los hijos y envejecíamos sintiéndonos dichosos. Pero de repente, hace treinta años, te acometió esa terrible obsesión, esas ideas que nos hacen desgraciados a todos, a ti y a nosotros. ¿Qué puedo hacer yo por mi parte, si ni todavía hoy llego a captar el sentido que pueda tener el que tú te empeñes en limpiar estufas, en acarrear el agua, en remendarte tú mismo el calzado? ¡Tú, a quien todo el mundo considera como a uno de los más grandes escritores! Confieso que no se me alcanza el motivo de que nuestra vida limpia, laboriosa y ahorrativa, tranquila y sencilla, haya de ser de pronto un pecado ante las demás gentes. No, no puedo comprenderlo. ¡Imposible!

TOLSTOI

(Muy suavemente.) ¿Ves, Sonia? Precisamente eso es lo que te decía: incluso en lo que no podemos comprender hemos de confiar apoyados en el amor. Así sucede con los hombres y así sucede con Dios. ¿Crees tú que yo me precio realmente de saber lo que es justo? No, sólo confío en que lo que se hace honradamente, aquello por lo cual uno sufre tan atrozmente, no puede carecer totalmente de sentido ni de valor ante Dios y ante los hombres. Procura, pues, tú también, Sonia, creer un poco en lo que no me comprendes respecto a mí, confía al menos en mi deseo de proceder justamente, y todo, todo podrá arreglarse.

LA CONDESA

(Inquieta.) Pero luego me lo contarás todo..., me dirás todo lo que habéis dicho hoy.

TOLSTOI

(Con gran serenidad.) Todo te lo diré. Ya no ocultaré nada más, ni haré nada en secreto, en lo que me reste de vida. Sólo espero que vuelvan Serioschka y Andrei; entonces compareceré ante vosotros y os diré sinceramente lo que he decidido en estos días. Pero, Sonia, durante este breve plazo deja la desconfianza y no me vigiles. Es este mi único y más encarecido ruego, Sofía Andreievna. ¿Lo entenderás?

LA CONDESA

Sí..., sí..., claro...

TOLSTOI

Te lo agradezco. Ya ves lo fáciles que resultan las cosas cuando existe la franqueza y la confianza. ¡Oh, qué suerte que hayamos podido hablar en paz y amistosamente! Has vuelto a alentar mi corazón. Y es que cuando entraste, la desconfianza se reflejaba en tu cara como una sombra: la inquietud y el odio que te dominaban me hacían encontrarte extraña, y, francamente, no podía ver en ti a la mujer de antaño. Pero ahora tu expresión ha vuelto a aclararse y reconozco de nuevo tus ojos. Tus juveniles ojos de antes, Sofía Andreievna, mirándome dulcemente. Pero ve a descansar ahora, amada mía, que es tarde. Te lo agradezco de todo corazón.

(La besa en la frente. LA CONDESA sale. Antes de transponer la puerta se vuelve de nuevo hacia él con excitación.)

LA CONDESA

Pero ¿me lo contarás todo? ¿Todo?

TOLSTOI

(Tranquilamente.) Todo te lo diré, Sonia. Y tú, por tu parte, piensa en tu promesa.

(LA CONDESA se va, pero lanzando una mirada recelosa hacia la mesa escritorio.)

TOLSTOI

(Va y viene varias veces por el despacho, se sienta a la mesa y escribe algunas palabras en su diario. Al cabo de algunos momentos se levanta, pero se sienta otra vez y hojea el diario con aire pensativo y lee a media voz lo que acaba de escribir:) «Me esfuerzo en mostrarme con Sofía Andreievna todo lo tranquilo y firme que me es posible, y creo que más o menos conseguiré calmarla. Esta noche he advertido por primera vez la posibilidad de lograr que ceda a base de bondad y cariño...» ¡Ah, sí, en efecto...!

(Deja el diario, respira hondamente y se dirige al cuarto contiguo, donde enciende la luz. Luego vuelve al despacho, se quita las pesadas botas de campesino y la chaqueta. Apaga la luz y pasa, vistiendo sólo los anchos calzones y la blusa de trabajo, al dormitorio contiguo. Durante un rato, el cuarto queda en silencio y a oscuras. No se percibe ni la respiración. De pronto abren silenciosamente la puerta que da al despacho, con la cautela y sigilo propios de un ladrón. En la oscuridad, alguien va a tientas con una linterna que proyecta un rayo de luz sobre el suelo. Es LA CONDESA. Miedosamente se vuelve, mirando alrededor, escucha ante la puerta del dormitorio y luego se desliza, ya más tranquila, hacia la mesa del despacho. La linterna proyecta su blanco círculo de luz exclusivamente sobre el centro del escritorio, dejando el resto sumido en la oscuridad, LA CONDESA, de la que sólo pueden verse sus temblorosas manos, coge el diario, que ha quedado sobre la mesa, y empieza a leer nerviosamente. Abre uno por uno los cajones y revuelve apresuradamente cuantos papeles encuentra en ellos, pero no logra encontrar nada que le interese. Por fin, con estremecido movimiento, coge de nuevo la linterna y se marcha andando de puntillas. Su cara está alterada, como la de un demente.

Apenas cierra la puerta, LEÓN TOLSTOI abre la de su dormitorio. Lleva en la mano una vela encendida que oscila de un lado para otro, tan intensa es la excitación nerviosa del anciano. Ha oído a su mujer en el despacho. Se dispone a ir tras ella, pero cuando tiene ya la mano en el tirador de la puerta de entrada del despacho, retrocede súbitamente con gesto violento. Tranquila y resueltamente, coloca la vela sobre el escritorio, se acerca a la puerta de otra habitación contigua del lado opuesto y llama en ella queda y precavidamente:)

TOLSTOI

Duschan... Duschan...

VOZ DE DUSCHAN

(Desde el interior de la habitación.) ¿Es usted, León Nikolaievitch?

TOLSTOI
¡Más bajo, más bajo! Sal en seguida.
(DUSCHAN sale de su aposento sin acabar de vestirse.)
TOLSTOI
Despierta a mi hija Alexandra Lvovna y dile que venga inmediatamente. Luego ve corriendo a la cuadra, para que Grigor enganche al coche los caballos, pero sin hacer ruido, para que nadie de la casa se entere. Y tú extrema el sigilo. No te calces, y ten cuidado, que las puertas chirrían. Hemos de marcharnos irremisiblemente; no podemos perder tiempo.

(DUSCHAN sale presuroso. TOLSTOI se sienta. Con ademán resuelto se pone otra vez las botas, coge su chaqueta, vuelve precipitadamente a su despacho, busca algunos papeles y procura dominar su excitación. Sus movimientos son enérgicos y a veces febriles. Incluso mientras, sentado ante el escritorio, escribe algunas palabras en una hoja de papel, sus hombros tiemblan.)

SASCHA
(Entrando silenciosamente.) ¿Qué ha sucedido, padre?
TOLSTOI
Me voy, lo dejo todo... por fin... Ya está decidido. Hace una hora me había jurado tener confianza, y ahora, a las tres de la madrugada, ha entrado aquí como un malhechor a revolver mis papeles. Pero todo sea para bien...; no ha sido obra de su voluntad, sino de la de Otro. ¡Cuántas veces había pedido a Dios que me hiciera una indicación cuando llegara el momento preciso, y me ha sido concedido, pues ahora tengo ya derecho a dejarla sola, ya que ella ha abandonado mi alma!

SASCHA
Pero ¿adónde vas a ir, padre?
TOLSTOI
No lo sé, no quiero saberlo... Adonde sea, pero fuera de aquí, donde falta la sinceridad..., adonde sea. Hay muchos caminos en la tierra, y en cualquier parte habrá un jergón de paja o algún lecho donde un anciano pueda morir en paz.

SASCHA
Te acompaño.

TOLSTOI

No. Tú tienes que quedarte para calmarla. Se alterará... ¡Ah, ¡cuánto va a sufrir la pobre...! Y soy yo quien la hará sufrir. Pero no puedo hacer otra cosa..., no puedo más, me ahogo en este ambiente. Tú te quedarás hasta que vuelvan Andrei y Serioschka. Luego ven a reunirte conmigo. Iré primero al convento de Schamardino, para despedirme de mi hermana, pues presiento que llegó la hora de las despedidas.

DUSCHAN

(Vuelve apresuradamente.) El coche espera.

TOLSTOI

Pues prepárate tú, Duschan. Toma, guarda los papeles...

SASCHA

Pero, padre, llévate el abrigo de pieles; de noche hace un frío terrible. Te pondré en la maleta prendas de más abrigo.

TOLSTOI

No, no te preocupes. ¡Dios mío, no debemos vacilar más...! No quiero esperar más... Hace treinta años que he estado esperando esta hora, este aviso... Date prisa, Duschan; alguien podría retenernos e impedir nuestra huida. Toma, coge los papeles, el diario, el lápiz...

SASCHA

Y el dinero para el tren. Iré a buscarlo.

TOLSTOI

¡No, no más dinero! No quiero tocarlo más. En la estación me conocen y me darán el billete. Luego Dios me ayudará. Duschan, date prisa, vamos. (a SASCHA:) Tú dale esta carta: es mi despedida; que me perdone. Y escríbeme como soportó la prueba.

SASCHA

Pero, padre, ¿cómo puedo escribirte? Por Correos sabrán en seguida tu paradero y te irán a buscar. Debes cambiar de nombre.

TOLSTOI

¡Ah, siempre las mentiras! ¡Mentir siempre, el continuo rebajarse el alma con disimulos! Pero tienes razón... ¡Vamos, Duschan...! Como quieras, Sascha... Al fin y al cabo, es para bien. ¿Cómo debo llamarme?

SASCHA

(Reflexionando un momento.) Yo firmaré los telegramas con el nombre de Frolova, y tú te llamarás T. Nikolaiev.

TOLSTOI

(Con una prisa casi febril.) T. Nikolaiev..., bien... bien. Adiós, hija mía. (Abrazándola.) Dices que debo llamarme T. Nikolaiev. ¡Otra mentira todavía, una más! Bueno, quiera Dios que estas sea mi última falsedad ante los hombres. (Se marcha apresuradamente.)

Escena Tercera

Tres días más tarde, 31 de octubre de 1910. Sala de espera de la estación de Astapovo. A la derecha hay una gran puerta de cristales que da al andén; a la izquierda, otra puerta menor que conduce a la vivienda del jefe de estación, IVÁN IVANOVITCH OSOLING. En los bancos de madera de la sala de espera, alrededor de una mesa, hay algunos viajeros sentados, esperando el rápido de Danlov; campesinas que duermen envueltas en sus mantones; algunos negociantes en pieles de oveja, y algunos, al parecer, empleados o comerciantes de gran ciudad.

VIAJERO 1°

(Leyendo un periódico, de repente, en voz alta:) ¡Esto sí que ha sido magnífico! ¡Una bella hazaña del viejo! ¡Nadie lo hubiera sospechado!

VIAJERO 2°

¿Qué ocurre?

VIAJERO 1°

Pues que León Tolstoi se ha fugado de su casa y nadie sabe adónde. En plena noche lo preparó todo, se calzó las botas, se abrigó con las pieles y así, sin equipajes y sin despedirse de nadie, se marchó acompañado únicamente por su médico, Duschan Petrovitch.

VIAJERO 2°

¿Y dejó en casa a la pobre anciana? No es muy agradable para Sofía Andreievna. Él debe de tener ahora unos ochenta y tres años. ¡Quién lo hubiera imaginado! ¿Y adónde dices que ha ido?

VIAJERO 1°

Eso es precisamente lo que quisieran saber los de su casa y también los periodistas. Están telegrafiando a todas partes del mundo. Alguien pretende haberle visto en la frontera búlgara, y otros hablan incluso de Siberia. Pero en realidad no hay nadie que sepa nada. ¡El viejo ha hecho las cosas a conciencia!

VIAJERO 3°

(Joven estudiante.) ¿Qué dicen? ¿Qué Tolstoi huyó de su casa? Por favor, déjenme el periódico; quiero leerlo con mis propios ojos. (Lanza un rápido vistazo al diario.) ¡Oh, qué bien, qué bien que por fin se haya decidido a hacerlo!

VIAJERO 1°

¿Por qué bien?

VIAJERO 3°

Porque era una deshonra para él vivir en desacuerdo con sus palabras. Bastante tiempo le han obligado a representar el papel de conde, apagándole la voz con adulaciones. Ahora podrá León Tolstoi dirigirse a los hombres libremente siguiendo los dictados de su alma, y quiera Dios que por medio de él se entere el mundo de lo que le sucede al pueblo ruso. Sí, es una suerte, una bendición para Rusia que ese santo varón se haya librado por fin de las trabas que le retenían.

VIAJERO 2°

Quizá no exista nada de verdad en esta noticia, quizá... (Se vuelve a mirar alrededor para convencerse de que nadie sospechoso los vigila, y dice en un susurro:) Tal vez sólo lo han publicado en los periódicos para despistar y en realidad lo hayan secuestrado para hacerle desaparecer.

VIAJERO 1°

¿Quién puede tener interés en hacer desaparecer a León Tolstoi?

VIAJERO 2°

Todos aquellos..., en cuyo camino se interpone... Todos: el Sínodo, la policía, los militares... Sí, todos los que le temen. Algunos han desaparecido ya así, y luego dijeron que habían sido expulsados al extranjero. Pero ya sabemos todos a lo que llaman esas gentes «el extranjero».

VIAJERO 1°

(También en voz baja.) Ya podría ser...

VIAJERO 3°

No, a eso no se atreven. Ese hombre, con su sola palabra, es más fuerte que todos ellos. No, a eso no se atreverían, pues saben que iríamos a arrancarlo de sus garras por la violencia.

VIAJERO 1°

(Con energía.) ¡Cuidado! Viene Cirilo Gregorovitch... Esconded el periódico...

(Por la encristalada puerta del andén, y vestido de uniforme, aparece el comisario de policía CIRILO GREGOROVITCH. Se dirige al despacho del jefe y llama a la puerta.)

IVÁN IVANOVITCH

(Saliendo con la gorra de servicio puesta.) ¡Ah, es usted, Cirilo Gregorovitch!

COMISARIO DE POLICÍA

Tengo que hablar con usted en seguida. ¿Está su esposa en casa?

JEFE DE ESTACIÓN

Sí.

COMISARIO DE POLICÍA

Entonces hablaremos aquí mismo. (A los viajeros, en tono enérgico y autoritario:) El rápido de Danlov llegará dentro de unos momentos. Hagan el favor de evacuar la sala de espera y dirigirse al andén. (Se levantan todos y salen apretujándose. El COMISARIO DE POLICÍA dice al JEFE DE ESTACIÓN:) Acaban de llegar telegramas cifrados muy importantes. Se ha comprobado que León Tolstoi, en su fuga, ha estado anteayer a visitar a su hermana en el convento de Schamardino. Ciertos indicios hacen suponer que intenta continuar el viaje desde allí, y todos los trenes que salen de aquella población, en la dirección que sea, serán vigila dos por agentes de policía.

JEFE DE ESTACIÓN

Pero, aclárame esto, padrecito Cirilo Gregorovitch. ¿A qué se debe eso? Al fin y al cabo, no es ningún perturbador del orden. León Tolstoi es una honra para nosotros, un verdadero tesoro para nuestro país. Un hombre eminente.

COMISARIO DE POLICÍA

Pero es más peligroso y produce más desorden él que toda la pandilla de revolucionarios juntos. Además; a mí tanto se me da; yo sólo tengo la obligación de vigilar todos los trenes. Como en Moscú quieren que nuestras pesquisas sean secretas, le ruego, Iván Ivanovitch, que vaya usted al andén en mi lugar, ya que a mí me delataría el uniforme. En cuanto llegue el tren, bajará de él un individuo de la policía secreta que le comunicará a usted lo que haya observado durante el viaje. Luego enviaré yo las noticias que se reciban.

JEFE DE ESTACIÓN

Pierda cuidado, que me ocuparé de ello.

(Suena la campana anunciando la llegada del tren.)

COMISARIO DE POLICÍA

Usted debe saludar al agente sin llamar la atención, como si fuese un antiguo conocido, ¿entiende? Los pasajeros no deben advertir que son vigilados. Tenga en cuenta que si lo hacemos todo hábilmente, puede este asunto redundar en beneficio nuestro; suyo y mío, ya que cada informe que va a San Petersburgo llega hasta la suprema autoridad; tal vez esto nos valga a los dos la Cruz de San Jorge.

(Llega el tren y entra con estrépito. El JEFE DE ESTACIÓN sale inmediatamente por la puerta de cristales. Al cabo de algunos minutos van llegando los primeros viajeros, campesinos de ambos sexos con grandes cestos, hablando ruidosamente. Algunos se sientan en la sala de espera para descansar o hacerse el té. El COMISARIO DE POLICÍA se va.)

JEFE DE ESTACIÓN

(Entrando de súbito. Excitado y a gritos se dirige a los que están sentados allí.)¡Salgan de la sala inmediatamente! ¡Todos fuera! ¡En seguida!

LA GENTE

(Sorprendida y murmurando) Pero ¿por qué? Nosotros hemos pagado nuestro billete... ¿Por qué no tenemos derecho a sentarnos en la sala de espera si estamos esperando otro tren?

JEFE DE ESTACIÓN

(Gritando.) ¡Inmediatamente, he dicho! ¡Pronto, todos fuera! (Se abre paso entre la gente y corre hacia la puerta, que abre de par en par.) Aquí, por favor, entren al señor conde aquí.

(Conducido a su derecha por DUSCHAN y a su izquierda por su hija SASCHA, TOLSTOI entra penosamente. Lleva el cuello del abrigo de piel subido hasta las orejas y, además, una bufanda al cuello, a pesar de lo cual se le ve temblar de frío. Detrás de él se apretujan cinco o seis personas más.)

JEFE DE ESTACIÓN

(A los que entran.) ¡Quédense afuera!

VOCES

Déjenos usted..., sólo queremos ayudar a León Nikolaievitch... Tal vez un poco de coñac o de té...

JEFE DE ESTACIÓN

(Muy sobresaltado.) ¡Nadie puede entrar aquí! (Los empuja con violencia hacia atrás y cierra la puerta que da al andén. Mientras tanto, van desfilando ante la encristalada puerta gentes que al pasar miran curiosas lo que sucede en el interior. El JEFE DE ESTACIÓN ha cogido apresuradamente una silla y la ha puesto junto a la mesa.) ¿No quiere Su Excelencia sentarse para descansar un poco?

TOLSTOI

No me llame Excelencia. Gracias a Dios, eso ha terminado..., para siempre. (Mira excitado a su alrededor y se fija en la gente que se agrupa ante la puerta de cristales.) ¡Que se vayan...! Quiero estar solo... Siempre gente... ¡Quiero estar solo por fin!

(SASCHA va a la puerta vidriera y la cubre presurosamente con los abrigos.)

DUSCHAN

(Hablando entre tanto en voz baja con el JEFE DE ESTACIÓN.) Hay que acostarle inmediatamente; en el tren le acometió de repente un acceso de fiebre de más de cuarenta grados; está muy mal. ¿Hay por aquí alguna posada con habitaciones algo decentes?

JEFE DE ESTACIÓN

No. En todo Astapovo no existe ninguna posada.

DUSCHAN

Pero es preciso que se acueste en seguida. Ya ve usted cómo tinta de fiebre. Puede ser peligroso.

JEFE DE ESTACIÓN

Yo, naturalmente, me sentiría honradísimo cediéndole a León Tolstoi mi cuarto..., que está ahí cerca, pero es tan pobre, tan sencillo... Un cuarto de servicio, en planta baja, estrecho... ¡Cómo iba yo a atreverme a alojar en él a León Tolstoi...!

DUSCHAN

No importa; lo más urgente es acostarlo. (Luego se dirige a TOLSTOI, que, dominado por la fiebre, se halla junto a la mesa, estremecido por continuos escalofríos.) El señor Jefe de Estación es tan amable que nos ofrece su cuarto. Usted debe descansar ahora. Mañana ya estará bien otra vez y podremos continuar el viaje.

TOLSTOI

¿Continuar el viaje? No, no, creo que no podré viajar más. Este ha sido mi último viaje..., y estoy ya en la meta.

DUSCHAN

(Animándole.) No se preocupe por un poco de fiebre. Se ha enfriado usted, eso es todo. Mañana ya se encontrará completamente bien.

TOLSTOI

Me encuentro bien..., completamente bien ahora... ¡Pero lo de esta noche ha sido horrible! Me asaltó la idea de que podían seguirme desde casa, que vendrían a buscarme y llevarme otra vez a aquel infierno..., y entonces me levanté y le he despertado. No me ha dejado en todo el camino ese temor ni esta fiebre que me hace castañetear los dientes... Y ahora, desde que estoy aquí... Pero ¿dónde estoy en realidad? No vi jamás este lugar. ¡Todo es tan distinto...!

DUSCHAN

Claro, claro que no. Puede acostarse tranquilo, que aquí nadie podrá encontrarle.

(SASCHA y DUSCHAN ayudan a TOLSTOI a levantarse.)

JEFE DE ESTACIÓN
(Saliendo a su encuentro.) Perdone qué sólo pueda ofrecerle una habitación sencillísima..., mi propia habitación... Y la cama tampoco es buena..., una simple cama de hierro... Pero ya lo arreglaré todo; telegrafiaré inmediatamente para que me envíen otra en el próximo tren.

TOLSTOI
No, no, ninguna otra... Durante mucho tiempo, demasiado tiempo, he tenido cosas mejores que los demás. ¡Cuanto peor sean ahora, tanto mejor para mí! ¿Dónde mueren los campesinos? ¡Y también ellos tienen una buena muerte...!

SASCHA
(Continúa ayudándole.) Vamos, padre, vamos; debes de estar fatigado.

TOLSTOI
(Deteniéndose una vez más.) No sé..., aunque sí, estoy fatigado, tienes razón, todos los miembros me pesan, estoy muy cansado, y, no obstante, espero algo... Es como cuando uno tiene sueño y no puede dormir pensando que le espera algo bueno y no quiere perder aquella grata sensación. Es extraño..., jamás me había sentido así... Quizás esto tenga ya algo que ver con la muerte. Durante muchos años, ya lo sabéis, tuve siempre miedo a la muerte, tanto que no podía acostarme estando enfermo, y hubiera sido capaz de gritar y de esconderme como un animal perseguido. Y ahora, tal vez esté la muerte esperándome en ese cuarto y, sin embargo, voy a su encuentro sin ningún miedo.

(SASCHA y DUSCHAN lo han sostenido hasta llegar a la puerta.)

TOLSTOI
(Detenido en el umbral de la habitación y mirando hacia dentro.) Me gusta esto. Pequeña, estrecha, baja, pobre... Me parece haber soñado alguna vez con una habitación así: una cama extraña, en casa ajena, en la que yace una persona..., un hombre viejo y cansado... A ver, ¿cómo se llamaba? Lo escribí hace algunos años. ¿Cómo se llamaba aquel hombre...? Antes había sido rico y luego vuelve completamente pobre, y nadie le reconoce y él se arrastra hasta la cama que hay junto a la estufa...

¡Ah, mi pobre cabeza, qué pesadez siento en ella...! ¿Cómo se llamaba ese hombre...? El anciano que había sido rico y ahora sólo le queda la camisa que cubre su cuerpo... Y la mujer que le mortificaba no está a su lado en el momento de morir... Sí, ya lo sé, ya lo sé; en mi narración di el nombre de Kornei Vasiliev a aquel pobre anciano. Y la noche en que él muere, Dios llama al corazón de su mujer, y ella va a verle por última vez... Pero llega demasiado tarde. Él está ya rígido en la cama ajena, con los ojos cerrados, y la mujer no sabe si él sigue enojado o si la ha perdonado. Sofía Andreievna no puede saberlo... (Como si despertara de un sueño.) No, no, se llamaba María..., ya empiezo a confundirme... Sí, me acostaré. (SASCHA y el JEFE DE ESTACIÓN siguen ayudándole a sostenerse. TOLSTOI se dirige al JEFE DE ESTACIÓN:) Te agradezco mucho, hombre desconocido para mí, que me hayas dado albergue en tu casa, que me des lo que en la selva tiene la fiera..., albergue hacia el cual Dios me ha enviado, a mí, Kornei Vasiliev... (Aterrorizado de pronto.) Pero cerrad bien la puerta; no dejéis entrar a nadie..., no quiero ver a nadie..., deseo estar a solas con Él, de un modo más profundo, como nunca en mi vida.

(SASCHA y DUSCHAN lo llevan hasta el lecho. El cierra precavidamente la puerta detrás de ellos y permanece en pie, sobrecogido. Se oye llamar con violencia a la puerta de cristal. El JEFE DE ESTACIÓN abre, y entra apresuradamente el COMISARIO DE POLICÍA.)

COMISARIO DE POLICÍA

¿Qué le ha dicho a usted? Tengo que dar parte de todo inmediatamente. ¿Va a quedarse aquí por fin? ¿Cuánto tiempo?

JEFE DE ESTACIÓN

Eso no lo sabe ni él ni nadie. Sólo Dios lo sabe.

COMISARIO DE POLICÍA

Pero ¿cómo se le ocurrió a usted darle albergue en un edificio del Estado? Esta es su vivienda oficial y no tiene usted derecho a ofrecérsela a un extraño.

JEFE DE ESTACIÓN

León Tolstoi no es ningún extraño para mi corazón. Ni un hermano está más cerca de mí en espíritu.

COMISARIO DE POLICÍA

Pero su deber le obligaba a preguntar antes de hacer una cosa así.

JEFE DE ESTACIÓN

Consulté con mi conciencia.

COMISARIO DE POLICÍA

Bien, allá usted. Yo voy a enviar inmediatamente mi informe. ¡Es terrible la responsabilidad que cae de pronto sobre uno! ¡Si al menos supiera cómo se considera a León Tolstoi en las altas esferas!

JEFE DE ESTACIÓN

(Con gran calma.) Yo creo que en las verdaderas alturas se ha tenido siempre muy buen concepto de León Tolstoi.

(El COMISARIO DE POLICÍA le mira perplejo. DUSCHAN y SASCHA salen del cuarto, cerrando cuidadosamente la puerta tras ellos. El COMISARIO DE POLICÍA se aleja presuroso.)

JEFE DE ESTACIÓN

¿Cómo está el señor conde?

DUSCHAN

Completamente tranquilo. Jamás le había visto una expresión tan plácida. Aquí puede por fin encontrar lo que los hombres jamás le concedieron: la paz. Por primera vez está a solas con su Dios.

JEFE DE ESTACIÓN

Perdóneme usted..., pero estoy tan conmovido, y mi inteligencia es tan limitada, que no puedo comprender cómo pudo Dios acumular tantas penas sobre él hasta el punto de tener que huir de su casa y venir a morir aquí, en mi pobre lecho. ¿Cómo pudieron los hombres, los hombres rusos, turbar de tal modo alma tan santa, en vez de amarle y respetarle fervorosamente?

DUSCHAN

Precisamente quienes aman a un grande hombre se suelen interponer entre él y su labor, y ha de huir de los seres más allegados por su ceguera e incomprensión. Esta muerte santifica y completa su vida.

JEFE DE ESTACIÓN

Pero yo..., yo no puedo ni quiero comprender que este hombre, este tesoro de nuestra patria rusa, tuviera que sufrir por nosotros y sin que se nos ocurriera pensar en lo que a él le ocurría. Deberíamos avergonzarnos...

DUSCHAN

No le compadezca, buen hombre; un destino vulgar no hubiera correspondido a su grandeza. Si no hubiese sufrido por nosotros, León Tolstoi no habría llegado a ser lo que es hoy para la Humanidad.

X

Momento heroico: Dostoievski, San Petersburgo, plaza Semenovsk

22 de diciembre de 1849

El ruido de los sables y las voces de mando a lo largo de las casamatas de la prisión han turbado su sueño a medianoche. Aparecen unas fantasmales y lúgubres sombras. Aquellas sombras le empujan por un estrecho e interminable corredor. Se oye chirriar un cerrojo. Se abre una puerta. Entonces puede contemplar el cielo, mientras un viento helado le azota el rostro. Espera un coche celular, en el que le introducen violentamente. En el coche se encuentran apretujados, cruelmente encadenados, sus nueve compañeros de infortunio. Todos callan. Saben adónde van. Saben que su viaje no tiene retorno. El coche se pone en marcha lentamente. De pronto se detiene y otra vez chirría una puerta. Al trasponer la verja, sus ojos descubren un miserable rincón de mundo: casas sombrías, sucias, bajas de techo. Luego ven una gran plaza, desierta, cubierta de enfangada nieve. Una densa niebla envuelve el patíbulo. Un templo de oro se adivina en la luz matinal. Después de apearse les hacen avanzar. Un oficial lee la tremenda sentencia: ¡condenados a muerte por traidores! ¡A muerte! Aquellas palabras se hunden como piedras en el sereno azul del cielo. Son repetidas como un eco. Todo lo que está ocurriendo a él le parece un sueño. Sólo sabe que va a morir. Se adelanta un hombre y en silencio le pone la ropa blanca. Los reos cambian en voz baja las últimas palabras de despedida. Uno de ellos, con los ojos desorbitados, lanza un grito de horror. Un pope le presenta el crucifijo y él lo besa fervorosamente. Los condenados son diez. Se les hace avanzar de tres en tres. Un cosaco se acerca para vendarle los ojos. Él entonces levanta la vista para contemplar el cielo por última vez; también puede ver la iglesia, cuya dorada cúpula resplandece en las primeras luces de la aurora. Recuerda la «Última Cena» del Señor y vislumbra que la verdadera vida, la visión beatífica de Dios, comienza después de la muerte. Le han cubierto los ojos. Ante él solo hay una tétrica oscuridad. Pero siente bullir la sangre en sus venas y, con esa ardiente sangre, nuevos torrentes de vida. Es el último segundo, y en ese instante parece concentrarse toda su existencia. Tumultuosamente aparecen las imágenes de sus recuerdos: su infancia, sus padres, sus hermanos, su esposa, las amistades rotas, las pocas horas de felicidad, los sueños de gloria. Ahora la muerte. Nota que alguien se acerca lentamente, y una mano se posa sobre su pecho. Siente frío. ¿Va a morir? El corazón apenas late. Unos momentos más y todo habrá terminado. A poca distancia, los cosacos han formado el pelotón y preparan las armas. Se oye el ruido de los gatillos. De pronto, los tambores empiezan a redoblar.

Van a troncharse unas vidas. ¡Aquel instante dura un siglo! Pero entonces se oye un grito: «¡Alto!» Llega un oficial, en cuyas manos se agita una hoja de papel, y, a la clara luz de la mañana, lee la orden, el indulto: el Zar, bondadoso, ha conmutado la pena. Aquellas sorprendentes palabras carecen de sentido. Sin embargo, la circulación de la sangre vuelve a normalizarse, y la vida, gozosa, ha empezado a cantar. La muerte huye derrotada, y los ojos, cegados por las sombras, perciben como un rayo de luz. Le quitan la venda. Le aflojan las ligaduras. Su corazón puede ya latir libremente. Ya no ve aquella horrible fosa a sus pies. La vida es mísera y dolorosa..., pero es vida. Contempla otra vez la dorada cúpula de la iglesia, que en los albores de aquella terrible mañana brilla místicamente. El cielo parece estar lleno de rosas, de gloriosos himnos.

Allá en lo alto brilla la cruz con los brazos abiertos como en oración. Se aclara cada vez más el cielo con la luz del nuevo día, que se va extendiendo hasta los montes, hasta los confines más lejanos, y poco a poco, a ras del suelo, empiezan a evaporarse las tinieblas, densas, lúgubres, engendradas por la tierra. Entonces le parece oír por primera vez el grito de todos los dolores humanos y, lleno de inmensa piedad, reza y llora. Escucha las voces de los niños y de los débiles, de las pobres mujeres hundidas en la prostitución, de los solitarios sin consuelo. Comprende que sólo el dolor nos conduce a Dios, mientras la vida alegre y fácil nos ata con lazos de barro a la tierra. Sigue oyendo el coro de los miserables, de los despreciados, de los mártires anónimos, de los que mueren en el arroyo abandonados del mundo. La luz parece cantar aquel dolor terrenal. Y él cree en la suprema y paternal bondad de Dios. Sabe que Él sólo tiene amor, piedad inmensa para los pobres. Por fin, un ángel portador de un divino rayo de luz muestra a su dolorido corazón que en la muerte comienza la gloria de la vida. Ha caído de rodillas, destrozado por el grito de dolor humano. Luego se siente abatido por un infinito estremecimiento, una especie de convulsión que disloca sus miembros; la boca se le llena de espuma y un mar de lágrimas brota de sus ojos. Está convencido de que no pudo gustar la dulzura de la vida hasta que sus labios probaron la amargura de la muerte. Su alma ha comprendido, se ha dado plena cuenta de los terribles momentos que sufrió Aquel que murió, hace dos mil años, en una cruz. Y, como nuevo Cristo, debe amar la vida iluminado por una luz nueva. Unos soldados le apartan del lugar de la ejecución. Está muy pálido, sus ojos se hallan alucinados por la horrible visión y en sus labios se inicia ya la amarilla carcajada de los Karamazov.

XI

La primera palabra a través del océano: Cyrus W. Field

28 de julio de 1858

Ritmo acelerado

Durante miles o, quizá, cientos de miles de años, desde que existe el hombre sobre la tierra, el medio de transporte fue en progreso desde el caballo, pasando por los vehículos rodados, a la navegación a remos y a vela. Todos los logros del del progreso técnico que caen dentro de ese pequeño ámbito iluminado por la consciencia al que llamamos historia mundial no pudieron evidenciar ningún aceleramiento notable del ritmo del movimiento. Los ejércitos de Wallenstein no avanzaban con gran diferencia de rapidez que las legiones de César; los ejércitos de Napoleón no superaron tampoco, durante sus incursiones, a las hordas de Gengis Kan; las corbetas de Nelson no llevaron velocidades muy superiores respecto a los barcos piratas de los vikingos o a las embarcaciones de los mercaderes fenicios. Lord Byron, en su viaje a Childe Harold, no consiguió salvar más millas de distancia en un día que Ovidio cuando fue hacia Ponto, camino del desierto. En el siglo XVIII, Goethe no viajó ni más cómoda ni más velozmente que el apóstol Pablo en los comienzos de nuestra Era.

Sin diferencia alguna, los pueblos continúan distanciados entre sí, en cuanto a tiempo y lugar, tanto en la época de Napoleón como bajo el Imperio romano. La resistencia de la Naturaleza domina todavía la humana voluntad en este sentido. Pero llegamos al siglo XIX y, entonces, la velocidad sobre la tierra experimenta considerables y fundamentales variaciones en el ritmo y la medida. En sus primeras décadas, los pueblos van acercándose, empleando menos tiempo que durante los miles de años anteriores. Gracias al ferrocarril y a la navegación a vapor, los recorridos que antes necesitaban días y días de viaje se reducen a una sola jornada; las horas interminables se convierten en cuartos de hora y en minutos. Pero, aunque dichos adelantos fueran ponderados con eufórico y triunfal entusiasmo por sus coetáneos, tanto el ferrocarril como la máquina a vapor representaban algo circunscrito a los límites de lo comprensible. Estos medios de transporte, aunque multiplicasen por cinco, diez y hasta por veinte las velocidades conocidas hasta entonces pueden valorarse y percibirse con la vista, con los propios sentidos; pueden explicarse como algo naturalísimo. Pero los primeros efectos de la electricidad resultan del todo insospechados, dan al traste con todas las leyes físicas y las previsiones dimensionales. Nosotros, los que vinimos más tarde al mundo, no podemos concebir la sorpresa y admiración que produjeron las primeras pruebas del telégrafo eléctrico; el enorme y entusiasmado desconcierto provocado por el hecho de que aquella misma chispa eléctrica, pequeña y apenas perceptible que ayer solo conseguía chisporrotear desde la botella de Leyden por espacio de una pulgada, de pronto manifestara una potencia, diríamos que diabólica, capaz de salvar países, montañas y continentes enteros. ¡Oh, qué prodigio inimaginable pareció el que la palabra recién escrita pudiera ser recibida a millares de kilómetros, pudiera leerse y entenderse, y que la invisible corriente que se cierne sobre los dos polos de las diminutas columnas de Volta se extendiera por toda la Tierra! Jamás se hubiera podido suponer que un aparato que parecía de juguete y que hasta ayer solo se podía conseguir en los gabinetes de física, mediante frotación de un tubo de cristal, partículas de papel, pudiera ser dotado de tal potencia que acrecentara en millones de veces la potencia muscular y la velocidad humanas transmitiendo mensajes, moviendo transportes, alumbrando calles y casas y cruzando los aires como el de Ariel. Desde la creación del mundo, hasta estos descubrimientos no se produjo en el tiempo y en el espacio una conmoción tan profunda.

Este año de 1837, tan trascendental en el mundo, en el que por primera vez se logra sincronizar el telégrafo las hasta aquel momento aisladas expresiones humanas, se cita raramente en nuestros libros escolares, que dan más importancia a las guerras y a las victorias militares de los respectivos caudillos de las naciones en vez de destacar los verdaderos y gloriosos triunfos que son comunes a la Humanidad entera. Ninguna otra fecha de la historia moderna puede compararse a esta del año 1837, en cuanto al alcance psicológico de la nueva valoración del tiempo. El mundo sufre un cambio extraordinario desde que puede saberse en París lo que en aquel instante ocurre en Ámsterdam, en Moscú, en Nápoles y en Lisboa. Pero falta todavía un paso más para incluir a toda la Humanidad en el ámbito de intercomunicación, para alcanzar una conciencia común en todos los continentes. Pero la Naturaleza se resiste aún a esta última unión. Existen obstáculos insuperables todavía para establecer una conexión entre los países separados por el mar. Porque mientras en tierra se difunde fácilmente la chispa eléctrica de poste a poste gracias a los aisladores de porcelana, el agua absorbe la corriente eléctrica. Es imposible, pues, establecer una conducción a través del mar, pues no se ha inventado todavía un medio que pueda aislar completamente los cables de cobre y de hierro en el húmedo elemento. Pero, afortunadamente, en dichos tiempos de progreso, un nuevo descubrimiento viene a auxiliar oportunamente al otro. Al cabo de pocos años de haberse iniciado la comunicación telegráfica por tierra se descubre que la gutapercha es la materia apropiada para aislar las conducciones eléctricas dentro del agua.

Ya se podía, pues, incluir en la red telegráfica del continente europeo a un gran país situado fuera de él: Inglaterra. Un ingeniero llamado Brett coloca el primer cable, en el mismo punto desde donde Blériot emprenderá más tarde el primer vuelo sobre el canal en aeroplano. Un cómico incidente frustra el éxito primero: un pescador de Boulogne, creyendo haber hallado una enorme anguila, saca el cable del agua. Pero el 13 de noviembre de 1851 triunfa el segundo intento. Inglaterra queda ya incluida en la red europea, y Europa es ya Europa de verdad, con un solo cerebro y un solo corazón, que percibe simultáneamente todos los acontecimientos que se desarrollan en su suelo. Tan asombrosa conquista técnica en tan pocos años, ya que nada son en comparación con la historia de la Humanidad, despierta, naturalmente, un entusiasmo ilimitado en aquella generación para otras futuras conquistas del saber humano. Después de un breve tiempo, Inglaterra establece su red con Irlanda; Dinamarca lo hace con Suecia; Córcega, con el continente, y ya se presiente la posibilidad de incluir a Egipto y a la India en tal empresa. Pero hay una parte de la Tierra, y precisamente la más importante, que parece quedar condenada definitivamente a quedar fuera de esa cadena de comunicación telegráfica que se extiende por todo el mundo: América. ¿Cómo poder tender un cable de una parte a otra del Atlántico o del Pacífico, sin estaciones intermedias? ¿Cómo salvar tan enormes distancias? En aquellos años, en la incipiente infancia en que se hallaba todavía la electricidad, falta conocer muchos otros factores auxiliares. Aún no se ha medido la profundidad del mar, aún es muy incierto el conocimiento de la estructura geológica del océano, aún no se ha podido demostrar completamente si un cable colocado a tanta profundidad podría resistir la presión de tan enormes masas de agua.

Y, además, aunque técnicamente fuera posible colocar un cable de tamaña longitud en tales profundidades, ¿dónde se halla el buque capaz de transportar un peso de hierro y cobre como el que representan cerca de cuatro mil kilómetros de cable? ¿Dónde están los dínamos de tanta potencia para transmitir la corriente eléctrica a una distancia equivalente a dos o tres semanas de navegación a vapor? Todas las previsiones ante tal empresa fallan. No se sabe si en lo profundo del mar existen corrientes magnéticas capaces de desviar la corriente eléctrica del cable; no se dispone de un aislante de suficiente eficacia, de aparatos de medición apropiados; solo son conocidas las leyes más elementales de la electricidad, que ha abierto los ojos despertando de su sueño de siglos de un total desconocimiento. «¡Imposible, absurdo!», exclaman los hombres ilustrados cuando oyen hablar de tal cuestión. «Quizá más adelante», dicen los técnicos más audaces. Incluso a Morse, el hombre a quien se debe hasta aquel momento el perfeccionamiento del telégrafo, le parece una cosa descabellada pretender llevar a cabo un plan de tal naturaleza.

Sin embargo, añade proféticamente que, acaso de lograrse colocar el cable transatlántico, aquello significaría *the great feat of the century*, «la mayor proeza del siglo». Para que se pueda realizar un prodigio o algo capaz de producir admiración es siempre indispensable la fe absoluta de un solo hombre en ese prodigio. Es posible que el tesón de un profano en materias científicas consiga dar el impulso creador en un punto precisamente en el que titubean los técnicos, y, como ha ocurrido muchas veces, bastó una simple casualidad para poner en marcha la grandiosa empresa. Cierto ingeniero inglés llamado Gisborne, que en el año 1854 se dispone a tender un cable desde Nueva York al punto más oriental de América, Terranova, a fin de que las noticias de los barcos puedan ser recibidas unos días antes, ha de interrumpir el trabajo por falta de medios económicos, y marcha a Nueva York en busca de ayuda en tal sentido. La casualidad le depara el conocimiento de un joven llamado Cyrus W. Field, hijo de un pastor protestante, hombre de tal suerte en los negocios que, en plena juventud aún, puede retirarse con una gran fortuna a la vida privada. A este ocioso, que es todavía demasiado joven y enérgico para vivir inactivo, trata Gisborne de atraérselo para la terminación de las obras del cable de Nueva York a Terranova. Afortunadamente, nos atreveríamos a decir, Cyrus W. Field no es técnico en tales materias. No sabe nada de electricidad, jamás vio cable alguno. Pero el hijo del pastor americano lleva la fe y la audacia en su sangre. Y allí donde el técnico Gisborne solo ve la meta inmediata, o sea unir Nueva York con Terranova, aquel hombre joven y entusiasta vislumbra todavía algo más. ¿Por qué no unir luego Terranova, por medio de un cable submarino, con Irlanda? Y con un ímpetu capaz de allanar todas las dificultades —había cruzado el mar entre los dos continentes treinta y una veces—, Cyrus W. Field se pone inmediatamente manos a la obra, entregándose a ella, en cuerpo y alma, desde aquel momento con todos los medios que están a su alcance y al de los demás. Con ello ha surgido ya la chispa decisiva que hace que una idea adquiera realmente una fuerza explosiva. La asombrosa fuerza eléctrica se ha aliado ahora con el otro elemento vital de mayor importancia dinámica: la voluntad humana. Un hombre dio con su misión y la misión dio con su hombre.

Preparativos

Con inusitada energía se lanza Cyrus W. Field a la gran obra. Se pone en contacto con los técnicos, solicita las concesiones de los gobiernos, inicia en los dos continentes una campaña para encontrar el capital necesario; tal es el empuje de este hombre, hasta entonces desconocido, tan apasionante su íntimo convencimiento del triunfo de la empresa, tan formidable su fe en la electricidad como nueva fuerza maravillosa, que al cabo de pocos días queda suscrito en Inglaterra el capital fundacional, de trescientas cincuenta mil libras.

Basta agrupar en Liverpool, en Manchester y en Londres a los negociantes más ricos en la Telegraph Construction and Maintenance Company para que llegue el dinero. Se hallan entre los suscriptores los nombres de Thackeray y de lady Byron, que están dispuestos a alentar la empresa sin ningún objeto de lucro, solo por el entusiasmo moral que ha despertado en ellos. Basta un simple llamamiento, en la Inglaterra de aquellos tiempos, la Inglaterra de Stevenson, Brunel y de otros célebres ingenieros, para reunir la enorme cantidad que una empresa tan fantástica requiere a fondos perdidos.

Los gastos aproximados de la colocación del cable es lo único que puede calcularse en un principio. No existe precedente alguno para la realización técnica. Es algo que traspasa los límites de las empresas financieras del siglo XIX.

Pues ¿cómo es posible poder comparar el espacio de todo un inmenso océano con el cruce de aquella estrecha franja de agua existente entre Doven y Calais? Allí bastó hacer rodar desde la cubierta de cualquier vapor un cable de sesenta a setenta kilómetros, que se devanaba fielmente como el áncora desde su rueda (Winde). Para la colocación del cable a través del canal de la Mancha se podía escoger un día tranquilo, se conocía la profundidad del mar, el barco quedaba completamente a la vista desde una u otra orilla y por ello no era difícil poder vencer cualquier dificultad. En un día se podía terminar la empresa. En cambio, para una travesía de unas tres semanas, como mínimo, de viaje, no bastaba colocar sobre cubierta una bobina de un peso cien veces superior y que devanara un cable de cien veces más longitud, exponiéndola a las inclemencias del tiempo. No existía a la sazón ningún barco de tales proporciones que pudiera albergar en su bodega aquel enorme «capullo» de hierro, cobre y gutapercha. Se precisaban indiscutiblemente dos barcos, que a su vez tenían que ser custodiados por otros, para que mantuvieran la ruta más corta y pudiesen ser auxiliados en caso necesario. Es verdad que el Gobierno británico puso a disposición de los esforzados empresarios el Agamemnon, uno de sus mayores barcos de guerra, que había intervenido en la batalla de Sebastopol como buque insignia, y que el Gobierno norteamericano cedió el Niágara, una fragata de cinco mil toneladas, que era entonces el tonelaje máximo. Pero ambos tuvieron que sufrir modificaciones en su construcción interna para que pudieran transportar debidamente cada uno de ellos la mitad del interminable cable que debía unir los dos continentes. El problema principal estribaba en el cable mismo. Había exigencias técnicas insoslayables para que aquel gigantesco cordón umbilical lograra la unión de dos grandes partes del mundo. El cable debía ser a la vez firme y resistente como el acero y al propio tiempo conservar la elasticidad necesaria para poder tenderlo fácilmente. Tiene que resistir cualquier presión, soportar toda especie de cargas y, sin embargo, ser susceptible de quedar tan lisamente como un hilo de seda. Ha de ser macizo, pero no excesivamente voluminoso; sólido, por un lado, y por otro tan exacto como para transmitir la más leve diferencia en potencial eléctrico por un espacio de cerca de cuatro mil kilómetros.

Cualquier desgarrón, la más pequeña irregularidad en alguno de los puntos de aquella gigantesca cuerda, puede desbaratar la transmisión a lo largo de esa distancia que requiere ahora catorce días de navegación. Pero la gigantesca obra se pone en marcha. Día y noche funcionan las máquinas de hilaturas férreas. La diabólica voluntad de un hombre impulsa todas las ruedas. Verdaderas montañas de hierro y de cobre se emplean en el gigantesco cable. Bosques enteros de árboles del caucho sangran continuamente. Para hacerse cargo de lo fantástico de la obra basta tener en cuenta que se hilaron cerca de setecientos mil kilómetros de alambre, o sea tres veces la cantidad para dar la vuelta a la Tierra o lo que se precisaría para unir la Luna con la Tierra. Desde los tiempos de la Torre de Babel no se atrevió la Humanidad a intentar nada más grandioso.

El primer intento

Durante un año giran las ruedas de las fábricas; en el interior de ambas naves se van enrollando sin cesar, como si fuese un hilo fino, el cable salido de las máquinas, y por fin, después de millares y millares de vueltas, pudo quedar cada una de las mitades en cada uno de los barcos, recogida en su respectivo carrete. Ya están construidas e instaladas las nuevas máquinas, de enorme peso, en los buques, provistas de frenos y reversores, para que, durante una, dos o tres semanas, puedan sumergir sin interrupción el cable en el mar. Los técnicos más expertos en electricidad, entre ellos el mismo Morse, están reunidos a bordo, para observar continuamente con sus aparatos durante toda la operación del tendido si la corriente eléctrica encuentra tropiezos.

Reporteros y dibujantes se hallan también a bordo, pues desean describir aquella partida, la de mayor emoción desde las de Colón y Magallanes. Todo está ya a punto para zarpar, y mientras hasta entonces predominaron los escépticos, resulta ahora que el interés público de toda Inglaterra se vuelca apasionadamente en esa empresa. Cientos de embarcaciones de todas clases, el 5 de agosto de 1857, rodean la flota en el pequeño puerto irlandés de Valtia, para vivir aquel memorable e histórico momento en que, por medio de pequeñas embarcaciones, se coloca un cabo del cable sujeto a la costa, en la tierra firme de Europa. Sin pretenderlo, gracias al enorme entusiasmo, la despedida adquiere tono de gran solemnidad. El Gobierno ha enviado a sus representantes y se pronuncian discursos. En una conmovedora súplica, un sacerdote implora la bendición divina para aquella esforzada empresa, diciendo: «¡Oh! Dios eterno, Tú que dominas en su inmensidad los cielos y los mares; Tú, a quien obedecen los vientos y las tempestades, ¡mira con misericordia a tus siervos! Aparta toda dificultad que pudiera entorpecer la realización de esta trascendental obra.» Y en aquel momento, desde el mar y desde la tierra, se agitan en el aire miles de manos y sombreros. La tierra se va desdibujando lentamente. Uno de los más atrevidos sueños de los seres humanos pretende convertirse en realidad...

Fracaso de la primera tentativa

En principio se había proyectado que los dos enormes buques, el Agamemnon y el Niágara, transportando cada uno la mitad del cable, se fuesen juntos hasta un punto en mitad del océano previamente calculado, para conectar allí las dos mitades. Luego, uno tomaría rumbo al Oeste, hacia Terranova, y el otro hacia el Este, hacia Irlanda. Pero se consideró temerario exponer la totalidad del costoso cable a este primer ensayo. Así, pues, se prefirió colocar el primer tramo desde el continente, mientras no se tuviera la certeza de que funcionaba debidamente una transmisión submarina a tales distancias.

Correspondió al Niágara la colocación del cable desde la tierra firme hasta la mitad de la travesía. Lenta, cautelosamente, marcha la fragata americana mar adentro, como si fuese una araña que va tejiendo el hilo de su propio cuerpo dejándolo tras de sí. Lenta, regularmente, runrunea a bordo la máquina del tendido. Es el ruido tan familiar para los marineros como el que produce la cadena del áncora al desenrollarse del cabrestante.

A las pocas horas están ya tan acostumbrados a él que no le hacen el menor caso. Con una rítmica continuidad va cayendo el cable detrás de la quilla. Diríase que la aventura nada tiene de difícil. En una cámara especial se hallan reunidos los técnicos electricistas a la escucha, intercambiando señales con Irlanda. Y, ¡oh maravilla!, pese a que hace ya rato que no se divisa la costa, la transmisión submarina funciona con tal precisión que parece tratarse solamente de haber establecido comunicación entre un Estado europeo con cualquier otro de sus vecinos. Pronto quedan abandonadas las aguas superficiales y se empieza a cruzar en parte la llamada «meseta de profundidad», que se extiende más allá de Irlanda, y, sin embargo, el cordón metálico va cayendo regularmente por detrás de la quilla como pasan los granos de un reloj de arena, a la vez que transmite y recibe mensajes, y la inseguridad y zozobra de aquella primera etapa fue superada. Cyrus W. Field, la sexta noche, se acuesta por fin a gozar de un descanso bien merecido, después del agotador e intenso trabajo de aquellos primeros días, unido a las angustias comprensibles ante la incógnita del éxito. Pero de repente cesa aquel persistente ruido, al que ya estaban todos acostumbrados. ¿Qué ocurre? De la misma manera que el que va dormitando en un tren en marcha se despierta al pararse inesperadamente la locomotora, igual que el molinero se sobresalta en su lecho si se detiene de pronto la rueda del molino, todas las gentes del barco se despiertan y acuden a cubierta. Basta una mirada a la máquina para comprenderlo todo: el rodillo está vacío. El cable se ha escurrido de la bobina, siendo ya imposible poder volver a coger a tiempo el cabo, y todavía más hallarlo en la profundidad del mar para subirlo otra vez. Ha ocurrido algo espantoso. Un fallo técnico insignificante ha destruido el trabajo de años. Como guerreros vencidos, aquellos intrépidos expedicionarios vuelven a Inglaterra, donde ya presentían que algo adverso había acontecido al cesar la transmisión de signos y señales.

Otro fracaso

Cyrus W. Field, el único hombre inconmovible, héroe y comerciante a la vez, hace balance. ¿Qué se ha perdido? Seiscientos kilómetros de cable, unas cien mil libras esterlinas del capital en acciones, y, lo que tal vez deprime más, un año entero de trabajo, que no puede recuperarse por la sencilla razón de que solo cabe esperar buen tiempo en verano para realizar otra nueva prueba, y esta vez la estación ya estaba demasiado avanzada. Pero, en el reverso del asunto, existe una pequeña ganancia. Se ha obtenido experiencia práctica en una operación considerable en ese primer ensayo. El propio cable, que ha demostrado su validez, puede volver a enrollarse y emplearse en la nueva expedición. Solamente hay que cambiar la colocación de las máquinas que fueron la causa del percance. Y así pasa otro año de espera y de preparativos.

Hasta el 19 de junio de 1858 no consiguen zarpar en los mismos barcos, cargados con el antiguo cable y con renovados ánimos. Como la transmisión de señales ya dio buen resultado en la primera expedición, se vuelve al plan que fuera primeramente concebido, o sea empezar la colocación del cable en alta mar, a mitad de la travesía, hacia ambas direcciones. Pasan sin incidente alguno los primeros días. Hasta el séptimo no debe empezar el lanzamiento del cable en el lugar previamente designado. Hasta aquel momento pareció un viaje de recreo, un mero paseo marítimo. Las máquinas están preparadas y los marineros pueden descansar y gozar del apacible tiempo de aquellos días. No hay nubes en el cielo y el mar está en calma, quizá demasiado tranquilo. Pero al tercer día, el capitán del Agamemnon siente cierta inquietud. Una simple mirada al barómetro le basta para ver con qué espantosa velocidad baja la columna de mercurio. Debe de estar formándose una extrañísima tempestad.

Y, efectivamente, a los cuatro días se desencadena un temporal que pocas veces han sufrido los más avezados marinos en el océano Atlántico y que resultó funesto para el Agamemnon. Este barco es de por sí un excelente transporte que, en todos los mares e incluso en la guerra, ha resistido las pruebas más duras pero, desgraciadamente, habían sido realizadasimportantes modificaciones en su construcción para que pudiera efectuar la colocación del cable y transportar la enorme carga que lleva en este viaje. No se pudo, como acontece con los transportes corrientes, repartirla por la bodega de un modo uniforme, sino que gravita en su centro la totalidad del peso de aquel carrete gigantesco, y solo una pequeña parte del lastre ha logrado ser colocada en el extremo de la proa, lo que trae como molesta consecuencia el que en cada cabeceo el movimiento pendular se duplique. Así, pues, el temporal puede emprender con su víctima un juego peligroso: a la derecha, a la izquierda, adelante y atrás, el barco se levanta hasta un ángulo de 45°. Las olas barren la cubierta. Todo queda destrozado. Y nuevo desastre: en uno de aquellos terribles bandazos de la embravecida mar cede el cierre del cargamento de carbón amontonado en cubierta. El negro aluvión se precipita como un alud sobre los marineros, ya sin este percance ensangrentados y agotadísimos. Algunos resultan heridos en la acometida y otros se escaldan al volcarse una caldera. Uno de los marineros enloquece durante esta tormenta, que dura diez días, y se piensa incluso en recurrir al remedio más extremo: echar por la borda una parte del malhadado cargamento de cable. Por suerte, el capitán se niega a asumir sobre sí tal responsabilidad, y hace bien en mostrarse firme. El Agamemnon logra resistir después. de inenarrables peligros, al huracanado temporal, y por fin, aunque con gran retraso, logra alcanzar a los otros buques en el lugar convenido del océano, donde debiera comenzar la colocación del cable. Y entonces se puede apreciar lo que ha sufrido el valioso y delicado cargamento de cable, mil veces revuelto debido a las violentas e incesantes fricciones. En algunos puntos, los trenzados se han deshecho, la gutapercha ha sido triturada. Sin confiar mucho en el éxito, se intenta continuar la colocación. Se pierden unos cuatrocientos kilómetros de cable, que desaparecen inútilmente en el mar. Por segunda vez, las adversas circunstancias los obligan a arriar la bandera y a regresar sin gloria en lugar del triunfo apetecido.

LA TERCERA EXPEDICIÓN

Informados ya del desastroso resultado del intento, esperan en Londres los accionistas al jefe y propulsor de la desdichada empresa, Cyrus W. Field. La mitad del capital suscrito se ha gastado en las dos expediciones, sin demostrarse ni conseguirse nada; se comprende, pues, que la mayoría de ellos digan «¡Basta!» El presidente propone que se salve lo que se pueda, optando por recoger de los barcos el cable que queda sin utilizar e incluso venderlo, si es necesario, con pérdida, para terminar de una vez con el disparatado proyecto de la comunicación intercontinental oceánica. El vicepresidente se adhiere a esta propuesta y presenta su dimisión por escrito, para demostrar que se desentiende por completo de tan absurda empresa. Pero la tenacidad y el idealismo de Cyrus W. Field son inamovibles. No se perdió todo, declara este hombre extraordinario. El cable había respondido, resistiendo brillantemente la prueba, y queda aún a bordo la longitud suficiente para llevar a cabo otro intento. La flota estaba reunida; las tripulaciones, contratadas. Precisamente la inesperada tempestad de la última travesía hace ahora presumir un tiempo mejor y más apacible. Solo faltaba valor, ímpetu y entereza. ¡Ahora o nunca es la ocasión de arriesgar hasta lo último que les queda! Los accionistas se muestran atónitos y escépticos. ¿Han de confiar el resto del capital suscrito a un loco semejante? Pero como una férrea voluntad como la de Cyrus W. Field es capaz de arrastrar las voluntades más débiles, consigue por fin Cyrus organizar otra expedición.

El 17 de julio de 1858, cinco semanas después del segundo fracaso, zarpa la flota por tercera vez de un puerto británico. Y se demuestra de nuevo la vieja experiencia de que las cosas más decisivas suelen realizarse en secreto. En esta ocasión, la partida de los barcos pasa casi inadvertida. No hay embarcaciones alrededor de la flota para despedirlos, no está presente aquella ingente muchedumbre de las tentativas anteriores, no se celebra ningún banquete, no se pronuncian discursos, no hay ningún sacerdote implorando la asistencia divina. Como si se tratase de un acto de piratería, los buques se lanzan a la mar tímida y silenciosamente. Pero la mar acoge a aquellos valientes con amor. Justamente el día convenido, el 28 de julio, once días después de la salida de Queenstown, se reúnen el Agamemnon y el Niágara en el lugar convenido para comenzar aquella empresa trascendental. ¡Oh espectáculo maravilloso! Los barcos se juntan por la parte de proa. Se unen los cabos de los cables entre ambos, sin ningún formulismo, incluso sin despertar gran interés entre la tripulación, que está ya familiarizada y fastidiada con aquellos inútiles ensayos, y se sumerge el cordón de hierro y cobre entre los dos barcos hasta las mayores profundidades del mar, que permanecen inexploradas todavía. Basta un saludo de borda a borda con las banderas, y el buque inglés se dirige a Inglaterra y el americano hace rumbo a América. Mientras se alejan uno de otro, dos movibles puntos en la inmensidad del océano, se mantienen unidos por el cable. Desde que existen hombres en la tierra no se dio jamás el caso de que pudieran comunicarse dos buques a distancia a través de los vientos, por encima de las olas, a través del espacio, fuera del alcance de la vista. Cada dos horas comunica uno de ellos, por medio de señales eléctricas surgidas del fondo del mar, las millas recorridas, y el otro confirma, utilizando los mismos medios, que gracias al buen tiempo reinante ha efectuado igual recorrido. Y así pasa un día y otro, un tercero y un cuarto. El 5 de agosto, por fin, el Niágara puede anunciar que, hallándose ya en la bahía de la Trinidad, en Terranova, tenía ante sí, a la vista, la costa americana, después de haber depositado en el mar nada menos que cerca de dos mil kilómetros de cable, y el Agamemnon comunicó también su triunfo: habiendo colocado con seguridad, por su parte, mil ochocientos kilómetros de cable, se encontraba a la vista de las costas de Irlanda. Por primera vez, la palabra humana se comunica de una parte a otra del mundo, de América a Europa. Pero esto lo saben únicamente aquellos dos buques, aquellos pocos cientos de hombres.

Aún lo desconoce el mundo, que hace tiempo ha olvidado semejante aventura. Nadie lo espera en la playa, nadie en Terranova, nadie en Irlanda. Sin embargo, toda la Humanidad conocerá el triunfo alcanzado en el preciso momento en que el cable marítimo sea unido al de tierra.

«¡HOSANNA!»

El júbilo popular alcanza proporciones grandiosas. Casi a la misma hora, en aquellos primeros días de agosto, ambos continentes reciben la noticia del éxito de la empresa. El efecto que produce es indescriptible. En Inglaterra, el comedido Times publica un editorial que dice: «Desde el descubrimiento de Colón no se ha producido ningún acontecimiento que admita el menor grado de comparación ni tenga la trascendencia de esta magnífica manifestación de la actividad humana.» En la City reina gran animación. Pero la alegría de Inglaterra parece tímida, apagada, si se compara con el desbordante entusiasmo de América. Apenas tienen allí conocimiento del hecho, cierran los establecimientos, se suspenden las operaciones mercantiles y las gentes se echan a la calle, ansiosas de conocer detalladamente el magno acontecimiento.

Reina una algarabía de imponderable júbilo. Un hombre hasta entonces desconocido, Cyrus W. Field, se ha convertido de pronto en héroe nacional y se le equipara enfáticamente con figuras tan ilustres como Colón y Franklin. En todas las ciudades y fuera de ellas se desea conocer a aquel que ha realizado la unión de la joven América con el viejo mundo gracias a su firme voluntad y admirable constancia. Pero el entusiasmo no ha llegado todavía a su grado máximo, puesto que solo se sabe la escueta noticia de que el cable había sido colocado. Y surgen las preguntas: ¿Pero se puede hablar ya a través de él? ¿Se ha logrado el anhelado objetivo? Resulta un espectáculo verdaderamente impresionante ver cómo un continente entero espera y queda a la escucha de una sola palabra, de la primera palabra que ha de atravesar el océano. Todos saben que la reina de Inglaterra será la primera en expresar su felicitación. A cada hora que pasa se espera aquel acontecimiento con más impaciencia. Pero transcurren días y días sin tener noticias, pues el cable, por un desdichado azar, ha sufrido una avería en las cercanías de Terranova, y hasta el 16 de agosto al anochecer no llega el mensaje de la reina Victoria a Nueva York. Es demasiado tarde para que los periódicos puedan publicar la reseña oficial de la anhelada noticia. Lo único factible para calmar la excitada curiosidad del público es exponer los detalles del magno acontecimiento en grandes pizarras en las fachadas de las oficinas de telégrafos y de las redacciones de los periódicos, ante las cuales se apiña una imponente masa humana. Estrujados y con las ropas desgarradas han de ir abriéndose paso los pobres vendedores de periódicos. La información se divulga por teatros y restaurantes. Millares de personas que no pueden comprender todavía que el telégrafo aventaje en velocidad al más rápido de los barcos, corren al puerto de Brooklyn para dar la bienvenida a aquella nave heroica, al Niágara. Al día siguiente, el 17 de agosto, los periódicos se echan a la calle con grandes e insólitos titulares: «El cable funciona perfectamente», «Júbilo indescriptible del pueblo», «Enorme sensación en la ciudad», «Se trata de un júbilo universal». Es un triunfo sin parangón. Desde que el pensamiento existe, es la primera vez que éste ha podido transmitirse con su propia rapidez a través del mar. Cientos de salvas se disparan desde la Battery para anunciar que el presidente de los Estados Unidos ha contestado a la reina de Inglaterra. Ahora ya no duda nadie. Por la noche, Nueva York y todas las demás ciudades brillan con millares de luces. Las ventanas de los edificios aparecen iluminadas, sin que logre disminuir la inmensa alegría que reina por todas partes ni siquiera el incendio de la cúpula del Ayuntamiento. Y es que el día siguiente trae ya un nuevo festejo. El Niágara ha llegado al puerto: ¡Cyrus W. Field, el héroe inmortal, está en la ciudad! En triunfo es paseado por ella el resto del cable y agasajada la tripulación. Van repitiéndose cada día en todas las ciudades, desde el océano Pacífico hasta el golfo de Méjico, las manifestaciones de júbilo, como si América celebrase por segunda vez la fiesta de su descubrimiento. ¡Pero no basta todo esto! El cortejo triunfal ha de tener todavía un carácter más grandioso, tiene que ser lo más apoteósico que haya presenciado jamás el Nuevo Continente. Los preparativos duran dos semanas, y luego, el 31 de agosto, una ciudad entera rinde homenaje a un hombre solo: a Cyrus W. Field, como en los tiempos de los emperadores y de los césares se festejaba a los vencedores. En este esplendoroso día se organiza un desfile monstruo que emplea seis horas en recorrer de una parte a otra Nueva York.

Primero pasan los regimientos, con sus banderas y estandartes, por las engalanadas calles; siguen luego las sociedades filarmónicas, los orfeones, las brigadas de bomberos, los niños de las escuelas con sus maestros, y los veteranos. Todos cuantos pueden desfilar, forman en la manifestación. Es un cortejo interminable. Todo aquel que puede cantar, canta; todo el que puede aclamar, aclama. En coches abiertos desfilan las figuras más destacadas. Cyrus W. Field va en uno de ellos como un triunfador de la Antigüedad; en otro, el comandante del Niágara, y en un tercero, el presidente de los Estados Unidos.

Sigue después el carruaje del alcalde de la ciudad y los de los funcionarios oficiales más destacados y representaciones docentes. Ininterrumpidamente se suceden los patrióticos discursos, los banquetes, las manifestaciones populares; voltean las campanas, suenan los cañones... Una y otra vez se renueva la entusiástica manifestación de homenaje al nuevo Colón, al comandante que ha unido a los dos mundos, al vencedor del espacio, a Cyrus W. Field, que con su hazaña se ha convertido en el hombre más famoso y admirado de América.

LA CRUCIFIXIÓN

Miles y millones de voces resuenan con júbilo inenarrable aquel día. Pero hay una voz que ha enmudecido: la del telégrafo eléctrico. Quizá Cyrus W. Field adivinó ya en plena explosión de entusiasmo la terrible verdad. Para él ha de resultar tremendo ser el único que sabe que precisamente esos días el cable atlántico ha dejado de funcionar, saber que los mensajes se han hecho últimamente cada vez más confusos, hasta resultar casi ininteligibles, y que el cable se ha estropeado definitivamente después de un último estertor. Pero todavía nadie sabe en América, ni se supone siquiera, este progresivo fallo del famoso cable. No lo ignoran los pocos técnicos que en Terranova vigilan las emisiones, y éstos también titubean en dar la amarga noticia en vista de aquel entusiasmo sin límites. Sin embargo, pronto se advierte que escasean las noticias. América había esperado que los mensajes transatlánticos irían sucediéndose de hora en hora..., pero en lugar de ello solo se percibe alguna que otra confusa transmisión vaga e inconcreta. No pasa mucho tiempo sin que se vaya extendiendo el rumor de que por el ansia, el celo y la impaciencia de obtener mejores transmisiones, los encargados de manejar el telégrafo han ido acentuando las corrientes eléctricas hasta un grado excesivo, estropeando el cable, que ya de por si resultaba deficiente. Sin embargo, se espera subsanar la avería. Pero luego se llega a la conclusión de que no puede negarse que las señales son como balbuceos gráficos cada vez más difíciles de descifrar. Y por fin, aquel memorable 1° de septiembre de los apoteósicos agasajos, enmudecen totalmente las palabras lanzadas técnicamente a través del océano.

Nada perdona menos el ser humano que el verse defraudado en su sincero entusiasmo, decepcionado por un hombre del cual lo había esperado todo. Apenas se ha difundido el rumor de que el telégrafo ha dejado de funcionar, la oleada de júbilo se trueca en ácida amargura que vuelca sobre el inocentemente culpable Cyrus W. Field. Se le echa en cara el haber engañado a una ciudad, a un país, a un mundo; se asegura que sabía desde hacía tiempo que el famoso telégrafo no funcionaba y que egoístamente se ha dejado homenajear para ganar tiempo y deshacerse de sus acciones con pingües ganancias. Incluso se llega a peores calumnias, hasta el colmo de afirmar que el telégrafo atlántico no funcionó jamás debidamente, que todo había sido fraude y embuste, que el supuesto telegrama de la reina de Inglaterra estaba ya redactado de antemano y no fue transmitido a través del Atlántico. Se comenta también que no había llegado ninguna noticia con claridad y que los dirigentes, sirviéndose de suposiciones y señales confusas, habían compuesto telegramas imaginarios. Se produce un verdadero escándalo. Los que ayer demostraban su júbilo entusiásticamente, son ahora los que se muestran más duros. Una ciudad, mejor dicho, un país entero, se avergüenza de su fervoroso y precipitado entusiasmo. Cyrus

W. Field es víctima escogida por la indignación popular. Y aquel hombre que hasta ayer casi veneraban como a héroe nacional, como si fuera el sucesor de Colón o el hermano de Franklin, tiene que ocultarse como un malhechor. Un solo día ha bastado para esta transformación. Inmenso ha sido el fracaso, se perdió el capital, se perdió la confianza y, como si fuese la legendaria serpiente de Midgard, el inútil cable se halla en las profundidades del mar.

SEIS AÑOS DE SILENCIO

El cable queda olvidado, sin utilidad alguna, hundido en lo profundo del océano. Durante seis años vuelve a reinar entre ambos continentes el frío silencio anterior que, interrumpido durante brevísimos días, les hizo latir al unísono, aunque solo momentáneamente, pues solo se transmitieron unas cuantas palabras. Ahora, América y Europa vuelven a estar separadas por distancias enormes, como hace centenares de años. El proyecto más atrevido del siglo XIX, que durante cortísimo plazo se hizo realidad, se ha convertido en mítica leyenda. Naturalmente que ya nadie piensa volver a comenzar aquella obra que consiguió alcanzar un éxito parcial; la terrible derrota ha paralizado todas las iniciativas y ahogado todo el entusiasmo necesario para ello. En América estalla la guerra de Secesión entre los Estados del Norte y los del Sur, y su interés está concentrado en los trágicos acontecimientos. En Inglaterra se forman de vez en cuando algunos comités que tardan, sin embargo, dos años para dejar sentada la inútil afirmación de que, en principio, el cable submarino encierra posibilidades indudables. Pero de las meras consultas y consideraciones académicas hasta convertirlas en hechos efectivos y reales va una distancia que nadie piensa salvar; pasan seis años tan inactivos como el cable que se halla en el fondo del océano. Pero si bien, desde el punto de vista histórico, seis años suponen solo un fugaz instante, en una ciencia moderna como la electricidad tienen una proporción de miles de años. Cada año, cada mes, se descubre algo nuevo. Las dínamos ya son más potentes y precisas, se multiplican los objetivos de su aplicación, los aparatos ganan en exactitud. La red telegráfica abarca el espacio interior de cada continente; ha atravesado ya el Mediterráneo, y África ha quedado unida a Europa. De año en año, el proyecto de tender un cable a través del océano Atlántico va perdiendo imperceptiblemente el carácter de fantástico que tanto le ha perjudicado.

Indudablemente ha de llegar la hora de realizar un nuevo intento. Solo falta el hombre capaz de llevarlo a cabo con nuevas energías. Y de repente se presenta ese hombre: es el mismo, con la misma fe y el mismo entusiasmo; es otra vez Cyrus W. Field, que resucita del silencioso destierro y del insultante desprecio. Ha cruzado el océano treinta veces y se presenta de nuevo en Londres para lograr vivificar allí las antiguas aportaciones con nuevo capital, que asciende a seiscientas mil libras esterlinas. Ahora se puede por fin conseguir el soñado barco que puede soportar la enorme carga por sí solo. Es el célebre Great Eastern, con sus veintidós mil toneladas y cuatro chimeneas, construido por el más audaz de los ingenieros navales, Isambar Brunel. Afortunadamente, en ese año 1865 se encuentra disponible, porque, lo mismo que el telégrafo transoceánico, ha sido proyectado y construido anticipándose demasiado a su época. Bastan, pues, dos días para adquirir el navío y acondicionarlo para la expedición. Y el 2 de julio de 1865, aquel gigantesco barco zarpa desde el Támesis con un nuevo cable. Aunque fracasa el primer intento, debido a que el cable se rompe dos días antes de ser tendido totalmente, y de nuevo el insaciable océano se traga seiscientas mil libras esterlinas, la técnica sigue ya por unos derroteros demasiado seguros para acobardarse. Y cuando, el 13 de julio de 1866, vuelve a salir por segunda vez el Great Eastern, la travesía se ve coronada por el éxito. Los mensajes que se transmiten ahora a través del cable son claros y precisos. Algunos días después encuentran el antiguo cable, que creían perdido. Dos líneas unen ahora el Viejo y el Nuevo Mundo. La maravilla de ayer es hoy cosa corriente, y desde entonces el mundo entero late como si se tratase de un solo corazón. La Humanidad se escucha y se comprende simultáneamente de un confín a otro de la tierra, divinamente omnipresente por su fuerza creadora. Y unido permanecerá por siempre el mundo, gracias a su victoria sobre el tiempo y el espacio, de no verse acometido una y otra vez por una especie de incontenible frenesí que le induce a destruir esa grandiosa unidad y a aniquilarse con los mismos elementos que le concedieron poder sobre los elementos.

XII

La lucha por el Polo Sur: el capitán Scott, 90 grados de latitud

19 de enero de 1912

La conquista de la Tierra

Nos hallamos en el siglo XX y ante un mundo que ya no tiene secretos, en el que no quedan tierras por descubrir ni mares por surcar. Países cuyos nombres, en la anterior generación, eran apenas conocidos, se encuentran hoy sojuzgados por Europa, sirviendo a sus necesidades. Los barcos se remontan, actualmente, hasta las fuentes del Nilo, que durante infinidad de tiempo se buscaron en vano. Las cataratas Victoria, que un europeo contempló por primera vez hace medio siglo; producen ahora energía eléctrica. Incluso el baluarte de la naturaleza virgen, las selvas del Amazonas, ha sido explorado ya. El muro que aislaba el último país inviolado, el Tíbet, ha sido derrumbado también. Nuestro siglo conoce perfectamente su destino, pero su inquietud investigadora no se detiene aquí y, en busca de nuevos rumbos, desciende a los océanos para arrancar los secretos de las faunas abisales, o se remonta al cielo para conquistar el espacio, donde están ahora los derroteros inexplorados. Cual golondrinas de acero surcan el aire los aeroplanos, disputándose los modernísimos campeonatos de altura y de distancia. Pero en los albores de nuestro siglo existen dos lugares que esconden con rubor sus misterios ante la mirada inquisitiva del hombre; la Tierra conservó intactos esos dos puntos inaccesibles llamados Polo Norte y Polo Sur; esos puntos extremos de la columna vertebral de su cuerpo, alrededor de los cuales gira desde incontables milenios. Inmensas murallas de hielo se levantan ante su secreto, defendido por el eterno invierno. Fríos atroces y asoladoras tempestades se interponen en el camino de los más osados descubridores, que, atacados por imponderables peligros, víctimas de los elementos desencadenados, han de renunciar a seguir adelante. El mismo sol envía unos oblicuos y tímidos rayos a las cerradas esferas que permanecen fuera del alcance de la mirada humana. Tiempos atrás se realizaron varias expediciones, que vieron frustrado su intento. En un desconocido lugar de aquellas inmensidades reposa en su cristalina tumba de hielo el cuerpo de un tal Andrée, el cual, hace treinta y tres años, pretendió llegar al Polo en globo y no regresó. Todos los asaltos se estrellaban ante aquellos gélidos muros, ante aquel frío lacerante y aterrador. Durante miles y miles de años, la Tierra ha conservado allí su propia fisonomía, resistiéndose victoriosamente a la pasión de sus criaturas. Pero ha sonado la hora del siglo XX, el cual tendió sus manos con impaciencia, provisto de nuevas armas creadas en su laboratorio, que suponen nuevos escudos contra los mil peligros, acuciado precisamente por la resistencia que se opone a su paso. Arde en deseos de conocer la verdad, de conseguir desde sus primeros años lo que no lograron los siglos que le precedieron. Al valor individual se une la competencia de las naciones. No se lucha solo por descubrir el Polo, sino por cuál habrá de ser la bandera que ondeará sobre la tierra virgen. Y empieza una especie de cruzada de razas y pueblos por la conquista de aquellos parajes, circundados de la mística aureola que crea sobre ellos el anhelo de su descubrimiento. Acuden a renovar los intentos desde todas las partes del mundo. La Humanidad espera ansiosa, pues sabe que se trata del último secreto que queda por descubrir. Peray y Cook, desde Norteamérica, se dirigen al Polo Norte, y dos buques zarpan hacia el Antártico, uno a las órdenes del noruego Amundsen y el otro bajo el mando del inglés Scott.

Scott es uno de tantos capitanes de la marina británica. Su biografía puede resumirse en estas breves palabras: había ido ascendiendo por riguroso escalafón. Sirvió a satisfacción de sus jefes y tomó parte en la expedición de Shackleton. Nada hay que permita descubrir en él al héroe. Su aspecto físico, como revela su fotografía, es el común entre los ingleses: un rostro frío, enérgico, flemático; su envaramiento es puramente exterior. Sus ojos son grises, y la boca, inexpresiva... Ni un rasgo romántico, ni se advierte ninguna alegría en aquel semblante, que expresa solo voluntad y sentido práctico. Su caligrafía es vulgar, de una típica letra inglesa, sin rasgos particulares. Su estilo es simplemente claro, diáfano, correcto, realista y sin fantasías. Escribe el inglés como Tácito el latín: sin retórica rebuscada. Se adivina en él al fanático de la objetividad, ejemplar puro de la raza británica, cuya genialidad en todo caso permanece encauzada por el cumplimiento del deber. El apellido Scott aparece repetidamente en la historia de Inglaterra: pudo llamarse así el conquistador de la India y de tantas islas del Pacífico, el colonizador de África, el que libró batallas contra el mundo. Y siempre lo hizo con la misma inmutable energía e idéntica conciencia colectiva, con el mismo rostro frío e impenetrable. Pero Scott tiene una voluntad de acero, puesta a prueba antes ya de realizar su hazaña: dar término a la obra iniciada por Shackleton. Para ello intenta organizar una expedición, y aunque los medios propios no le bastan, no se desanima y contrae deudas, seguro como está de su triunfo. Su joven esposa le da un hijo, pero tampoco este hecho influye en su determinación de llevar a cabo el intento, y, cual otro Héctor, abandona a su Andrómaca. Ninguna consideración humana detendrá su voluntad. Reúne algunos compañeros para su obra... Al buque que debe llevarlos hasta los límites del mar Glacial le da el nombre de Terra Nova. Un extraño buque, mitad arca de Noé llena de animales, mitad laboratorio, por la profusión de instrumentos y la abundancia de libros. De todo hay que llevar a aquellos inhóspitos lugares: de lo que el hombre necesita para su cuerpo y de lo que precisa para el espíritu; pieles y animales, como los hombres primitivos, y, junto a esto, lo más moderno, lo más refinado, lo más avanzado de los tiempos presentes. Si fantástica es la embarcación, también lo es la empresa, que ofrece un doble aspecto: el de la aventura, pero calculada con la frialdad de un negocio. Es la audacia, con todas las previsiones de la prudencia. Con absoluta fe en sí mismo, no teme enfrentarse con los infinitos peligros que encierra aquella expedición. Salen de Inglaterra el 1° de junio de 1910. Los campos ingleses están en todo su esplendor; la primavera florece, los prados se extienden verdes y jugosos y el sol brilla en un claro y límpido cielo. Los expedicionarios ven emocionados como la costa se va desdibujando hasta desaparecer de su vista. Todos saben que se despiden del sol y del calor por más de un año, y algunos quizá para siempre. Pero la bandera inglesa ondea en lo alto del mástil en la proa del buque, y se consuelan pensando que llevan consigo aquel símbolo de la patria, acompañándolos hasta el último ámbito de la tierra no conquistada todavía.

UNIVERSIDAD ANTÁRTICA

En el mes de enero, después de un corto descanso, desembarcan en Nueva Zelanda, en las proximidades del cabo Evans, en la región de los hielos eternos, donde montan una vivienda para pasar el invierno. Diciembre y enero se consideran allí meses de verano, porque es el único período del año en que el sol luce unas pocas horas en lo alto de un blanco y metálico cielo. Las paredes del refugio son, como en anteriores expediciones, de madera, pero con detalles reveladores del progreso de los tiempos. Mientras los que les han precedido habían de conformarse con la mortecina y maloliente lámpara de aceite, viviendo en medio de una deprimente penumbra y hastiados de la monotonía de tantos días sin sol, estos hombres del siglo XX reúnen a su alrededor todos los adelantos de la época. Disponen de la blanca luz de las lámparas de acetileno; el cinematógrafo les ofrece visiones de las tierras lejanas, escenas tropicales, parajes templados; un gramófono los alegra con música y canto, además del esparcimiento que les procura la lectura de los libros que han traído consigo. En una de las habitaciones teclea la máquina de escribir; otra sirve de cámara oscura, y en ella son reveladas las películas y las fotografías en colores. El geólogo estudia la radiactividad de las piedras; el zoólogo descubre nuevos parásitos en los pingüinos que capturan; las observaciones meteorológicas se alternan con los experimentos físicos.

Durante aquellos largos meses de oscuridad, cada uno tiene asignada una labor, convirtiéndose la investigación particular en instrucción común. Aquellos veinte hombres tienen, todas las noches, conferencias y clases universitarias; en noble hermandad, cada cual transmite a su compañero la ciencia que adquiere, y las mutuas conversaciones van ampliando su idea del mundo y de la vida. En un ambiente primitivo y elemental como aquel, aislados, fuera de la marcha del tiempo, los veinte hombres cambian entre sí los últimos conocimientos del siglo XX, espiando no solo la hora, sino el segundo, en el reloj del universo. Resulta conmovedor leer cómo celebran ingenuamente la fiesta de Navidad, sin que falte el tradicional árbol de Noel, y cómo gozan con las inocentes bromas del South Polar Times, periódico humorístico que ellos mismos redactan. Cualquier suceso insignificante —la aparición de una ballena o la caída de un caballo— adquiere para ellos caracteres de acontecimiento, mientras las cosas realmente grandiosas —la aurora boreal, el insoportable frío o la espantosa soledad— las consideran, habituados ya a ellas en su vivir cotidiano, como algo normal y sin importancia. Entre tanto se preparan, probando los trineos automóviles, aprendiendo a esquiar, adiestrando a los perros, abasteciendo un depósito de campaña para el gran viaje que les espera. El tiempo transcurre lentamente, hasta que en diciembre, con el verano, un vapor arriba con noticias de su patria. Para hacer prácticas, realizan excursiones desafiando aquel frío glacial y, deseosos de asegurar su obra, prueban la resistencia de las telas de sus tiendas. No triunfan siempre, pero precisamente esas mismas dificultades son nuevos acicates para continuar. Cuando regresan de sus expediciones, helados y rendidos, encuentran caras alegres y un brillante fuego que los reanima, y aquel rústico refugio, a 77° de latitud, les parece la más confortable y señorial residencia del mundo. Pero un día, una expedición que había salido en dirección oeste trae una noticia un tanto desalentadora: habían descubierto el campamento de Amundsen. Y Scott se da cuenta de que, además del hielo y de los muchos peligros que han de vencer, había alguien que les disputaba la gloria de ser los primeros en arrebatar el secreto a la región que tan celosamente lo ha guardado hasta entonces. El noruego Amundsen se encuentra allí. Al consultar los mapas comprueba que el campamento de Amundsen está ciento diez kilómetros más cerca del Polo que el suyo, pero supera el desánimo y escribe en su diario: «Adelante, por el honor de mi patria.» Solo esta vez aparece el nombre de Amundsen en las páginas de ese diario, pero indudablemente todos sienten cierta angustia desde aquel momento. Y no pasa día sin que tal nombre turbe el sueño de todos.

¡HACIA EL POLO!

En la cumbre de una colina utilizada como observatorio y situada a dos kilómetros de distancia de la cabaña hay un puesto de guardia permanente. En aquella solitaria altura se ha instalado un aparato que parece un cañón dirigido contra un enemigo invisible y que tiene la misión de medir las calorías del sol, que se va aproximando. Día tras día se consultan con impaciencia los resultados. En el cielo matinal aparecen ya los primeros y maravillosos fulgores del sol, pero el dorado disco no se decide a remontarse todavía sobre el horizonte, aunque el cielo está lleno de la mágica luz que satura de alegría a aquellos impacientes expedicionarios. Por fin ha llegado el momento. Un aviso telefónico desde el observatorio les comunica la aparición del sol. ¡El sol, el sol ha levantado su disco después de meses interminables de noche invernal! Su brillo es pálido y débil, como sin ánimos para infundir vida a aquella helada soledad. Apenas si lo registra el aparato, pero solo el vislumbrarlo hace que se desborde el entusiasmo. Se realizan febrilmente los últimos preparativos, a fin de aprovechar el corto período de luz en que allí se resumen primavera, verano y otoño, y que nosotros consideraríamos desagradable invierno. Marchan en cabeza los trineos automóviles, siguiéndolos después los que son arrastrados por mulos y perros siberianos. La ruta está dividida cuidadosamente en varias etapas; cada dos días de camino se instala un campamento-depósito, que tendrá por objeto suministrar, al regreso, ropas, alimentos, petróleo y lo más indispensable que pueda proporcionar calor en aquellos hielos perpetuos. Todo aquel ejército de hombres osados y heroicos emprende la marcha, regresando luego por grupos, formando el último grupo el de los elegidos, el de los conquistadores del Polo, que tendrá que llevar la máxima carga y dispondrá de los animales más resistentes y de los mejores trineos. El plan es magistral; ha sido concebido previendo los menores detalles o acontecimientos adversos. Las dificultades no tardan en presentarse. A los dos días de viaje se averían los trineos automóviles, que han de ser abandonados como carga inútil; tampoco los mulos dan el resultado que se esperaba...; pero una vez más triunfa la materia viva sobre la fría mecánica, pues las acémilas que ha habido que matar sirven de alimento a los perros, cosa que les proporciona nuevas calorías y renovadas fuerzas. El 1° de noviembre se distribuyen en varios grupos. En las fotografías puede verse una caravana, formada por veinte hombres al principio, y después diez, y luego cinco hombres, que van caminando por el blanco desierto de aquel mundo inhóspito, carente del menor hálito de vida. Delante va siempre un expedicionario, envuelto en pieles, un ser de aspecto salvaje, que solo deja ver los ojos y la barba. Su enguantada mano conduce del ronzal a un mulo que arrastra un cargado trineo; detrás de él va otro con igual indumentaria; luego otro, y así sucesivamente hasta veinte; puntos negros en línea oscilante, destacándose en la inmensa y deslumbradora llanura. Al llegar la noche se agazapan en las tiendas, al abrigo de los muros de nieve levantados contra la dirección del viento para proteger a los animales, y a la mañana siguiente reemprenden la marcha monótona, silenciosamente, a través del viento glacial, de aquel aire virgen que después de incontables milenios es respirado por primera vez por los pulmones del hombre. Aumentan las preocupaciones. El tiempo se hace por momentos más desagradable y, en lugar de los cuarenta kilómetros que pretendían recorrer por jornada, solo avanzan treinta, a pesar de que cada día es un tesoro, ya que saben que desde otro punto invisible de aquella soledad alguien se dirige hacia el mismo objetivo. El incidente más pequeño supone un gran peligro. Un perro que se escapa, un mulo que se desvía resulta sobrados motivos para angustiarse en aquellos desolados lugares. Allí todo ser vivo tiene un valor que no se puede medir, pues no puede ser sustituido. De la herradura de un mulo depende tal vez la inmortalidad.

Una tempestad puede hacer fracasar una gesta que sería, de poder realizarse, eternamente gloriosa. La salud de los expedicionarios empieza a resentirse; unos sufren deslumbramientos con la nieve; a otros se les hielan los miembros... Los mulos dan muestras de agotamiento, a pesar de lo cual hay que reducirles la ración, y por fin, en las proximidades del glaciar de Beardmore, todos los pobres animales sucumben. Se han de enfrentar con el penoso deber de tener que matar a las valientes bestias que en aquellas soledades han sido, durante dos años, entrañables amigos; todas ellas eran conocidas por sus nombres, ¡y en cuántas ocasiones las han colmado de caricias...! A aquel campamento trágico le dieron el nombre de «El Matadero». Una parte de la expedición se separa en aquel lugar sangriento y retrocede hasta la base, mientras la otra se dispone a llevar a cabo el último esfuerzo, a través del glaciar, de aquella invencible muralla de hielo que rodea el Polo y que solo la firme e inconmovible voluntad de un hombre puede romper. Cada vez recorren menos distancia. La nieve se adhiere a los trineos, que ya no se deslizan, sino que tienen que ser arrastrados a viva fuerza. El hielo corta como cristal y les hiere los pies, pero no retroceden. El día 30 de diciembre llegan al grado 87 de latitud, punto alcanzado por Shackleton. Allí ha de retroceder el último grupo; solo cuatro elegidos deben acompañar a Scott al Polo. Scott hace la selección. Los que son descartados no se atreven a protestar, pero sienten de veras tener que dejar en otras manos la gloria de ser los primeros en llegar hasta el fin. Pero la suerte está echada. El último apretón de manos, un esfuerzo varonil para disimular la emoción y los grupos se separan. Dos reducidas caravanas emprenden la marcha en dirección opuesta: la una hacia el Sur, hacia lo desconocido; la otra hacia el Norte, hacia la patria.

Continuamente vuelven la vista unos a otros, para despedirse con la mirada de los entrañables camaradas. Las últimas siluetas van desdibujándose en la distancia hasta desaparecer... El grupo escogido continúa hacia lo ignoto. Sus nombres son: Scott, Bowers, Oates, Wilson y Evans.

El polo sur

Las anotaciones de aquellos últimos días descubren una gran inquietud a medida que se acercan al Polo. El diario continúa diciendo: «Nuestras sombras emplean una gran cantidad de tiempo para ir de nuestra derecha a nuestro frente y luego seguir hasta colocarse a la izquierda.» Pero la esperanza es cada vez mayor. Scott va anotando las distancias ya recorridas: «Solo faltan ciento cincuenta kilómetros hasta el Polo, pero de seguir así, no podremos resistirlo.» Y dos días más tarde dice: «Solo faltan ciento treinta y siete kilómetros hasta el Polo, pero serán muy amargos.» De repente, las anotaciones adquieren un tono más optimista: «¡Solo a noventa y cuatro kilómetros del Polo! Si no conseguimos llegar hasta él habremos llegado muy cerca.» El 14 de enero, la esperanza se convierte en seguridad: «¡Solo a setenta kilómetros! ¡Tenemos el final ante nosotros!» Y al día siguiente, las notas del diario respiran franca alegría: «Solo nos quedan cincuenta miserables kilómetros. ¡Tenemos que llegar hasta allí, cueste lo que cueste!» De estos rápidos renglones se deduce a las claras cómo latiría de emoción el corazón de los intrépidos exploradores con el anhelo de lograr su propósito, cómo se estremecerían sus nervios de impaciencia y esperanza. Tienen la presa cerca. Los brazos se tienden ya para apoderarse del último secreto de la Tierra. Falta un postrer esfuerzo para lograr el objetivo propuesto.

El 16 de enero

«Buen humor», consigna Scott en el diario. Por la mañana salen más temprano que ningún día, pues la impaciencia les impulsa a salir de sus sacos de dormir, para contemplar cuanto antes el maravilloso y terrible secreto. Recorren catorce kilómetros hasta la tarde; marchan serenos a través del blanco desierto sin vida; no cabe dudar de que la meta será alcanzada. La trascendental hazaña está casi realizada. De pronto, Bowers se muestra intranquilo. Su mirada se clava anhelosamente en un diminuto punto oscuro que se destaca en aquella inmensa sábana de nieve. No se atreve a participar su sospecha, pero en el cerebro de todos se agita la misma y terrible idea; la idea de que otro hombre hubiera podido plantar allí su señal. Procura tranquilizarse, aunque sin tenerlas todas consigo. Y así como Robinsón se empeña en vano en persuadirse de que la huella que ha descubierto en la isla es la de su propio pie, así también se dicen ellos que puede ser una grieta de hielo, tal vez un simple reflejo. Tratan de engañarse unos a otros, pero todos saben ya la verdad sin la menor duda posible: los noruegos, Amundsen, les han tomado la delantera. Pronto se desvanece la última incertidumbre ante el hecho auténtico de una bandera negra atada a un trineo abandonado allí con los restos de un campamento. Varios trineos y huellas de perros. Era indudable: Amundsen había acampado allí. Lo que el ser humano ha considerado grandioso, lo incomprensible, ha sucedido ya: el Polo de la Tierra que durante miles y miles de siglos había permanecido inexplorado, acaba de ser conquistado por dos veces en el transcurso de poquísimo tiempo, con la sola diferencia de quince días. Y ellos son los segundos —retrasados un mes entre millones de meses—, son los segundos, pero, ante el concepto miserable del hombre, lo primero es el todo y lo segundo ya nada significa. Inútiles han sido todos los esfuerzos, inútiles las privaciones y locas las esperanzas concebidas durante semanas, meses y años. Scott escribe en su diario: «Todas las penalidades, todos los sacrificios, todos los sufrimientos, ¿de qué han servido? Solo han sido sueños que acaban de desvanecerse.» Las lágrimas acuden a sus ojos y, a pesar de su enorme agotamiento, no consigue aquella noche conciliar el sueño. De mal humor, perdida toda esperanza, emprenden, como condenados, la última etapa hacia el Polo, que ansían pisar a pesar de todo. No tratan de consolarse mutuamente y marchan silenciosos. El 18 de enero, el capitán Scott llega al Polo con sus cuatro compañeros, y como la hazaña de haber sido los primeros ya no puede apasionarlos, contemplan tristemente aquellos desolados parajes. La única descripción que consta en su diario es estas: «Nada puede verse aquí que se distinga de la terrible monotonía de los últimos días.» La única particularidad que descubren allí no es obra de la Naturaleza, sino de una mano rival: la tienda de Amundsen con la bandera noruega, que ondea insolente y victoriosa sobre la vencida fortaleza. Una carta del conquistador Amundsen espera allí al segundo que consiguiese llegar después que él a aquel lugar, rogándole que la haga llegar al rey Haakon de Noruega. Scott está dispuesto a cumplir aquel deber fielmente. El penoso deber de atestiguar ante el mundo que ha sido realizada la hazaña que él también había pretendido llevar a cabo con todo entusiasmo. Izan contristados la bandera inglesa, la «Unión Jack», junto al victorioso emblema de Amundsen. Luego abandonan aquel paraje «infiel a su ambición», azotados por un viento glacial. Con profética amargura escribe Scott en su diario: «Me asusta el regreso»

El desastre final

A la vuelta se multiplican los peligros. A la ida se guiaban por la brújula. Ahora tienen que procurar no perder las propias huellas. Mirar de no extraviarse durante varias semanas, para no desviarse de los depósitos de los campamentos, donde les esperan alimentos, ropa y el calor concentrado de las reservas de petróleo. Por eso a cada paso sienten una profunda inquietud, pues se ven obligados a cerrar los ojos para defenderlos de las ráfagas de nieve que trae el viento. Saben que cualquier desviación los conduciría a la muerte. Sus cuerpos carecen ahora de las reservas que poseían al dejar Inglaterra para emprender la expedición. Entonces disponían de las calorías proporcionadas por una alimentación abundante y normal. Y además les faltaba el resorte de la voluntad, que los mantenía a la ida. En sus primeras marchas hacia la meta los impulsaba la propia esperanza, la curiosidad de toda la Humanidad, la conciencia de una hazaña inmortal. Ahora luchan solo por su existencia, en un regreso sin gloria, que más bien temen que anhelan. La lectura de las notas escritas aquellos días produce una tremenda impresión. El viento sopla constantemente. El invierno llegó antes de tiempo, y la nieve blanda se endurece, destroza el calzado, aprisiona los pies y dificulta la marcha enormemente. El frío les resta fuerzas. Brota un poco de alegría cada vez que, después de una penosa marcha, consiguen llegar a un depósito. Entonces las palabras palpitan con cierta esperanza. Nada revela de un modo más elocuente el heroísmo espiritual de aquellos hombres como el hecho de que Wilson, el naturalista, pese a las tremendas circunstancias, continúe sus investigaciones científicas y, arrastrando su propio trineo con la carga natural, aumente estas con dieciséis kilos de piedras raras encontrad as por el camino. Pero la Naturaleza, despiadada en aquellos parajes, puede más que el esfuerzo humano, por heroico que sea, conjurándose el frío, el hielo y el viento contra los cinco expedicionarios. Desde hace días tienen los pies llenos de llagas y se hallan con insuficientes calorías, pues solo pueden hacer una comida caliente diaria. Debilitados por raciones disminuidas, sus fuerzas empiezan a fallar. Con horror se dan cuenta de que Evans, el más fuerte de todos ellos, se conduce extrañamente: se regaza por el camino, se queja sin cesar de sufrimientos reales o imaginarios, tiembla, sostiene monólogos absurdos. Debido a las espantosas penalidades, se ha vuelto loco. ¿Qué deben hacer con él? ¿Abandonarlo en aquel desierto de hielo? A toda costa deben llegar al depósito más próximo, si no... Scott no se atreve a escribir la palabra... A la una de la madrugada del 17 de febrero muere el desdichado oficial, a una jornada escasa del campamento de «El Matadero», donde por vez primera les espera comida más nutritiva, suministrada por la carne de los animales que unos meses antes se vieron obligados a sacrificar allí. Ya son solo cuatro los que emprenden la marcha, pero ¡oh, fatalidad!, el depósito que han encontrado les depara una nueva y amarga decepción. Hay poco petróleo, lo que significa que tienen que limitar el combustible a lo más imprescindible, tienen que ahorrar calor, la única defensa de que disponen contra aquel tremendo frío.

¡Oh, qué noche polar tan terrible, helada y tormentosa y qué despertar más doloroso! Apenas tienen fuerzas para calzarse. Pero deciden continuar la marcha. Uno de ellos, Oates, ha de avanzar arrastrándose. Se le han helado los pies. El viento arrecia más que nunca, y al llegar al segundo depósito, el 2 de marzo, se repite otra vez la decepción cruel: el combustible es también insuficiente. Sus palabras son angustiosas y no pueden disimular la congoja interior que los invade. Se comprende el esfuerzo de Scott para dominar sus temores. Pero a cada momento se adivina el desgarrado grito de la desesperación detrás de las palabras contenidas: «¡Esto no puede continuar!»

O bien: «¡Dios mío, no nos abandones; nuestras fuerzas no resisten estas dificultades!» O: «Nuestro drama va convirtiéndose en tragedia.» Y, por último, la espantosa sentencia: «¡Que Dios nos proteja! Nada podemos esperar de los hombres.» Pero continúan la marcha, sin esperanza, abatidos. Oates apenas puede seguir; representa una carga más para sus compañeros. Tienen que retrasarse por su causa, a una temperatura de 42° bajo cero al mediodía. El desgraciado reconoce que en su estado resulta un estorbo para sus camaradas.

Todos están dispuestos para el fin. Piden a Wilson, el naturalista, las diez tabletas de morfina de que van provistos para acelerar la muerte en caso de absoluta necesidad. Pero hacen una jornada más, cargados con el enfermo. Este mismo les pide que le dejen en su saco de dormir, abandonado a su suerte. Enérgicamente rechazan semejante proposición, aunque estén convencidos de que sería para ellos un alivio. El enfermo puede andar todavía unos pocos kilómetros sobre sus helados y vacilantes pies, y de esta manera pueden llegar al campamento más próximo, donde duermen. Al despertar a la mañana siguiente y salir, el huracán ha arreciado. De repente, Oates se levanta: «Voy a salir —dice a sus amigos—. Tardaré un poco.» Sus compañeros se estremecen. Todos saben lo que significa aquella salida. Pero ninguno de ellos se atreve a detenerle, ninguno le tiende la mano como última despedida. Todos saben que el capitán de caballería Lawrence J. E. Oates, de los dragones de Inniskilling, va como un héroe al encuentro de la muerte. Tres hombres de la expedición se arrastran sin fuerzas por aquel infinito desierto de hielo. Exhaustos, sin esperanza, solo el instinto de conservación los impulsa a continuar la marcha. El tiempo es cada vez más despiadado. Cada depósito supone para ellos una nueva decepción. Continúa la escasez de petróleo y la consiguiente falta de calor. El 21 de marzo se hallan a una distancia de veinte kilómetros de uno de los depósitos, pero el viento sopla con tal furia que no pueden salir de la tienda. Cada noche esperan que a la mañana siguiente podrán alcanzar la meta, y, entre tanto, van consumiéndose las provisiones, y con ellas desaparece la postrera esperanza. Ya no les queda combustible y el termómetro marca 40° bajo cero. Han de morir de hambre o de frío. Durante tres días, aquellos hombres cobijados en la tienda luchan contra la fatalidad en el seno de aquel gélido e inhóspito mundo. El 29 de marzo saben ya que ni un milagro puede salvarlos. Entonces deciden no dar un paso más y aceptar la muerte dignamente, con la entereza con que soportaron todas las demás penalidades. Se meten en sus sacos de dormir, y de sus últimos sufrimientos no ha trascendido el menor detalle.

LAS CARTAS PÓSTUMAS DE UN MORIBUNDO

En aquellos terribles momentos en que se encuentra solo, frente a frente con la muerte, mientras sopla con furia el huracán, arremetiendo rabiosamente contra las frágiles paredes de la tienda, piensa el capitán Scott en todas aquellas personas a las cuales está ligado con distintos lazos. En medio de aquel helado silencio se despiertan sus sentimientos de fraternidad para con su propia nación, para la Humanidad entera. La íntima Fata Morgana de su espíritu va evocando en el lejano y blanco desierto las imágenes de aquellos seres queridos a quienes debe amor, fidelidad y amistad.

A todos les dirige la palabra. Con los dedos entorpecidos por el frío, el capitán Scott, a la hora de la muerte, escribe cartas a los seres vivos que son entrañables para él. Fueron escritas a sus contemporáneos, pero sus palabras pasarán a la eternidad.

Escribe a su mujer. Le recomienda que cuide a su tesoro, su hijo. Le pide que lo defienda y lo proteja. Al final de una de las empresas más nobles de la historia del mundo hace una confesión: «Como tú sabes, tenía que esforzarme para ser activo, pues siempre he sido inclinado a la pereza.» Cerca de la muerte se muestra satisfecho de su resolución en vez de lamentarla: «¡Cuántas cosas podría contarte de este viaje! A pesar de todo, ha sido mucho mejor que lo realizara, en vez de quedarme en casa rodeado de comodidades.» Y como fiel camarada escribe también a la madre y a la esposa de cada uno de sus compañeros de infortunio, que mueren con él, para testimoniar su heroicidad.

Un moribundo consuela a los familiares de los demás impulsado por un sentimiento poderoso, sobrehumano, por la grandiosidad del trágico momento y lo memorable del desastre. Escribe, además, a los amigos. Modesto consigo mismo, se muestra orgulloso respecto a su patria, de la que se siente hijo dignísimo. «No sé si he sido un gran descubridor —declara—, pero nuestro fin será testimonio del espíritu valiente, de la resistencia al dolor, que no se han extinguido en nuestra raza.» Y la muerte le hace confesar un profundo sentimiento de amistad que su gran delicadeza y su timidez espiritual le impidieron expresar debidamente. Y escribe: «En toda mi vida encontré un hombre que me inspirase mayor afecto y admiración que usted, aunque nunca pude demostrarle lo que para mí significa su amistad, pues usted tenía mucho que dar y yo no podía corresponderle.» Luego escribe una última carta, la más hermosa de todas, dirigida a la nación inglesa, en la que manifiesta que, en aquella lucha por la gloria de Inglaterra, perece completamente inocente de culpa. Hace constar la serie de obstáculos conjurados contra él y, con un acento que la presencia invisible de la muerte hace hondamente patético, se dirige a todos sus compatriotas para suplicarles que no abandonen a sus huérfanos. Sus últimas palabras no se refieren a él, sino a la vida de los demás: «¡Por el amor de Dios, no desamparéis a los que quedan!» Siguen luego las páginas en blanco. Hasta que el lápiz se desprendió de sus rígidos y helados dedos, el capitán Scott continuó escribiendo en el diario de la expedición. El pensamiento de que junto a su cadáver podrían hallarse aquellas páginas, testimonios evidentes de su valor, representativo de la raza inglesa, fue el que le permitió realizar el sobrehumano esfuerzo. Y aún añadió con letra insegura, debido a los agarrotados dedos, para expresar su última voluntad: «Remitan el diario a mi esposa.» Luego, impulsado por una cruel certidumbre, tacha la palabra «esposa» y escribe: «a mi viuda».

La respuesta

Durante varias semanas los esperaron sus compañeros. Primero esperanzados, luego algo preocupados y por fin dominados por una terrible angustia. Por dos veces se enviaron expediciones de socorro, pero el mal tiempo los obligó a retroceder. Todo el invierno pasaron los expedicionarios en su refugio, deprimidos por el presentimiento de la catástrofe. Durante todos aquellos meses, la suerte y la hazaña del capitán Scott quedaron envueltas en el silencio, sepultadas bajo la nieve. El hielo guardó a los heroicos hombres en un sarcófago de cristal. No sale otra expedición hasta el 29 de octubre, en la primavera austral, para hallar por lo menos los restos de aquellos valientes y los mensajes que sin duda habrían dejado. Y el 18 de noviembre llegan a la tienda, donde encuentran los cadáveres metidos dentro de los sacos de dormir.

Scott está abrazado a Wilson. Los expedicionarios recogen las cartas y los documentos. Antes de partir sepultan a las víctimas. Como solitario recuerdo, sobre un montón de nieve se destaca una sencilla cruz en aquel blanco mundo que guarda en su helado seno una de las mayores gestas de la Humanidad. ¡Pero no! Inesperada y maravillosamente, las hazañas resucitan gracias a la milagrosa técnica moderna. Los expedicionarios llevan a Inglaterra las placas fotográficas y las películas encontradas. Al ser reveladas puede volver a verse a Scott y a sus compañeros en su peregrinación por las inmensas regiones polares, que solo Amundsen había podido contemplar aparte de ellos. Por todos los ámbitos del admirado mundo se difunden por cable sus palabras y sus cartas, y en la catedral del Reino Unido, el Rey dobla la rodilla en homenaje a los héroes. Así vuelve a ser fecundo lo que pareciera estéril. De una muerte heroica surge una vida magnífica. Solo la ambición se aviva con la llama del éxito, pero no existe nada que eleve tanto los sentimientos humanos como la muerte de un hombre en su lucha contra el poder invisible del destino.

Es la tragedia más sublime, cantada de vez en cuando por un poeta y que la vida plasma millares de veces.

XIII
El tren sellado: Lenin

9 de abril de 1917

El huésped del zapatero remendón

Suiza, oasis de paz, refugio de toda clase de gente durante la primera guerra mundial, se convirtió desde 1915 a 1918 en escenario de una emocionante novela detectivesca. En los hoteles de lujo se cruzaban con fría indiferencia, como si no se conocieran, los embajadores de las potencias beligerantes, que un año atrás jugaban amistosamente al bridge. Salen y entran continuamente de sus habitaciones toda una serie de impenetrables figuras: delegados, secretarios, agregados diplomáticos, hombres de negocios, damas, ocupados en misiones secretas. Ante los hoteles se ven lujosos automóviles con matrículas extranjeras, de los cuales descienden industriales, periodistas y, al parecer, casuales turistas. Pero casi todos ellos tienen la misma misión: enterarse de algo, descubrir algo. Y también el conserje, el botones que los conduce a sus habitaciones, la mujer de la limpieza, han recibido el encargo de vigilar, de escuchar lo que puedan. Por todas partes luchan, en una guerra sorda e invisible, unos contra otros, ora en los hoteles, en las pensiones, en las oficinas de correos, en los cafés. Lo que llaman propaganda es, en gran parte, espionaje;

lo que se disfraza de amor, traición; cualquiera de los negocios declarados de todos aquellos apresurados visitantes resulta un segundo o un tercer negocio completamente distinto. Todo es motivo de observación, todos los movimientos son vigilados. Si un alemán pisa el suelo de Zúrich, lo sabe inmediatamente la embajada enemiga en Berna, y al cabo de una hora se enteran en París. Las grandes y pequeñas agencias envían cada día a los agregados enormes cantidades de papel con informes verídicos o inventados, informes que ellos se encargan de difundir luego. Las paredes parecen transparentes; se escuchan todas las conversaciones telefónicas. De los trozos de papel de las papeleras y las huellas de tinta impresas en los papeles secantes se pretende rehacer la correspondencia que puede interesar. Es tal el maremágnum, que hay muchos que ni ellos mismos saben lo que son, si perseguidores o perseguidos, espías o espiados, traicionados o traidores. Sin embargo, hay un hombre de quien nadie dice nada, quizá porque no llama la atención y no habita en ningún gran hotel, ni frecuenta los cafés, ni asiste a ningún acto de propaganda, sino que vive retirado con su esposa en casa de un zapatero remendón. Contiguo al Limmat, en la Spiegelgasse, viejo y angosto callejón, habita en el segundo piso de una de aquellas casas de la ciudad antigua, de sólida construcción, rematada por un tejado y ennegrecida por el tiempo y por el humo que sale de una fábrica de embutidos que está en el patio de la casa. Tiene por vecinos a una panadera, a un italiano y a un actor teatral austriaco. Como es poco comunicativo, los otros inquilinos apenas saben más de él que su condición de ruso y que tiene un nombre difícil de pronunciar. La patrona puede darse perfecta cuenta de que hace muchos años que su huésped huyó de su patria, que no dispone de mucho dinero y que no se dedica a ningún negocio lucrativo, por lo parco de su alimentación y la modestia, rayana en la miseria, de los vestidos de ambos cónyuges, que no precisan de grandes maletas para su transporte, ya que no alcanzan a colmar el cesto que trajeron consigo cuando llegaron. Este hombre, pues, pasa inadvertido, lo cual es muy comprensible, dada su reservada manera de vivir. Evita toda compañía. Las gentes de aquella casa tienen pocas ocasiones de ver la acerada y oscura mirada de sus oblicuos ojos. Visitas apenas recibe. Pero con regularidad constante va cada día a las nueve de la mañana a la biblioteca pública, permaneciendo en ella hasta las doce, hora en que estas se cierra. A los diez minutos está ya en su casa para tomar su frugal comida, y vuelve a salir a la una menos diez para ser nuevamente el primero en llegar a la biblioteca, donde permanece hasta las seis de la tarde. Los reporteros y agentes de noticias solo se fijan en los hombres que se mueven mucho, sin darse cuenta de que son siempre los solitarios, los ávidos de sabiduría, los que encierran ideas revolucionarias, y no se interesan por aquel insignificante individuo que vive en casa de un zapatero. En los círculos socialistas se sabe de él que fue redactor en Londres de un pequeño diario de tendencias radicales publicado por los emigrados rusos, y que en San Petersburgo se le cree el jefe de cierto partido aislado del que es preferible no acordarse; pero como habla dura y despectivamente de las personas más destacadas del partido socialista, considerando equivocados sus planes, y como se manifiesta intransigente y por completo opuesto a toda conciliación, no se preocupan mucho de él. Claro está que convoca de vez en cuando, por la noche, alguna reunión en un café proletario, pero solo acuden a ella unas quince o veinte personas, jóvenes en su mayoría, y, por lo tanto, se considera a aquellos solitarios individuos como el resto de esos emigrados cuyos cerebros se exaltan a base de abundante té y muchas discusiones. Nadie concede importancia al hombrecillo de frente voluntariosa; no hay persona en Zúrich capaz de querer grabar en su memoria el nombre del célebre huésped del zapatero, de ese Vladimiro Ilitch Ulianov. Y si por entonces alguno de los lujosos automóviles que iban apresuradamente de embajada en embajada lo atropellara, causándole la muerte en plena calle, tampoco el mundo le hubiera reconocido ni bajo el nombre de Ulianov ni por el de Lenin.

¿REALIZACIÓN?

Un día, sin embargo, el 15 de marzo de 1917, el bibliotecario de Zúrich advierte con extrañeza que, a pesar de que las agujas del reloj marcan las nueve, el puesto que acostumbraba a ocupar el misterioso individuo está vacío. Pasan las nueve y media, las diez, pero aquel lector incansable, aquel devorador de libros, no comparece, ni comparecerá jamás. Y es que, camino de la biblioteca, uno de sus amigos rusos le ha dado la noticia de que en Rusia había estallado la revolución. Lenin, al principio, no quería creerlo; está como anonadado ante semejante nueva. Pero luego, con sus característicos pasos, cortos y firmes, se precipita hacia el quiosco de periódicos situado a la orilla del lago, y tanto allí como ante la redacción del periódico espera la confirmación del trascendental acontecimiento durante horas y horas, días y días. Pero sí, la noticia era fidedigna. Cada vez se convence más de ello. Primero fue un simple rumor de que había ocurrido algo en el palacio de los zares. Se habló luego de un total cambio de Ministerio, y más tarde de la abdicación del Zar, de la instauración de una regencia provisional, la Duma, la libertad del pueblo ruso, la amnistía de los presos políticos... Todo, todo aquello que desde hacía años venía él soñando, todo aquello por lo cual había trabajado durante veinte años en organizaciones secretas, en la cárcel, en Siberia, en el destierro, se había cumplido. Y de pronto tiene la impresión de que los millones de hombres muertos en la guerra no habían caído inútilmente.

Ya no le parecen víctimas sin sentido. Este hombre, soñador y calculador a la vez, frío y cauteloso, se siente como embriagado. Y, como él, se estremecen de emoción y sienten inmenso júbilo muchos otros desterrados que habitan en humildes viviendas en Ginebra, en Lausana y en Berna. ¡Oh, poder volver a la patria, regresar a Rusia! Y regresar no con nombres y pasaportes falsos, no con peligro de muerte, al Imperio de los Zares, sino como ciudadanos libres a un país libre. Todos preparan ya su mísero equipaje, puesto que los periódicos publican un telegrama de Gorki, redactado en términos lacónicos, que dice así: «Regresad todos a la patria.» Envían cartas y telegramas a múltiples direcciones. ¡Oh felicidad inmensa! Poder regresar, concentrarse todos y volver a ofrendar otra vez la vida, que habían ya dedicado desde las primeras horas lúcidas de su existencia, a la inmensa obra: la revolución rusa.

Decepción

Al cabo de algunos días llega la noticia que es para ellos como una consternada sentencia: la revolución rusa, que había conmovido sus corazones profundamente, no es la revolución que habían soñado, no es ninguna revolución propiamente rusa. Ha sido simplemente un alzamiento palaciego contra el Zar, urdido por diplomáticos ingleses y franceses, para impedir que el Zar concertara una paz por separado con Alemania. No, no era la revolución del pueblo, que pretende la paz y la consecución de sus derechos. No, no es la revolución por la que vivieron y por la que están dispuestos a morir, sino una intriga de partidos bélicos, de generales y de imperialistas, que no quieren estorbos en sus planes. Y presto reconocen Lenin y los suyos que la invitación a volver a la patria no afecta a todos aquellos que quieren la verdadera y radical revolución marxista. Incluso Miliukov y otros liberales han dado orden ya para que se retrase su regreso. Y mientras socialistas moderados como Plechanov, necesarios para la continuación de la guerra, son conducidos de Inglaterra a San Petersburgo con todos los honores en un torpedero, retienen a Trotsky en Halifax y a los otros radicales en la frontera. En todos los Estados de la Entente hay listas negras con los nombres de los participantes en el Congreso de la Tercera Internacional en Zimmerwald. Desconcertado, Lenin envía telegrama tras telegrama a San Petersburgo, pero o bien son interceptados o quedan sin despachar. Lo que en Zúrich se ignora, y apenas hay quien lo sepa en Europa, lo conocen a fondo en Rusia: el peligro que representa para sus contrarios aquel hombre al parecer insignificante que se llama Vladimiro Ilitch Lenin. La desesperación de los «fichados» por no poder regresar no tiene límites. Desde años y años han estado planeando la estrategia de su revolución rusa en las sesiones memorables de su Estado Mayor en Londres, en París y en Viena. Han sopesado, estudiado y discutido cada uno de los detalles de la organización. En abierto debate han equilibrado por espacio de varios decenios, en sus publicaciones teóricas y prácticas, las dificultades, los peligros, las posibilidades. Ese hombre ha estado toda su vida revisándolas una y otra vez hasta llegar a una conclusión definitiva. Y ahora, hallándose retenido en Suiza, ha de ver cómo esa revolución que era «suya» es desvirtuada por otros, cómo la idea, para él santa, de la liberación del pueblo se supeditaba al servicio de naciones e intereses extranjeros. Existe cierta curiosa analogía entre el destino de Lenin y Hindenburg, pues éste, después de pasarse cuarenta años realizando maniobras estratégicas en supuestos campos de batalla rusos, al estallar la guerra se ve obligado a permanecer en casa vestido de paisano y a seguir con banderitas sobre un mapa los avances y retrocesos del ejército mandado por otros generales. En aquellos días de desconcierto, las ideas más fantásticas y disparatadas pasaron por el cerebro del hombre realista que fue siempre Lenin. ¿No podría alquilarse un avión que salvara la distancia sobre Alemania y Austria? Pero el primero que se le ofreció para tal empresa resultó ser un espía. Cada vez se van haciendo más descabelladas y confusas las ideas de la fuga. Escribe a Suecia para que le procuren un pasaporte sueco, pensando hacerse pasar por mudo para no tener que dar explicaciones. Como es natural, por la mañana, tras aquellas noches de desenfrenada fantasía, el mismo Lenin se da cuenta de lo irrealizable que son semejantes sueños. Pero tiene una obligación que no puede eludir: ha de regresar a Rusia, ha de hacer su propia revolución en lugar de la otra; ha de llevar a cabo la auténtica revolución, la revolución honrada, en lugar de la revolución meramente política. Tiene que regresar a la patria lo antes posible. ¡A toda costa! Caso de obtener una paz inmediata por su mediación, asumirá una tremenda responsabilidad que implacablemente le tendrá en cuenta la Historia por haber impedido la paz justa y victoriosa de Rusia. No solo los revolucionarios tibios, sino los que comparten incondicionalmente sus ideas, quedan horrorizados cuando les da cuenta de lo que se propone hacer, o sea escoger el medio, el camino más difícil y comprometido. Consternados, le indican que existen ya negociaciones a través de los socialdemócratas suizos para conseguir el regreso de los revolucionarios rusos por el camino legal y neutral del intercambio de prisioneros. Pero Lenin ve inmediatamente el tiempo que se perderá utilizando aquel camino, máxime estando seguro de que el Gobierno ruso procurará retardar el regreso cuanto sea posible. Además, cree que cada día y cada hora que pasan son decisivos. Él solo ve el fin que persigue, mientras los demás, menos cínicos y menos audaces, no se atreven a decidirse a llevar a cabo lo que desde todos los puntos de vista, leyes y ética humanos no deja de ser una traición. Pero Lenin, resuelto, inicia bajo su responsabilidad personal las negociaciones con el Gobierno alemán.

El célebre pacto

Justamente porque Lenin sabía muy bien lo escandaloso y trascendental que era el paso que iba a dar, quiso obrar con la máxima claridad. A instancias suyas, el secretario del Sindicato Obrero Suizo, Fritz Platten, visita al embajador alemán, que antes ya había tratado en términos generales con los emigrados rusos, y le expone las condiciones de Lenin. Porque aquel insignificante y desconocido desterrado, como si previese su futura autoridad, no se dirige al Gobierno alemán en tono suplicante, sino que le presenta sus condiciones bajo las cuales los viajeros estarían dispuestos a aceptar la conformidad del Gobierno alemán y que son estas: Que se le conceda al vagón en que viajan el derecho de extraterritorialidad; que ni la entrada ni a la salida de Alemania se ejerza inspección de pasaportes y personas; que puedan pagar por sí mismos el importe del billete del ferrocarril según la tarifa corriente establecida, y, por último, que ni por orden superior ni por propia iniciativa saldrán del vagón. El ministro Romberg dio curso a estas noticias. Llegaron a conocimiento incluso de Ludendorff, y merecieron su apoyo, aunque en sus memorias no se lee ni una palabra sobre esta decisión de tanta trascendencia histórica, quizá la más importante de su vida. En algunos detalles pretende el embajador obtener alguna modificación, pues el protocolo está redactado astutamente por Lenin en forma tan ambigua que se presta a que en el famoso tren puedan viajar sin fiscalización de ninguna clase no solamente rusos, sino incluso un austríaco, como Radek. Pero, igual que Lenin, el Gobierno alemán también tiene prisa. Por aquellos días, precisamente el 5 de abril, los Estados Unidos de América declaran la guerra a Alemania. Y Fritz Platten, secretario del Sindicato Obrero Suizo, recibe por fin, el 6 de abril al mediodía, la memorable comunicación: «Asunto resuelto favorablemente.» El 9 de abril de 1917, a las dos y media de la tarde, un reducido grupo de gente mal vestida, cargada con sus maletas, sale del restaurante Zähringer Hof hacia la estación de Zúrich. Suman en total treinta y dos personas, incluyendo mujeres y niños.

De los hombres solo ha perdurado el nombre de tres de ellos: Lenin, Zinoviev y Radek. Todos juntos comieron modestamente y firmaron un documento en el que manifestaban que conocen la publicación de la noticia por parte del Petit Parisien, según la cual el Gobierno provisional de Rusia piensa considerar a los viajeros que atraviesen Alemania como reos de alta traición. Firmaron con desmañada letra que aceptaban la plena responsabilidad que puede derivarse de aquel viaje y que se avenían a todas las condiciones. Y silenciosa y resueltamente, aquellos hombres emprenden el viaje que ha de repercutir en la historia del mundo. Su llegada a la estación no suscitó curiosidad alguna por parte de nadie. No comparecieron ni reporteros ni fotógrafos. Y es que ¿quién conoce en Suiza a aquel tal señor Ulianov que, tocado con un deformado sombrero, vistiendo una raída chaqueta y calzado con unas pesadas botas de montaña, busca en silencio un sitio en el vagón, entre el apiñado montón de hombres y mujeres cargados con fardos y cestos? Por su aspecto, en nada se diferencian estas gentes de los numerosísimos emigrantes que, procedentes de Yugoslavia, Rutenia y Rumania, suelen verse en la estación de Zúrich sentados en sus equipajes, gozando de unas horas de descanso mientras esperan poder continuar el viaje hasta el litoral francés y de allí a ultramar. El Partido Obrero Suizo, que no está conforme con semejante aventura, no ha enviado a ningún representante suyo. Solo han acudido a despedirlos unos cuantos rusos que aprovechan la ocasión para enviar algunas provisiones y saludos a los familiares que tienen en la patria, y también ciertos compañeros que en el último momento intentan aún disuadir a Lenin de la insensata y peligrosa empresa. Pero la decisión estaba tomada. A las tres y diez de la tarde dan la señal de salida. Y el tren parte en dirección a Gottmadingen, la frontera alemana. Desde aquella memorable hora, el mundo seguirá un rumbo distinto.

El vagón precintado

Millones de aniquiladores proyectiles se dispararon durante la guerra mundial, ideados por ingenieros para que tuvieran el máximo alcance y la máxima potencia. Pero ninguno de ellos tuvo mayor alcance, más decisiva intervención en el destino de la Historia, que ese tren que, transportando a los revolucionarios más peligrosos y resueltos del siglo, corre velozmente ahora desde la frontera suiza a través de toda Alemania, facilitándoles su vuelta a Rusia, a San Petersburgo, donde harán saltar hecho añicos el orden establecido hasta entonces. En Gottmadingen espera la llegada de ese extraordinario proyectil un vagón con departamentos de segunda y tercera clase; las mujeres y los niños ocupan los de segunda; los de tercera, los hombres. En el suelo, una raya trazada con yeso limita y separa la parte ocupada por los rusos del departamento donde van los dos oficiales alemanes que custodian aquel transporte de explosivos humanos. Transcurre la noche sin incidentes. Solo al llegar a Francfort irrumpen de pronto en la estación algunos soldados alemanes que se habían enterado del paso de los revolucionarios rusos, y es rechazado totalmente un intento de los socialdemócratas germanos para entenderse con los rusos. Lenin sabe muy bien las sospechas que se atraería si cambiara una sola palabra con algún alemán en su propio suelo. En Suecia son recibidos con entusiasmo. Hambrientos devoran los viajeros el desayuno preparado al estilo del país para ellos. Los *smorgas* le saben a gloria. Lenin se provee de otro calzado y algunas prendas de vestir. Al fin se encuentra en la frontera rusa.

Efecto del proyectil

Lo primero que hace Lenin al llegar al territorio ruso es muy propio de él: no va a ver a las gentes aisladamente, sino que se apresura ante todo a visitar las redacciones de algunos periódicos. Hace catorce años que falta de su patria, que no ha visto la tierra rusa, ni la bandera de la nación, ni los uniformes de los soldados. Pero, distinto a los demás compañeros del viaje, aquel férreo idealista no lloró, ni abrazó a los sorprendidos soldados, como hicieron las mujeres. No, lo primero para él era correr a las redacciones de los periódicos, sobre todo a la de Pravda, para comprobar si «su periódico» sabe mantener firmemente su punto de vista internacional. Indignado, rompe el ejemplar después de leerlo. No, no es bastante, todavía no se subraya debidamente la auténtica revolución, todavía destila patriotismo, patriotería.

Ha llegado a tiempo, a su modo de ver, para tomar la dirección del asunto y luchar por sus ideas hasta triunfar o ser derrotado. Pero ¿lo conseguirá? Por última vez siente todavía cierta angustiosa inquietud. ¿No procurará Miliukov hacerle encarcelar allí mismo, en Petrogrado? (Aunque por poco tiempo, la ciudad se llama, aun así.) Los amigos que acuden a su encuentro están ya en el tren. Kamenev y Stalin sonríen de un modo inescrutable en el oscuro departamento de tercera clase, vagamente iluminado por la mortecina luz de un farol. No le contestan o no quieren contestar. Pero la respuesta, que la realidad se encarga de dar, es insospechada. Cuando el tren entra en agujas en una estación finlandesa, la inmensa plaza está llena de gente. Pueden contarse por millares los obreros; representaciones de todos los cuerpos armados esperan para rendir honores a los desterrados que vuelven a la patria. Resuena la «Internacional». Y cuando Vladimiro Ilitch Ulianov desciende del tren, aquel hombre insignificante que hasta hace poco vivía en Suiza en casa de un zapatero remendón, es aplaudido por una ingente multitud y llevado en hombros hasta un automóvil blindado. Los reflectores instalados en las fachadas de las casas y en el castillo se concentran sobre él, y desde aquel coche blindado dirige su primer discurso al pueblo. Bulle animadamente el gentío por las calles. Ha comenzado el «ciclo de diez días que lo trastorna todo». El proyectil ha dado en el blanco, ha destruido un imperio y cambiado la faz del mundo.

XIV
WILSON FRACASA

15 DE ABRIL DE 1919

EL 13 de diciembre de 1918 llegó a Brest el gran transatlántico George Washington, llevando a su bordo a Woodrow Wilson, presidente de los Estados Unidos de América. Jamás desde el principio del mundo había sido esperado un barco, un hombre, por tantos millones de seres y con tales ardientes esperanzas. Por espacio de cuatro años habían estado las naciones luchando una contra otra, sacrificando cientos de miles de sus mejores hijos con rifles y bayonetas, ametralladoras y artillería pesada, lanzallamas y gases venenosos, y durante estos cuatro años se fomentó la aversión mutua. No obstante, esta excitación frenética no llegó jamás a silenciar completamente las voces mudas de adentro, que les revelaban que cuanto hacían y decían era absurdo, insensato, una deshonra para nuestro siglo. Los millones de combatientes habían estado constantemente excitados, consciente e inconscientemente, por el conocimiento íntimo de que la humanidad había retrocedido al caos de la barbarie que se suponía dejaba atrás para siempre.

Entonces, del otro lado del Atlántico, desde Nueva York, había llegado una voz que se expresaba claramente a través de los campos de batalla empapados aún en sangre para decir: "No más guerra." Jamás deben producirse de nuevo semejantes discordias; jamás debe existir de nuevo la vieja y perversa diplomacia secreta mediante la cual han sido arrastradas las naciones a la mortandad sin su conocimiento o consentimiento. En vez de ello habrá que establecer un nuevo y mejor orden en el mundo, "el reino de la ley, basado en el consentimiento de los gobernados y sostenido por la opinión organizada de la humanidad". Es maravilloso decirlo: en cada país y en cada idioma la voz había sido comprendida instantáneamente. La guerra, que hasta ayer había sido mera lucha por territorios, por fronteras, por materias primas y mercados, por minerales y petróleo, había adquirido de repente una significación casi religiosa; había asumido el aspecto de un preliminar para la paz perpetua, para el reinado mesiánico del derecho y de la humanidad. Pareció de golpe que, después de todo, no había sido derramada en vano la sangre de millones de hombres; que esta generación era la que únicamente había sufrido y que jamás volvería a sufrir la tierra un infortunio semejante. Por cientos de miles, por millones, las voces de los que habían recibido la inspiración con un frenesí de fe acudieron a este hombre, Woodrow Wilson, con la esperanza de que podría establecer la paz entre vencedores y vencidos, y que la paz sería una paz justa.

Wilson, como otro Moisés, daría a los pueblos enloquecidos por la guerra las tablas de una nueva ley. En unas cuantas semanas su nombre había adquirido un significado religioso, redentor. Calles y edificios y niños eran denominados con su nombre. Cada nación que se sentía perturbada o perjudicada envió delegados. Cartas y telegramas, llenos de propuestas, pedidos y conjuros, llegaban a él como un diluvio desde los cinco continentes. Se contaban por miles y miles, y así es como baúles repletos de ellos fueron llevados al barco en que el presidente embarcó para Europa. Es más, el mundo entero comenzó a considerarlo como el árbitro que arreglaría sus querellas finales antes que se llegara a la largamente deseada reconciliación.

Wilson no pudo resistir la llamada. Sus amigos norteamericanos le aconsejaron que no asistiera en persona a la Conferencia de la Paz. Como presidente de los Estados Unidos, decían, el deber le exigía no abandonar su país, y debía contentarse con guiar las negociaciones desde lejos. Aun el más alto puesto que su tierra natal podía conferirle, la Presidencia, pareció una fruslería al compararlo con la tarea que le esperaba del otro lado del Atlántico.

No estaba satisfecho con servir a un pueblo, a un continente; quería servir a la humanidad en general, consagrarse, no a este momento de su época, sino al futuro bienestar del mundo. No reduciría sus propósitos a promover los intereses de Norteamérica porque "el interés no reúne a los hombres, el interés separa a los hombres." No, él trabajaría para ventaja de todos. En su fuero interno sintió el deber de procurar que no pudieran de nuevo los soldados y diplomáticos (cuyo doble de difuntos sería tocado por quien asegurara el futuro de la humanidad) tener una oportunidad para inflamar las pasiones nacionales.

Él, con su propia persona, aseguraría, que había de prevalecer "La voluntad del pueblo más bien que la de sus líderes." Cada palabra pronunciada en la Conferencia de la Paz (que sería la última de su clase en el mundo) debería ser hablada con las puertas y ventanas completamente abiertas, y su eco daría la vuelta al globo.

Así se mantenía a bordo del buque y miraba hacia la costa europea que asomaba a través de la niebla, vaga e informe como su propio sueño de la venidera hermandad de naciones. Su porte era erguido, alto de talla, firme continente, ojos penetrantes y claros detrás de sus anteojos, la barba prominente como la de otros enérgicos norteamericanos, labios llenos y carnosos pero reservados. Hijo y nieto de pastores presbiterianos, había heredado la fuerza y la afectación de humildad de aquellos para quienes existe solamente una verdad y están confiados en que ellos la conocen. Tenía el ardor de sus antepasados escoceses e irlandeses, asociado con el fanatismo dado por el credo calvinista que impone a los líderes y maestros la tarea de salvar a la humanidad del pecado; e incesantemente trabajó en él la obstinación de los herejes y los mártires que van a la pira antes que ceder una tilde en lo que ellos conciben que han aprendido de la Biblia. Para él, el demócrata, el hombre docto, los conceptos de "filantropía", "humanidad", "libertad", "independencia" y "derechos humanos", no eran palabras vacías, sino artículos de fe que él defendería sílaba por sílaba como sus predecesores habían defendido los Evangelios. Había librado muchas batallas. Ahora, a medida que el vapor se acercaba más a las costas de Europa y los contornos se hacían más visibles, se estaba aproximando a la tierra en donde tenía que encarar las soluciones decisivas. Involuntariamente puso sus músculos en tensión resuelto "a luchar por el nuevo orden, en forma afable si podía hacerlo, en forma ofensiva si era necesario».

Pronto, sin embargo, se debilito la rigidez de continente de aquel cuya mirada estaba dirigida a la distancia. Los cañones y las banderas que lo saludaban cuando navegaba en el puerto de Brest no eran la bienvenida formal, agitada y tronadora al presidente de los Estados Unirlos, a una república aliada, porque de las masas que ocupaban la orilla llegaron gritos de aclamación que proclamaban alguna cosa más que una recepción organizada de antemano, algo más que el júbilo prescrito. Lo que le saludaba era el entusiasmo flamante de un pueblo entero. Cuando marchaba velozmente en el tren que lo conducía a la metrópoli, de cada aldea, de cada cabaña, de cada casa, se agitaban banderas y radiaban esperanzas. Las manos se tendían hacia él, le aclamaban con vítores y aplausos. Luego, cuando pasaba por los Campos Elíseos, caían cascadas del mismo entusiasmo de los muros vivientes. El pueblo de París, el pueblo de Francia, simbolizando a todos los pueblos distantes de Europa, gritaba, expresaba su regocijo, rebosante de esperanzas.

Sus rasgos se relajaron más y más. Una sonrisa franca, alegre, casi hechizada, descubrió sus dientes. Agitó su sombrero a derecha e izquierda, como si deseara saludarlos a todos, saludar al mundo entero. Seguramente había hecho bien en venir en persona, porque solo la voluntad viviente triunfaría sobre la rigidez de la ley. Con una ciudad tan feliz y un pueblo tan lleno de esperanzas, ¿cómo podría él fracasar en llenar sus deseos ahora y para todos los tiempos? Un descanso de una noche y, a la mañana siguiente, estaría pronto para trabajar, para dar al mundo aquella paz con que había soñado, por miles de años, realizando así la mayor proeza que jamás hubiera hecho mortal alguno.

Frente al palacio que el gobierno francés había dispuesto para él, en los corredores del Ministerio de Relaciones Exteriores, enfrente del Hotel Crillon, cuartel general de la delegación norteamericana, los periodistas (que solo ellos componían un ejército) estaban impacientes. Solo de los Estados Unidos habían llegado ciento cincuenta; cada país, cada ciudad importante había enviado un representante de la prensa; y estos caballeros de la pluma exigían ansiosamente tarjetas de entrada para cada sesión; sí, para cada sesión de la Conferencia. ¿No se había asegurado al mundo que tendría "publicidad completa"? Esta vez no iba a haber reuniones secretas, ni cónclaves secretos.

Palabra por palabra corría la primera sentencia de los famosos Catorce Puntos: "Convenios de paz abiertos, conseguidos abiertamente, después de los cuales no habrá inteligencias privadas internacionales de ninguna clase". La peste de los tratados secretos que había causado más muertes que todas las demás epidemias en conjunto, iba a ser definitivamente abolida por el nuevo *serum* de la "diplomacia abierta" wilsoniana.

Pero los impetuosos periodistas estaban disgustados por encontrar una reserva insuperable. "¡Oh, sí, todos ustedes serán admitidos a las grandes sesiones!" Las informaciones de estas sesiones públicas (que habrían sido purgadas realmente de antemano de toda posibilidad de tensión manifiesta) serían dadas por completo al mundo. Pero todavía no podía obtenerse más información. Primero tenían que redactarse las reglas del procedimiento. Los quisquillosos periodistas no podían dejar de saber que alguna cosa discordante estaba sucediendo detrás de la escena. No obstante, lo que se les había dicho tenía mucho de verdad. Se estaban fijando las reglas de procedimiento.

Relacionado con este asunto fue como el presidente Wilson se dio cuenta, por la primera expresión de los "Cuatro Grandes", de que los aliados habían formado una liga contra él. No querían poner todas las cartas sobre la mesa, y por buenas razones. En las carteras diplomáticas y en los casilleros ministeriales de todas las naciones beligerantes existían tratados secretos que disponían que cada una obtendría una "buena parte" del botín. En realidad, había una buena cantidad de ropa sucia que sería muy indiscreto lavar en público. Por consiguiente, para evitar el descrédito de la Conferencia en su iniciación, sería esencial discutir estos asuntos y hacer un "lavado" preliminar a puertas cerradas. Además, existían causas más profundas de desarmonía que las relacionadas con simples reglas de procedimiento. Cada uno de los dos grupos mantenía, dentro de sí mismo, bastante claridad y bastante armonía respecto a lo que deseaba: los norteamericanos de un lado, y los europeos del otro. La Conferencia tenía que hacer no una paz, sino dos. Una de ellas era temporal, actual, para poner fin a la guerra contra los alemanes, que habían depuesto sus armas. La otra era problemática, eterna no temporal, debiendo ser una paz destinada a hacer imposible la guerra para siempre jamás. La paz temporal tenía que ser dura y despiadada según el viejo modelo. La paz eterna tenía que ser nueva. comprendiendo el Covenant (Convenio) wilsoniano de la Liga de Naciones. Cuál de las dos sería discutida primero.

****

Aquí las dos opiniones entraron en agudo conflicto. Wilson tenía poco interés en la paz temporal. El trazado de las nuevas fronteras, el pago de indemnizaciones o reparaciones de guerra, eran, consideraba él, asuntos que debían ser resueltos por peritos y comisiones en estricto acuerdo con los principios sentados en los Catorce Puntos. Estas eran tareas menores, secundarias, trabajos para especialistas. Lo que los principales estadistas de todas las naciones tenían que hacer era trabajar en la nueva labor de creación, realizar la unión de los países, establecer la paz perpetua. Cada grupo estaba convencido de la extrema urgencia de la paz que deseaba. Los Aliados europeos insistieron, y justamente, en que a nada conduciría mantener a un mundo agotado y desangrado por cuatro años de guerra esperando muchos meses para saber las condiciones de la paz. Esto desencadenaría el caos sobre Europa. Primero deberían ser resueltos los problemas presionantes. Debían trazarse las fronteras y especificarse las reparaciones; los hombres que estaban todavía bajo las armas debían ser devueltos a sus esposas e hijos; las monedas debían ser estabilizadas; el comercio y la industria debían ser puestos en acción una vez más. Después, cuando el mundo se encontrará afirmado, sería posible permitir que la Fata Morgana de los proyectos wilsonianos brillara tranquilamente sobre él. Así como Wilson no estaba realmente interesado en la paz actual, así también Clemenceau, Lloyd George y Sonnino, tácticos diestros y estadistas muy prácticos, estaban poco interesados en los designios de Wilson. En parte por cálculo político y en parte por genuina simpatía a las demandas e ideales humanitarios, habían expresado su aprobación general a la propuesta Liga de Naciones, porque, consciente o inconscientemente, habían sido conmovidos por la fuerza de un principio generoso que procedía de los corazones de sus naciones respectivas, y estaban prontos para discutir su plan, con ciertas mitigaciones y requisitos propios. Pero primero debía arreglarse la paz con Alemania para concluir la guerra; solo después podría ser discutido el Covenant.

No obstante, el mismo Wilson era suficientemente práctico para saber que la demora repetida puede privar a una demanda de su impulso. Un hombre no llega a presidente de los Estados Unidos por medio de idealismo, y su propia experiencia le había enseñado que los procesos dilatorios en la réplica son un arma mediante la cual puede ser desarmado un provocador impaciente. Por esta razón insistió sin vacilar en que el primer asunto que debía ser considerado era la elaboración del Covenant, que sería incorporado palabra por palabra al tratado de paz con Alemania. De esta exigencia resultó un segundo conflicto inevitable. La opinión de los aliados era que la aceptación de tal método envolvería la culpabilidad de Alemania, aunque Alemania, con su invasión a Bélgica, había hollado brutalmente la ley internacional, y en Brets-Litovsk, con el martillazo del puño del general Hoffmann, dio un terrible ejemplo de dictadura despiadada. ¿Iba Alemania en esta temprana etapa a cosechar la recompensa inmerecida del humanitarismo venidero? No, que se arreglen primero sus deudas de acuerdo con el viejo método, con dinero en mano. Luego podrá ser introducido el nuevo sistema. Los campos han sido devastados, las ciudades han sido destruidas en fragmentos: que el presidente Wilson haga una inspección. Después comprenderá que los daños tienen que ser reparados. Pero Wilson, "el hombre no práctico", miro deliberadamente más allá de las ruinas, porque sus ojos estaban fijos en el porvenir, y en vez de los edificios derruidos de hoy, solo podían ver los edificios de lo futuro.

Únicamente tenía una tarea: "terminar con un viejo orden y establecer uno nuevo". Firmemente, tenazmente, persistió en su demanda, a pesar de las protestas de sus propios consejeros, Lansing y House. Primero el Covenant. El Covenant primero. Para comenzar, arreglar los asuntos de la humanidad en general; luego, tratar de los intereses de los pueblos particulares.

La lucha fue ardua y (esto fue desastroso) consumió gran cantidad de tiempo. Desgraciadamente, Wilson, antes de cruzar el Atlántico, no había dado a su sueño una configuración sólida. Su proyecto para el Covenant no era definitivo: era solo una "primera redacción" que tendría que ser discutida en incontables sesiones; tenía que ser modificada, mejorada, reforzada o amortiguada. Además, exigía la cortesía que, habiendo llegado a París, debía visitar tan pronto como fuera posible a las principales ciudades de los otros aliados. Wilson cruzo el Canal, fue a Londres, habló en Manchester, regreso al Continente y tomo el tren para Roma. Como durante su ausencia los otros estadistas no dedicaron sus mejores energías a adelantar el Covenant, se perdió más de un mes antes que pudiera celebrarse la primera "sesión plenaria".

Mientras tanto, en Hungría, Rumanía, Polonia, en los Estados del Báltico y también en la frontera dálmata, tropas regulares y voluntarios se trababan en escaramuzas y ocupaban territorios, al paso que en Viena amenazaba el hambre y en Rusia la situación se hacía más y más alarmante.

****

Aun en esta primera "sesión plenaria", celebrada el 18 de enero de 1919, no se llegó a más que a formular una decisión teórica de que el Covenant iba a ser "una parte integrante del tratado general de paz". Permaneciendo todavía nebuloso, todavía en medio de interminables discusiones, pasaba de mano en mano y era continuamente editado y reeditado. Pasó otro mes, un mes de terrible intranquilidad en Europa que, cada vez más impetuosamente, reclamaba una verdadera paz. Hasta el 14 de febrero de 1919, más de tres meses después del armisticio, no pudo Wilson presentar el Covenant en su forma definitiva que fue unánimemente adoptada.

Una vez más el mundo rebosaba de júbilo. La causa de Wilson había triunfado. En adelante, el camino a la paz no llevaría a través de la guerra y el terror, porque la paz iba a ser asegurada por convenio mutuo y por la fe en el reinado de la ley. El presidente fue objeto de una ovación cuando salió del palacio. Una vez más, y por vez última, contemplo con sonrisa orgullosa, agradecida y feliz a la muchedumbre que se había apiñado para aclamarlo.

Detrás de esta muchedumbre, vislumbraba él otras muchedumbres, otros pueblos; detrás de esta generación que había sufrido tan intensamente podían pintarse las generaciones futuras, las generaciones de aquellos que, gracias a la salvación del Covenant, no sufrirían más el flagelo de la guerra, no conocerían más la humillación de las dictaduras. Era el día de la coronación de su vida, y el último de sus días felices. Porque Wilson frustró su propia victoria por triunfar prematuramente y abandonar el campo de batalla sin tardanza. El día siguiente, 15 de febrero, comenzó el viaje de regreso a Norteamérica, donde él obsequiaría a sus electores y compatriotas con la Carta Magna de paz perpetua antes de volver a Europa para firmar el tratado que concluiría la última guerra.

De nuevo saludaban las baterías cuando el George Washington partía de Brest, pero las multitudes que se reunieron para desearle buen viaje eran menores y menos entusiastas que las que acudieron a darle la bienvenida. En los días en que Wilson se alejaba de Europa había comenzado a relajarse la tensión apasionada, y las esperanzas mesiánicas de las naciones se calmaban.

Cuando llegó a Nueva York la recepción fue igualmente fría. No se remontaban los aeroplanos para saludar al barco que se dirigía a la patria; no hubo aclamaciones tormentosas, y de las oficinas públicas, del Congreso, de su propio partido político, de sus compatriotas, el presidente no recibió más que una bienvenida indiferente. Europa no estaba satisfecha porque Wilson no había ido bastante lejos; Norteamérica porque había ido demasiado lejos. Para Europa, el encadenamiento de los intereses en conflicto en un gran interés de humanidad apareció realizada inadecuadamente. En Norteamérica, sus adversarios políticos, que estaban ya pensando en la próxima elección presidencial, declararon que, sin autorización, había atado al Nuevo Mundo demasiado estrechamente a una Europa intranquila e inadaptable, obrando así contra la doctrina Monroe, uno de los principios básicos de la política de los Estados Unidos. Se recordó imperativamente a Woodrow Wilson que sus deberes como presidente no eran fundar un futuro reino de sueños, ni promover la prosperidad de naciones extranjeras, sino considerar primariamente las ventajas para los ciudadanos de los Estados Unidos que lo habían elegido para representar su voluntad. Wilson, por lo tanto, aun cuando fatigado por sus negociaciones europeas tuvo ahora que sostener nuevas discusiones con los miembros de su propio partido y con sus adversarios políticos. Le mortificaba, sobre todo, la exigencia de que en la espléndida estructura del Covenant, que él había considerado concluida e inviolable, se introdujera una puerta falsa de escape para su propio país, la peligrosa "disposición para la retirada de los Estados Unidos de la Liga. Así, pues, mientras él se había imaginado que el edificio de la Liga de Naciones había sido firmemente erigido para todos los tiempos, resultaba ahora que había que abrir una brecha en el muro una brecha siniestra que conduciría con el tiempo a un colapso general.

A pesar de las limitaciones y correcciones, tanto en Norteamérica como en Europa, pudo Wilson asegurar la aceptación de su Carta Magna de la humanidad. Pero fue solo una victoria a medias y cuando partió de nuevo a Europa para hacer la segunda mitad de su obra como uno de los miembros principales de la

Conferencia de la Paz, no lo acompañaba ya la franqueza y la sublime satisfacción de que disponía originalmente. No pudo contemplar la costa de Europa con el mismo espíritu lleno de esperanzas. Durante estas semanas había envejecido considerablemente; estaba fatigado y disgustado. Su cara demacrada denotaba el esfuerzo hecho; alrededor de su boca se marcaban líneas profundas; en su mejilla izquierda eran visibles contracciones nerviosas ocasionales. Estos eran los heraldos de la tormenta, signos de la enfermedad que avanzaba y que le derribaría pronto. Los médicos que lo acompañaban no perdían ocasión de prevenirle contra esfuerzos excesivos. Pero le esperaba una nueva lucha, tal vez más dura aún. Él sabía que es más difícil poner en práctica los principios que formularlos en abstracto. Pero había resuelto que por ninguna causa sacrificaría ni un solo punto de su programa. Todo o nada.

Paz perpetua o nada de paz en absoluto.

****

No hubo ovaciones al desembarcar, ni en las calles de París; la prensa se mantenía en fría expectativa; el pueblo parecía dudoso y desconfiado. Una vez más se confirmó el dicho de Goethe de que el entusiasmo no se adapta a un almacenaje prolongado. En vez de machacar el hierro mientras estaba caliente y maleable, Wilson había permitido que se enfriara y endureciera el idealismo europeo. Su ausencia de un solo mes lo había cambiado todo.

Simultáneamente, Lloyd George había abandonado la Conferencia.

Clemenceau, herido de un balazo en una tentativa contra su vida, estuvo alejado una quincena y, durante estos momentos desprevenidos, los defensores de intereses privados se aprovecharon para abrirse paso a las salas de las comisiones. Los más enérgicos y peligrosos eran los militares. Mariscales y generales que por espacio de cuatro años habían estado en los primeros cargos y cuyas decisiones arbitrarias habían sido ley para cientos de miles, no estaban dispuestos en manera alguna a ocupar ahora posiciones secundarias. Un Covenant que los privaría de sus ejércitos, puesto que iba a "abolir la conscripción y todas las demás formas de servicio militar obligatorio", era una amenaza para su misma existencia. La mentecatería de una paz perpetua, esta disparatada embestida contra su profesión debía ser abolida, o al menos desviada. Lo que ellos querían era más armamentos en vez de desarme wilsoníano, nuevas fronteras y garantías materiales en vez del santo y seña de internacionalismo. Un país no podría ser salvaguardado por Catorce Puntos escritos en el aire, sino multiplicando sus defensas y desarenando a sus adversarios. Pisándoles los talones a los militaristas venían los representantes de los grupos industriales; los fabricantes de municiones, interesados también en los armamentos; los corredores, que esperaban sacar dinero de las reparaciones. También estaban alerta los diplomáticos, cada uno de los cuales, amenazado por la espalda por los partidos de oposición, quería asegurar para su respectivo país una mayor extensión de territorio nuevamente anexado. Unos cuantos toques diestros sobre el teclado de la opinión pública dieron por resultado que todos los diarios europeos, hábilmente secundados por los de Norteamérica, vocearon el mismo tema: "Los fantásticos proyectos de Wilson retardan el arreglo de la paz. Sus utópicos planes —muy idealistas y dinos de alabanza, por supuesto— estorban la consolidación de Europa. No malgastemos más tiempo en consideraciones y ensueños morales. A menos que se firme prontamente la paz, Europa se convertirá en un caos una vez más."

Desgraciadamente, estas quejas estaban justificadas. Wilson, que fijaba su mirada en los siglos venideros, tenía sus propios estándares de medida que eran diferentes de los de las naciones de la Europa contemporánea. Consideraba él que cuatro o cinco meses era muy poco tiempo para realizar una tarea que había sido un sueño por miles de años. Pero, mientras tanto, voluntarios organizados en la Europa Central por fuerzas ocultas marchaban acá y allá ocupando territorios indefensos, y regiones completas ignoraban a quién pertenecían o iban a pertenecer. Pese a haber transcurrido ya cuatro meses, no habían sido recibidas todavía las delegaciones de Alemania y Austria. Del otro lado de las fronteras, aun vagamente trazadas, crecía la intranquilidad de los pueblos; no faltaban signos de que, en su desesperación, Hungría mañana y Alemania al día siguiente dejarían atrás a los bolcheviques en el camino de la revolución. Que se arreglen los asuntos rápidamente, urgían los diplomáticos. Para aclarar el terreno debemos barrer cuanto pueda ser un obstáculo, sobre todo este infernal Covenant.

Una sola hora en París fue bastante para hacer ver a Wilson que todo lo que había laboriosamente construido en tres meses había sido minado durante su ausencia de un mes y estaba en peligro de desplomarse. El mariscal Foch casi había conseguido arreglar que el Covenant fuera testado del tratado de paz, y, en tal caso, la obra de los primeros tres meses quedaría aniquilada. Pero donde estuvieran en riesgo asuntos decisivos, Wilson se mostraría diamantino y no cedería un ápice. Al día siguiente de su arribo, 15 de marzo, hizo aparecer en la prensa el anuncio oficial de que la resolución del 25 de enero estaba todavía en vigor, y que "el Covenant formaría parte integral del tratado de paz". Esta declaración fue el primer contraataque contra la tentativa de hacer el tratado de paz con Alemania, no sobre la base del nuevo Covenant, sino sobre la de los viejos tratados secretos entre los aliados. El presidente Wilson quedó ahora perfectamente ilustrado del asunto. Supo que las mismas potencias que tan recientemente se declararon dispuestas a respetar el derecho de los pueblos a disponer de sus propios destinos, intentaban realmente sostener exigencias incompatibles con tal derecho. Francia reclamaría la cuenca del Rin y el Sarre; Italia reclamaría Fiume y Dalmacia; Rumanía, Polonia y Checoslovaquia querrían también una parte del botín. A menos que él opusiera firme resistencia, la paz sería hecha como las viejas, en la forma condenada por él, a la manera de Napoleón, Tallevrand y Metternich; no de acuerdo con los principios que él había defendido y que los aliados se habían comprometido a observar.

Transcurrió una quincena de luchas violentas. Wilson se opuso resueltamente a la cesión del Sarre a Francia, presintiendo que esta infracción del principio de la autodeterminación de los pueblos se convertiría en precedente para muchas más; e Italia, convencida de que las propias demandas estaban implícitamente comprendidas en la exigencia de Francia del Sarre, amenazó con abandonar la Conferencia a menos que Wilson cediera. La prensa francesa comenzó a propagar que en Hungría se había producido un estallido del bolcheviquismo y que pronto, decían los aliados, el veneno se propagaría a Occidente. Wilson encontró oposición hasta en sus propios consejeros, el coronel House y Robert Lansing. Aunque eran buenos amigos suyos, le instaron urgentemente para que, en vista de las condiciones caóticas que prevalecían en Europa, sacrificara algunos de sus propósitos idealistas a fin de que se firmara la otra paz tan pronto como fuera posible. En realidad, Wilson se encontraba solo contra un frente unánimemente hostil. Desde Norteamérica, lo atacaba por la espalda la opinión pública alentada por sus rivales y adversarios políticos, y muy a menudo pensó Wilson que había llegado al extremo de la maniobra. Confesó a un amigo que, probablemente, no podría continuar manteniéndose frente a todos los demás y que estaba resuelto a abandonar la Conferencia si no se aceptaba su punto de vista.

Mientras luchaba de este modo contra tales fuertes contrariedades, fue atacado interiormente por un enemigo. El 5 de abril, cuando la batalla entre las crudas realidades y su todavía inalcanzado ideal se acercaba a su clima, le fue imposible mantenerse de pie más tiempo y —un hombre de sesenta y tres años— tuvo que quedarse en cama, atacado de gripe. Las embestidas del mundo exterior eran aún más formidables que las de su sangre afiebrada, y no le dieron descanso. Llegaron nuevas catastróficas. El 5 de abril los comunistas asumieron el poder en Baviera, estableciendo una República Soviética en Munich. Probablemente, en cualquier momento, Austria, castigada por el hambre y a mitad de camino entre la Baviera bolchevique y la Hungría bolchevique, seguiría el mismo camino, y cada hora de resistencia adicional podría hacer a este aislado luchador Wilson responsable de la propagación de la revolución roja. Los adversarios del inválido no lo dejaban en paz en su lecho de enfermo. En la habitación inmediata, Clemenceau, Lloyd George y el coronel

Mouse discutían los asuntos, estando todos de acuerdo en que debía llegarse al fin a cualquier costa. La costa tendría que ser pagada por Wilson con sus demandas y sus ideales. Su pretensión de una paz perpetua tendría que ser abandonada, puesto que era un obstáculo a la necesidad más apremiante: la de un urgente arreglo de la paz material, militar, "real".

****

Pero Wilson, agotado, enfermo, irritado por el clamor de la prensa que lo culpaba de bloquear el camino de la paz; abandonado por sus propios consejeros y apremiado por los representantes de los demás gobiernos, no cedió aún. Se sentía obligado a mantener su palabra empeñada; pensaba que no habría hecho todo lo que estaba a su alcance en favor de la paz que los otros anhelaban tanto, si no la ajustaba en forma duradera, no militar; si no continuaba haciendo cuanto le fuera posible en favor de la "federación del mundo", que era la única cosa que podría establecer realmente la paz perpetua de Europa. Apenas pudo abandonar el lecho dio un paso decisivo. El 7 de abril envió un cablegrama al Departamento de Marina de Washington: "¿Cuál es la fecha más pronta posible en que el vapor de los Estados Unidos George Washington puede partir para Brest y cuál es la fecha más pronta probable de su llegada a Brest? El presidente desea que se aceleren los movimientos de este buque". El mismo día fue informado el mundo de que el presidente Wilson había pedido por cable el vapor en que iba a partir.

La noticia cayó como un rayo y su significado fue instantáneamente comprendido. En todo el globo se supo que el presidente Wilson estaba decidido a oponerse a todo arreglo de paz que infringiera en el más mínimo grado los principios del Covenant, y que había decidido abandonar la Conferencia antes que ceder. Había sonado una hora fatal, hora que por décadas, tal vez por siglos, fijaría los destinos de Europa, del mundo en general. Si Wilson se retiraba de la mesa de la Conferencia, el viejo orden social sufriría un colapso, comenzaría el caos, pero tal vez sería el caos del que nace una nueva estrella. Europa observaba impaciente. ¿Cargarían los demás miembros de la Conferencia con semejante responsabilidad? ¿La tomaría sobre sí Wilson?

Era una hora funesta. En aquel momento, Wilson estaba todavía firmemente decidido. No transigiría; no cedería; no debía ser "una paz dura", sino "una paz justa". Los franceses no obtendrían el Sarre; los italianos no tendrían a Fiume; Turquía no sería repartida; no deberían hacerse "trueques de pueblos". El derecho debería prevalecer sobre la fuerza, el ideal sobre lo real, el futuro sobre el presente. *Fiat justitia, pereat muuidus*. Esta corta hora sería la más grande, la más perfectamente humana, la más heroica en la vida de Wilson. Si siquiera hubiese tenido el valor de mantenerse firme, su nombre se habría inmortalizado entre los verdaderos amantes de la humanidad y habría realizado una proeza sin ejemplo. Pero la hora fue seguida por una semana, y durante esta semana se vio asaltado por todos lados. La prensa francesa, la británica y la italiana lo atacaron duramente —a él, el pacificador— por destruir la paz con su obstinación teórico-teológica, y por sacrificar el mundo real a una utopía privada. Aun Alemania, que lo había considerado como la fuente principal de ayuda, pero que se había alarmado por el estallido del bolchevismo en Baviera, se volvió ahora contra él. Así lo hicieron sus compatriotas. El coronel House y Lansing lo conjuraron para que cediera.

Hasta su secretario privado, Tumulty, que pocos días antes le había cablegrafiado alentándolo: "Únicamente un golpe atrevido del presidente salvará a la Europa y quizás al mundo", ahora, cuando Wilson estaba dando el "golpe atrevido", se sintió muy perturbado y envió este nuevo despacho: "Retirada muy imprudente y cargada de muy peligrosas responsabilidades aquí y en el exterior... El presidente deberá cargar la responsabilidad de una ruptura de la Conferencia sobre quienes apropiadamente corresponde... Una retirada en este momento sería una deserción".

Acosado, casi desesperado, y quebrantada su confianza por la universalidad del disentimiento, Wilson miro a su alrededor. Nadie se encontraba a su lado, cuantos se hallaban en el salón de la Conferencia estaban contra él, aun los miembros de su propio séquito; y los invisibles millones sobre millones de voces, que, a la distancia, le imploraban que se mantuviera firme y sosteniendo sus propios principios, no llegaron a sus oídos. Jamás se dio cuenta de que, si hubiera procedido como amenazó hacerlo y se hubiera retirado de la Conferencia, su nombre se habría inmortalizado; pero esto únicamente si hubiera estado resuelto a legar su idea al futuro como un postulado que debería ser perpetuamente renovado. No vislumbró lo que la energía creadora habría obtenido de su rotundo "No" a las fuerzas de la codicia, del odio y de la sinrazón. Todo lo que pudo percibir fue que se hallaba solo y que estaba demasiado débil para cargar sobre sus hombros la responsabilidad. El desastroso resultado final fue que el presidente Wilson comenzó a disminuir la tenacidad de su resistencia, mientras que el Coronel House construyó un puente por el cual pudiera hacer transacciones. El regateo acerca de las fronteras insumió una semana. Por último, el 5 de abril de 1919 —día aciago en la historia—, con el corazón oprimido y la conciencia intranquila, Wilson accedió a las considerablemente disminuidas exigencias militares de Clemenceau. El Sarre no había de ser permanentemente francés, sino ocupado solo durante quince años. El hombre que hasta ahora se había mostrado intransigente, había hecho la primera concesión y, en consecuencia, como si un mago hubiera agitado su varita, el tono de la prensa parisiense era del todo distinto a la siguiente mañana. Los diarios que el día antes lo injuriaban como perturbador de la paz, como un hombre que está arruinando al mundo, le enaltecieron como el más sabio de los estadistas vivientes. Pero esta alabanza le hirió como un reproche. En el fondo de su alma, sabía Wilson que, aunque tal vez había salvado la paz, la paz temporal, se había perdido o desechado la paz permanente con espíritu de reconciliación, la única paz que podría salvar al mundo. La locura había dominado al buen sentido, la pasión había prevalecido sobre la razón. El hombre había sido obligado a retroceder a un pasado de infortunios. Él, que había sido el líder y portaestandarte en el avance hacia un ideal que excedería a la época, había perdido la suprema batalla, en la que necesitó, ante todo, conquistar su propia debilidad.

En esta hora funesta, ¿obró Wilson con acierto o equivocadamente? ¿Quién podrá decirlo? En todo caso, en una hora transcendental e irrevocable, adoptó una decisión cuyo fruto sobrevivirá décadas y siglos, que nosotros y nuestros descendientes tendremos que pagar con nuestra sangre, nuestra desesperación, nuestra impotencia y nuestra destrucción. Desde este día, el poder de Wilson, que no había conocido rival moralmente, quedó roto, y su prestigio y su energía, anulados. El que hace una concesión no puede ya detenerse. Una transacción conduce inevitablemente a nuevas transacciones. El deshonor crea deshonor, la fuerza engendra fuerza. La paz que Wilson había vislumbrado como íntegra y perdurable, permanece fragmentaria, transitoria e incompleta, porque no fue modelada con el sentido de lo futuro, no fue moldeada con espíritu de humanidad, no fue construida con los materiales de la razón pura. Una oportunidad única, quizás la más fatal de la historia, fue lastimosamente desperdiciada, como el mundo, cuyos dioses habían sido derribados, lo verificó pronto con la amargura del disgusto y la confusión. Cuando Wilson regresó a los Estados Unidos, el que había sido aclamado como el salvador del mundo no fue considerado ya por nadie como un redentor. No era más que un inválido viejo y cansado, sentenciado a una muerte próxima. A su llegada no fue recibido con manifestaciones de júbilo ni con despliegue de banderas. Cuando el buque se alejaba de la costa de Europa, desvió él la cara porque no podía mirar al desgraciado continente que por miles de años había anhelado la paz y la unidad y jamás las había encontrado.

Una vez más se desvaneció en la niebla de la lejanía el eterno sueño de un inundo humanizado.

Índice

La primera edición de
Momentos estelares de la Humanidad
acabó de editarse en
enero de
2024

KAIZEN EDITORES
Escribir mejor; publicar mejor

Made in the USA
Monee, IL
16 September 2026

63314053R00152